人生三问

REN SHENG SAN WEN

张存鲜 编著

云南出版集团
云南美术出版社

图书在版编目（CIP）数据

人生三问 / 张存鲜编著 . -- 昆明 ： 云南美术出版
社， 2014.12
ISBN 978-7-5489-1786-1

Ⅰ . ①人… Ⅱ . ①张… Ⅲ . ①散文集－中国－当代
Ⅳ . ① I267

中国版本图书馆 CIP 数据核字 (2014) 第 276060 号

责任编辑：师　俊
责任校对：李江文　李俊峰
封面设计：凤　涛
特约编辑：朱海礁

人生三问

张存鲜　编著

出版发行：云南出版集团
　　　　　云南美术出版社
　　　　　（昆明市环城西路 609 号）
制版印刷：昆明频安印务有限公司
开　　本：787×1092mm　1/16
印　　张：13
字　　数：310 千
版　　次：2014 年 12 月第 1 版
印　　次：2014 年 12 月第 1 次印刷
印　　数：1~1500
书　　号：ISBN 978-7-5489-1786-1
定　　价：28.00 元

目　录

序

第一篇　玉　缘

第二篇　茶　味

第三篇 情 愫

后　记

序

情如玉，人如茶

——读《人生三问》的感悟

吉小牛

散文集《人生三问》的作者张存鲜女士，是我当知青时的小朋友，这次她的散文集问世，嘱我给她写篇序言。我读完她发给我的电子稿后，眼前一个扎着两条小羊角辫的小姑娘跃入了脑海。这个质朴的小女孩，在我记忆中是个真性情的姑娘。那种浇注在灵魂中的真性情，随着岁月的增长，凝固成了宛如美玉翡翠一般，冲击着我的眼球，激起了我对人生的感悟。

她的笔墨一直用来描述人，人间的亲情、友情和爱情。正是有了这份真性情，她成了一名开有个人专栏的草根说宝人，在翡翠世界和茶文化两个行当中都成了名人。

她笔下的翡翠大亨闫强"是个做事情爱做在明处"，接受杂志采访明言"要登就登在封面上，躲在里面算个什么事啊。"一个意气风发，快人快语的翡翠巨商就跃然眼前。

一枚墨翠的小小平安扣，"墨随绿生，绿伴墨长"，翡翠隽永绵长的韵味，和上了远古的祭天玉璧。中国的玉文化，一直在华人中流行的翡翠文化，在一个个精美的平安扣中得到了当下的解读。

写茶，她饱蘸了佛家爱及万物的菩提禅心，记忆着远古的茶山、古琴、古老的香道，写了柏联刘湘云女士"一个在浊世中美丽坚守的女人，一个在庄园里守护茶山灵魂的使者。"

写琴，我特别喜欢《子珺问琴》。这是一篇饱含着对中国文化充满了激情的好文章。"是翠竹疏处偶露佳人，是木窗帘卷送出琴声。"写文人郑光甫是"没有码砖的基本功，力学学的不好，书山坍塌了，犹如山崩地裂，啪啪连响，纸订的书倒摔不坏，惨的是书的主人，被自己的书埋了。左扒拉，右挣扎，终于从《莎士比亚全集》堆中露出一双大眼睛。"写到《红飞蛾》的作者王曦，"用'红飞蛾'们青春热血写就的遗落在缅甸丛林的一段秘史，不断在王曦脑海中闪现，再被他用文字一段段书写在开出租车候客时铺在方向盘间的烟壳纸或便条上。悠悠 4 载，这样的过程周而复始地在他的那个特有的空间上演，最终完成了百多万字的《红飞蛾》。"王曦走过来的，就是老知青们的来世今生。

作者在《牵手人生》中写了一个美丽的故事，一个小媳妇和一个小伙子的一生，只花了几百字，就演绎了八十年的人生。"为什么艳阳高照，秦爷的脸却晒不出一点红晕，为什么昔日流水潺潺的三岔子河，今日会干涸见泥？秦老爷紧紧拉着媳妇的手，头突然往左一歪……手未松，仍在牵，白头偕老牵手陪你到黄泉。阴阳两界交叉处，秦老爷听到的最后一句话，秦奶奶说，你几天都没有吃东西啦。"这是多么安详的场面！这就是好人的一生。

"知道得越多，越觉得八十花是石头缝隙里顽强生长着的野花，是悬崖峭壁伸出的一枝独秀，她的美丽是什么艰难都摧残不了的。"在《八十花》里，作者叙述了一个悲哀的故事，"三截桥的人在一天深夜，听见了一阵惨痛的叫声，第二天，村后的山坡上，多了一座新坟。"这寥寥数言，作者睁开了童年的眼睛，开始看见了不同于书本的故事。

我跟着作者感悟着人生，"心无他图，正心在中，万物得度。道满天下，普在民所，民不能知也。一言之解，上察于天，下极于地，蟠满九州。何谓解之？在于心安。我心治，官乃治，我心安，官乃安。治之者心也，安之者心也。"我借了作者的思路，用这段《管子·内业第四十九》作为这篇短文的结束语。

2014 年 11 月 28 日

第一篇　玉缘

闫强玩玉之道
——从石头盲子到石头仙人的蜕变

闫强一脸凝重，他在思索求解。我真的是憨猪吗？这石头开还是不开？不开，有人断言："废石。"开吧，可能也是死。石道难啊，难于上青天！最后，他击案而起，开！即使全败光了，我也要在笑中死去。

盲　道

传说中的石头仙，真的是个传说。世上哪有生来就成仙的。唐三藏取经还经历了九九八十一磨难呢。五年前，闫强用 26 万收下一块送上门的石头，看着表皮上的那一块绿，他用想象把绿色延伸进石头的中部。结果同行们看石时，一位前辈直言："这块石头就只是贴了片膏药。"闫强闻言大惊，本能地伸手指向那抹绿色。前辈说："憨猪，废石一块。"客人走后，闫强一个人长久地看着这块石头。他想得很多很多。闫总，闫总，吃饭了，一连几声没有回应。店长谢花刚好手里拿着相机，就拍下了这张面对失败的照片。

闫强

在闫强玩玉的道路上，这样的跤跌得很多。一次遇见一坨上百公斤的玉石，卖主高喊："上百公斤的东西才喊 8 万，怎么买怎么划算。"闫强做事总爱心动就行动。这石买的是赚还是赔？直到切开一刀，闫强才发现，是坨水沫玉，而且里面的花纹脏脏的，一文不值。如今这坨 8 万的石头还摆在会所里，闫强戏称为样本石。不明石理，不谙玉道，闫强上路，就好比盲人摸象只知其一；又如眼睛蒙块黑布，在做玉的这条路上摸索着，走盲道啊。

得　道

　　"猪是憨死掉的，人可是从失败走向成功的。"闫强不忌讳一段时间里商界有些人这样称呼过他。我会憨到底么，世界上哪有这么怪的鸡枞？闫强的人缘极好，人脉又广，他经常请来同仁、前辈来芝艺润会所，大家聚在一起，喝茶评石论道。刘奇良老师一遍遍地教他看石，怎样看石头出自哪个场口，怎样辨析皮壳上的松花。一坨坨石头抬上桌面，大家伙挨个分析评点。缅甸玉商吴顶水也常携包袱前来，和闫强货比货做交流。再加上闫强翻破的那堆翡翠理论书，还有无数次的买石弃石的经历。有一天，闫强突然觉得眼前亮了，那块遮着的黑布消失了，面对石头，他心里跟明镜似的，飘飘欲仙，有些看穿石头的感觉了。

　　道家创始人老子创立了道家学说。道是什么？道是事物的本源、本质和规律。弄清了玉石的本源和本质，掌握了它的规律性，应该说闫强得道了。这时，昆明有个石头仙的故事已经在流传。闫强赌石的成功率连师傅都赞："青出于蓝胜于蓝。"但是，道满天下，普在民所，它离我们很近，却又不可穷尽。闫强道行的深厚，那还须在玉之道上炼呢。

出　道

　　跃马扬鞭，闫强上道了，他说："剑已出鞘，就要高高举起。"父母亲都是军人，军人的后代，血管里流着军人勇敢、冲锋陷阵的血液。从做汽车转到做玉石，又一次千里之行始于足下。他多少次穿山过江走蜀身毒道，往返于瑞丽、盈江、腾冲中缅边境。从只身单骑到公司，从小规模到上批量，闫强不知拉回来多少车毛石，有些石头，他像老中医一样，望闻问切，背着赌石的三字经，一坨坨过手。有的呢看准场口，就一堆堆买下。别人买石讲价还价来来回回，他基本一

锤定音，卖方说300万，闫强说200万，卖主马上伸手击掌。闫强的师傅刘奇良老师头发一下子竖了起来，说："你真是吓死我啦，像这种还价。""那您老还多少？"奇良老师说："他喊300万，我顶多还20万。"怪不得呢，闫强选货进货，一进店门，店主三三两两总有人耳语："猪来了，准备拎刀宰猪。"（有人劝他说，大气过一步就是傻气）一次，闫强按喊价拿下七只手镯。人才离柜，店主对旁边的人说："憨呀，像这样的多来几个就好啦。"殊不知，玉石呀，买得好不如卖得好，天时地利人和缺一不可。做玉石也像炒股票，买卖还要讲时段，得看K线图。三个月后，七只手镯走货了，价格嘛，不日而异。那些喊憨猪的人捶胸顿足："啊，自己才是猪呀！"看大势，闫强运筹帷幄，但是谁都能吗？

　　2012年10月，秋高气爽，金秋使人心旷神怡。多年在中缅商道上奔波的闫强接到缅甸朋友的信息："一坨大毛石，看好，速来瞧。"火着枪响，闫强立马赶到，一把掀开盖头，闫强一阵窃喜，是好石不说，仅从擦开的那一片，几条绿色，色脉走处（旁边的人只看出绿色深且多），闫强不愧是"石头仙人"，慧眼独具，他看出了什么？他看到开窗之处，有

天然形成的非常清晰的一条飞龙，一只凤凰。龙飞凤舞，龙凤呈祥，大吉大利啊。略加思索，10分钟，闫强甩钱订货。上千万的东西，决定竟在弹指一挥间，闫强莫非吃了老虎胆啦？这坨1600公斤的巨石，因为无法拉上18楼，摆在锦华酒店大堂里，让中外游客和本土乡亲大饱眼福。

千年玉道炼真人，云南翡翠界都认为闫强大气豁达诚信，在滇已算是个顶尖层的人物了。闫强被推选为云南收藏家协会执行会长、云南省宝玉石文化促进会副会长。出头就出头吧，为自己人为同行出头做事情，应该的。

坦荡大气的闫强，做事情爱做在明处。接受媒体采访，他说："要登就登在封面上，躲在里面算个什么事啊。"《云南宝玉石》杂志，一个五十来岁的汉子取代惯用的封面美女，跃然封面。那一段时间，闫强接到的电话很多，仰慕之词听到的更多，紧接着，缅甸人爱戴的闫大哥，又上了一本缅甸国际杂志的封面，封面醒目不说，里面的照片也用大幅的，再加上丰富的内容，闫大哥成了这本杂志的重中之重。做人，闫强豪爽；做事，闫强气场大，动静也大。去年秋天，他从缅甸运回来的庞然大物在昆明可是一石激起千层浪，玉石专家肖永福、李贞昆专门来看石，李贞昆还做了点评，珠宝鉴定院的邓昆院长也携同行来看石，《中国翡翠》杂志又一次把闫强放在封面。看封面，说他是老板他却文静，说他是文化人他却威武，气质摆在那里，随你怎样评判，总之具有大腕大牌明星风范。业内人士至今还记得，蛇年初始，翠恠（世纪）珠宝大世界的开业庆典，闫强与何占钧、花泽飞等领导，省珠宝界的领军人物吴锡贵、著名影星宁静、汤镇业做嘉宾剪彩，进出场时和影星宁静双双走过红地毯，认得的说闫总气度不凡，认不得的猜和宁静并排的那位是巫刚，杜雨露，还是哪位影星？闪光灯闪个不停，定格了翡翠奇才与观众热爱的影星宁静的飒爽英姿，也见证了李克寒的翠恠（世纪）珠宝开业盛典的历史性时刻。

虎胆雄心的闫强虽然经常豪赌，但是他赌石不赌钱，他每天都海喝，但喝茶不喝酒，进60岁的人，每天喝过一泡铁观音，走进自己的健身房，和他事业上的助手、健美教练周云帆（多次获得健美冠军），推杠铃，举哑铃。卧推推到九十公斤的闫强，练得一身的肌肉，可以与运动员媲美。这样的人能不年轻吗？有这么好的身体，这样旺盛的精力，这样豁达的人生态度，闫强在玉道上收放有度，自由恣肆，快马加鞭。

著名影星宁静与闫强在翠恠（世纪）珠宝开业时走过红地毯

天然金蟾

　　是神似？是形似？还是浑然一体都似？总之，这是一个天生天成天然的金蟾。有凸出的嘴巴，圆圆的臀部，肢体收拢蓄势待发的状态，一身蟾皮黑绿黑绿，还有散落的黑点。一眼望去，业内外人士都说，这是一个天然的干青金蟾。

　　自古缘分天注定。那一日下午，几个朋友在茶城逛，偏偏路线横着绕，在横排头遇着老朋友凤姐，缘分呐，在哪儿都遇得着。七扯八唠，话题扯到玉上面。凤姐说，她大哥就是做玉的。于是，一干人打车冲到锦华酒店，去"芝艺润珠宝"明着见凤姐的大哥，实际见大哥的翡翠，开开眼界。"我有一块玉石，绿得很呢，天生一个金蟾样，我舍不得动它，喜欢它的原模原样，没有事情的时候，拿强光电筒照照，自我欣赏，愉快喔。"看着无比沉浸的大哥，我忍不住说拿来瞧瞧。东西拿来了，是很像金蟾，只不过普普通通，说真的充其量是只丑宠，料子呢，怎么看怎么像干青，并不起眼。大哥拿强光电筒一照，碧绿的一圈光环出现了，"翠"。那个绿色诱人啊，若在植物中找对比，好像比芭蕉叶绿一点，如果在蔬菜中比，则比莴笋绿色深，反正，绿得正，绿得动人心扉。

　　有这么好的色，又有天然的坯子，稍事雕琢，一只碧绿金蟾不就问世了。不，不。大哥一把夺回金蟾摆在自己手掌上："如果打磨，就等于活活地剥了金蟾的皮，再动刀雕刻，放走了灵气，这个金蟾就死掉了。"只是说说而已，大哥就挂一脸的哀伤。我说："玉不琢，璞也。""若要琢，死也。"大哥顺话答道。大哥你醒醒："你应该记得，唐太宗说的，玉虽有美质，在于石间，不值良工琢磨，与瓦砾不同。玉不琢不成器。"哎，大哥做了一个篮球暂停的手势："玉琢了几千年了，观音大家见得多了吧，佛戴的人也不少，玉如意玉白菜司空见惯，只有原汁原味的毛料才是独特的。世界上挖出一千块玉，那一千块玉绝不相同，即使是紧挨在一起天成的孪生姐妹也不会相同。我想这样才有个性。不如打造一个品牌吧，天成牌，让人们戴上不经打磨的、不事雕琢的、带着娘胎灵气的挂件，哪怕它像金蟾，像云燕，似草龙，似蟠桃。每一个人戴着的绝不会有第二件。"

　　当今玉潮，琢玉要求创新，材料美与雕工美的结合，诞生了许多具有艺术生命力的作品，玉经几琢，成器或成大器。在市场呼吁多出玉雕精品、提升玉雕质量时，不知大哥是在玩回归还是玩穿越。人嘛，思维是多向的，时间走到2012年，也许一个坯胎战略就开始了。这位军人家庭出身的玉家，说已经在缅甸安排了人手，守在坑口，见着这种小毛料就收下来，他想让一千个人尽快戴上原汁原味的挂件。孟兄买下了这只金蟾，大哥叮嘱，不能动金蟾一点皮毛喔。孟跃刚拍拍胸膛，这个一米八的汉子说："我要戴着它，以人肉打磨，但是不知道要肌肤相亲多少年，它的绿绿的美色才会自己显摆出来。"话是这样说，孟兄肯定还有点别的想法，他家这几年不顺，自己安心脏支架，老母亲好端端的遇着车祸。见到金蟾，他虽不图蟾宫折桂，也不指望刘海戏金蟾，岁岁钓金钱。但他觉得和这只金蟾有缘，冥冥之中一切可能会有所改变。

"你喜欢，你戴着。弄坨黑乎乎的石头戴着，你是昆明第一人，今后你会有粉丝的。你不喜欢也随时可以还给我。"

大哥，这位芝艺润珠宝的老大，云南省珠宝玉石文化促进会的副会长闫强，帮孟兄戴上金蟾："望你经常发财，经常健康，经常开心。"

我为这个天然金蟾取个名字吧，叫石来运转，时来运转。

君凰珍宝访乔英

几年的工夫，昆明世纪城变得如此繁华热闹，车立方大厦前面几乎没有空位停车。君凰珍宝在车立方三楼，一万平方米的大厅套大厅，显尽珠宝的尊贵，君凰的气魄，主人乔英博大的胸怀和凌霄的志向。

早闻其名今见其人，乔英是如此优雅文静，柔和的声音，舒缓的语速，极热情地把两家媒体的记者从大厅引进了她的会馆红酒坊。从军人到玉家，十年的路程虽然艰辛，但此路却如珠宝之璀璨，若鲜花般美丽。

选择——大于努力

十年前，某武警总队医院政委，一位正团级女军人转业了。四十出头的女性，在军队要干到师级，在地方要干到厅级，那是超常人的事情。三思而后行，出生在军人家庭又当了数十年军人的乔英，毅然脱下心爱的军装，自主择业。

干什么？哪一行？曾经干过报务员当过通信兵，先轻车熟路搞电信吧。乔英满怀信心在上海、深圳考察，发现现代科技的发展自己已经赶不上了。办敬老院吧。好在在医院的经历也跟敬老院沾边交叉。去了几个敬老院实地调查，结果敬老院很多都入不敷出。做鲜花行业呢？起步太晚了。此时，乔英仿佛困在一个圆中间，自己是那个圆心，圆周似扇面散开，扇骨与扇骨之间就是一条一条的路。选哪一条？静思过多少清晨黄昏深夜，当一缕曙光从东方地平线上升起的时候，乔英东望，马上就要出现美丽的朝霞了。她从朝霞联想起在图书馆工作时办的那些画展，或素或雅的国画、大涂大抹的油画。美的发现，美的沉淀，审美已成为乔英自身素质的一个主要成分了。"我的审美观是经得住推敲的。"在西安武警工程学院任电教室技术员时，学院迎来送往的礼品都让乔英置办，那时她选得最多的是蓝田玉。学院领导说："小乔，云南来的，一是懂玉，二能审美，礼物你去挑。"我"啪"敬礼。"保证完成任务。"就这个军礼引出后来美丽的珠宝事业。

一经选择，那个圆周即刻撕开了一个口子，扇骨往两旁并拢，中间的路宽了，乔英从

与乔英（中）合影

圆心中间走出。十七万的安置费在昆明景星珠宝盘下一个 28 平方米的铺面，很释然很愉悦很放松地经营起小小的珠宝玉店。

珠宝——女人活法

乔英独白："我到过世界的许多珠宝博物馆，珠宝这个概念很大，世界留给人类最长久的东西就是宝石。人类稍加进化后，在原始得连屁股都露着，只用树叶遮前边的时候，就爱美地在脖子上戴一串小石子或坠一块大石子。祖先没有想到，他们戴的有的竟然是宝贝，留给后代的是宝石。珠宝的美丽，世代传承着，我也走进了传承美丽的行列。"

乔英沉醉：与珠宝相行相伴，与高雅的顾客倾谈，把好品相的珠宝戴到高品质的女士的身上，美与美的碰撞，色与色的捧场，旋转在美丽的漩涡里，实现美的梦想。乔英多少年没有休息过一个星期天，严防死守在店里。"妈妈，我一个人在家。"女儿打电话说。"你写作业吧。"从读中华小学到出国读大学，乔英陪女儿少，伴珠宝多。爱一行是会走火入魔的，乔英经常为一件玉愉悦许久，为一块宝石震撼不已。她说，她经常把别人卖过的东西再挑出来卖。"他们把它当商品卖了，我注意到那是艺术品，卖点在'艺术'。比如弥勒佛的大肚子，得多圆，肚皮怎么样往下塌，圆得恰到好处，大肚能容天下难容之事才体现出来。"观音的手指，送子，祛病，弹净水。指尖的灵性，一般的珠宝商看不出来。要淘，要再加工。雕工、材质、选题和谐结合还不是最完美的，完美在于这件珠宝得有灵魂。

从宝石的美到人性的美，生活中无处不在。君凰珍宝有个戴绿幽灵水晶挂件的小美女娜娜说，乔总对工作绝对严格要求，但是可关心员工了。我们的一位姐妹得了乳腺炎，乔总亲自联系医院。她说，这病可不能再加重了，若拖到动手术，那影响女人美丽的。

女人喜爱美丽的珠宝，珠宝为女人增添美丽，生活在珠宝中，乔英说，这是女人的一种活法。

破茧——蜕变成蝶

不愧是当过政委的人，乔英像演说般挥起手臂，中国的很多小企业小公司，在蜕变中死亡了，所以说，成长、蜕变是一个痛苦残酷的过程。

乔英回忆：她儿时养过蚕，蚕宝宝每长大一截，就会蜕皮，一层皮蜕下来，眼见蚕就变长了。但不是所有的蚕都蜕得下皮来，有的包在皮中死掉了，变成蛹做成茧，得千挣万扎才能破茧化蝶。

乔英苦闷：景新珠宝成气候了，女老板在云南珠宝界已小有名气了，但是28平方米的小铺子，能算是美丽的事业吗？好珠宝的稀缺，资金的瓶颈，蹬打不开的铺面，莫非我就像僵蚕一样再也不长了吗？

最恨的就是卡在中间，不上不下。最怕的就是坐飞机锁在云中，云山雾海看不清楚。乔英自己穿云破雾，干了一件自己都吓一跳的事情，她把很久以后才能干的事情提前了，在世纪城拿下了一万平方米的铺面，一个全新的君凰国际珠宝艺术广场，最大的珠宝店在昆明最大的小区落座了。和世纪城一起度过了城立楼空住户少的日子，和爱玉人一同迎接了翡翠持续升温的热潮，又遇到了翡翠的调整休眠期。家大业大困难更大，资金更是一条紧紧的锁链绊住人。我13岁当运动员，17岁当兵，当新兵我七天后就当班长，半辈子干过九个工种，我是最好的，我是最强的，乔英自信着。

坐店不等于守店，有活动才有生命力。乔英举办了"君凰彩宝缤纷五月"的大型活动，有彩色宝石画展、翡翠精品展、君凰珠宝慈善拍卖会。"君凰国际杯"2012年第11届"公益中国"中国青少年电视艺术之星展播活动、云南省民族之星青少年才艺展播活动。君凰国际助力未来之星，开启你的钻石人生。

站在君凰国际珠宝艺术广场中间，乔英想着创业的艰辛，守业的艰难，她默默自勉：现在，我正在做一个美丽的事业，我要把她做大做好，我要将美丽进行到底。

（张存鲜　黄艳梅）

南红蹿红

这些年，南红很走俏。有行家说，如果你在 2004 年以前花一笔钱买一批南红，就等于你买着一匹黑马，到现在，价钱可是翻了许多番的。追逐利润，利润可喜可贺。但从收藏或是南红文化的探寻，那就是一步一个脚印花大力气用长时间的事情了。

南红，因产地而得名，但不是滇特有，而是以滇南红为特征的叫南红。当年徐霞客所记："上多危崖，藤树倒罥，凿崖进石，则玛瑙嵌其中焉。其色月白有红，皆不甚大，仅如拳……"南红是玛瑙中的一种，传说云南有座玛瑙山，山在哪儿？据说在保山。玉丰会馆的廖红星就两次去保山。作为做玉的世家子弟，亲自去矿山看看先辈们采掘过的地方，是体验也是心愿。玛瑙山的所在地叫阿咚村，从封矿以来，这里早已经没有了当日的喧嚣和热闹，廖馆主提瓶矿泉水，一人在山上转悠，颇有点像蚕豆收过之后，农村里的孩子在捡地里的遗漏。毕竟是玛瑙山嘛，居然被他捡着"漏"了，用衣兜兜回来，大块的摆在陈列架上，小的用玻璃缸像养金鱼般养起来。这就是我看见的原汁原味的南红。

南红是近十几年才叫的名字，但它的应用历史可以追溯到战国时期。在出土的战国贵族墓葬中已经有南红玛瑙的串饰了，据一些资料记载，南红玛瑙在清乾隆时期绝矿，现在存世多一点的是珠子。可以说，人们认识南红，一般始于珠子。我们迄今所知古滇国最早的南红珠就是扁圆南红多棱珠（也就是我们所说的南瓜）。说到南瓜，廖馆主很得意地拿出一串南瓜珠，这一串珠子，颜色很均匀，一共十二颗，颗颗柿子红。中间配了一颗天珠。"你瞧瞧，年代久吧，棱角都磨得光光的，包浆了，油润油润的。""廖老板，你在哪里淘着的？""在贵州，也是在一位藏家手里。他啊是请我帮忙看看，是不是老南红。我纯属一见钟情。算是用大价钱买下啦。这串珠子是矮桩的。""怎么讲，矮桩的很特别吗？""南

玉丰会馆廖总（左）与僧人选宝石

瓜珠一般做成矮桩、中桩和高桩。矮桩的年份相对要早一些，能够达到宋元。中桩的南瓜一般认为是元明时期的产物，高桩的南瓜一般被认为是清朝或者稍早一些的。"买得值买得值，要知道这是佛界高僧才拥有的（挪威卑尔根大学的亨什伍德博士说："珠子是传统社会一种严肃的物品，通过这些物品，可以确认主人的性别、年龄、社会地位以及民族。"）。这佛珠是通天器，也叫应天灵，佛家在做祭祀和法事的时候，就手捻佛珠念念有词，行大礼，拜天拜地，心诚诚与

南红南瓜珠手链

天地对话，混沌沌与天地同在，很灵验的。南红在云南应用历史悠久。在第三代滇王国的最高统治者庄乔的眼中，南红是平淡生活中的艳丽色彩，他要求匠人用南红雕刻了甲虫和牛头，并将这心爱的玩物带进了石寨山 M12 号墓。另外，云南博物馆也馆藏有古滇国时期的出土南红饰品。

实际上南红在历史上原材料一直就比较稀缺，能够做收藏级的原料更是非常罕见，从现传世的文物数量上就可以看出。目前仅可见的传世物品多为珠子和少量的挂件、摆件。乾隆时期是中国近代玉雕的鼎盛时期，对雕刻工艺、玉石材料的选择标准都非常高，但为什么收藏级的南红作品很少，都是因为原料稀少或大一点的料都带有瑕疵，无法制作，因此，传世的收藏级作品也就难寻难觅了。

物以稀为贵嘛，特别是在资金流向珠宝玉器、古董、艺术品的当今，南红蹿红就成为必然的了。

膀　圈

一个酷热的午后，在玉丰会馆喝生茶消暑解渴。这些天常泡玉馆，看玉赏玉，个中滋味其乐无穷。馆主把一些稀罕物件摆上桌面，我顺手拿起一个非常抢眼的翡翠手镯，戴上感觉感觉。没有想到，它轻轻地过手腕，越手拐，嗖地一下，差点挂到肩膀上。呀，这么大的手镯，那得手粗成什么样的人才能戴啊？馆主廖红星说，啧啧，这是膀圈。交给你这个课题，把这个膀圈弄清楚点。

很遗憾，翻了许多书，关于膀圈，大多只讲价值几何，来龙去脉基本不谈。灵机一动，膀不就是臂吗？圈不就是环吗？同样的圆形，戴一样的位置，那就先把臂环弄清楚吧。

臂环源自母系社会向父系社会的过渡时期，它的最初佩戴的部位，多戴在手臂上，高于腕以上的位置，是人们最早萌生的一种朦胧的爱美意识。晋陶弘景《萼绿华诗》记：指

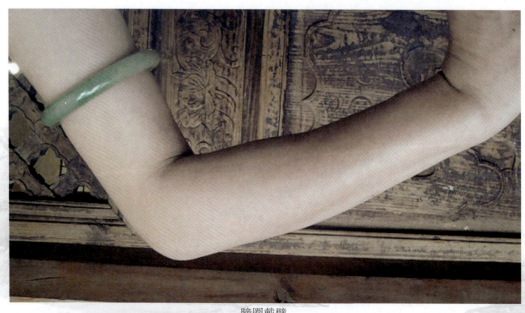

膀圈戴臂

着金环，配朱约臂。环，因装饰在手臂上，故谓约臂。最初，臂环玉的居多，在商周至战国的这一时期，玉的色彩，手镯的造型都很丰富，接着又出现了金属的臂环。当时，把几个手镯合并在一起，就叫钏。那时，手工业正在发展，小作坊很多，工匠们把金银先打成条，再把条锤扁，后绕成螺旋圈。这样的圈有腕钏、臂钏。钏又得一名——"跳脱"。跳脱发展到唐宋就广为人爱。据说，有一天，唐文宗在大殿上突然想起，问众爱卿，

玉丰会馆女馆主泡茶

古诗里有"轻衫衬跳脱"，你们说说看，跳脱是什么东西？原来叫作"跳脱"的臂环，如弹簧状，盘拢成圈，少则三圈，多则十几圈，两端用金银丝编成环套，用于调节松紧。这种"跳脱"式臂环，可戴于手臂部，也可戴于手腕部。当时的妇女几乎有臂必戴环。据史书记载，崔光远带兵讨伐段子章，将士到处抢掠，见到妇女，砍下手臂，取走臂钏。可见当时戴臂钏的女子之多。

现在，能看到古时形象记载的，初唐画家阎立本的《步辇图》、周昉的《簪花仕女图》，都清晰地描绘了手戴臂钏的女子形象。敦煌石窟的石雕，也立着一位戴有一只臂环的乐伎。从考古方面看，在半坡遗址和西夏新石器时代遗址中，考古学家发现了陶环、石镯，手镯圆管形，圆环形，还有两个半圆形拼合的。我们云南江川李家山出土的一处墓葬，一遗体，两手各戴五只手镯，手镯依次从小到大成管状形。写到这里，我突然想起，玉丰会馆的廖馆主给我看的膀圈不也是来自江川吗？

说来话长，二十多年前，改革开放的春风使农村的经济搞得红红火火，看着富裕起来的人们，谁不心动。一位江川人拿出积蓄，想买一台手扶拖拉机跑运输，七拼八凑，还差两千多块钱。借吧，世界上最难的就是借钱。一咬牙，他把祖上传下来的这只翡翠膀圈两千块卖掉了。二十多年过去了，这只老藏品转来转去，谁也没有想到，这只膀圈的玉缘却被昆明的廖馆主结下了。膀圈很老，一段碧绿，一段微绿，色正清透。廖馆主珍惜地用玻璃罩罩着，供在大厅的正当中。

平安扣怀古
——与藏家阮丽话平安

平安是福。不论家贫如洗，还是财源滚滚，人们都把平安摆在第一位，祈求平安是中国人的传统，是众多百姓的心愿。用玉做的平安扣被人们珍惜地贴身而挂，既保平安，又是高雅的饰品。阮丽女士是位爱玉之人，多年来珍藏各种平安扣，在她那间古色古香的陈列室里，我们悠悠地品着香茗，对话平安。

阮丽

"平安扣被许多人喜爱，个中一定有很深的含意吧？"

"那可不。"

"阿丽，你一定做过研究的吧？"

"是，如果要问何为平安扣，从外形来看，它圆圆的外圈，象征着辽阔天地，内圈的圆，表示人内心的宁静淡远，它通体圆滑，暗喻中庸之道，并很好地阐释了中国人从古以来就追求的天人合一。"

"哦，那么，从有这个物件，它就叫平安扣吗？"

"不，那得从远古说起，感情丰富的中国人，原来是把平安扣称为怀古的。瞧，它的外形很像古时铜钱。以前，古人爱把铜钱挂在胸前，以祛病避邪保平安，作为佩饰，它还寓意着财源滚滚。但是带个铜钱，不美观还略显俗气，于是，有文化有艺术气质之人士，就改用玉来做配饰，也称它为罗汉眼。常用的料有缅玉、和田玉、金镶玉等。"除了作为佩饰，古人还把它做其他用途吗？"

阮丽放下茶杯，双手合十，说："祭天！用玉做的平安扣还有一个重要的功能，就是做为礼器，古语道'苍璧礼器'，玉璧用来祭天。怀古外形内孔都是圆的，两同心圆的饰物象征着永恒，在向天祈福的时候，预示着周而复始，圆圆满满。"

哦，在略有些了解后，我迫不及待要求美玉共赏。

"阿丽，这枚平安扣白中带绿，绿中夹白，质好色好形好。一看见它，就有即刻佩戴的欲望，真可以说一见钟情。"

"对，对，当时我也是这样的感觉。那是盛夏时节的一个下午，北京的老字号珠宝大楼里，因开有空调，惬意凉爽。踱步大厅，我在玉世界中流连忘返。突然，眼睛一亮，发现了这件宝物，看来看去爱不释手。这枚平安扣是香港六福公司的设计师设计的，这个公司拥有一群资深的珠宝专才，优秀的设计师总独具一格，并有着精辟见解。郝先生设计这枚平安扣时，走出玉设计的一个误区——因料就才。他舍舍得得地去掉多余的料，设计出一个大小适中、厚薄得当、美轮美奂的平安扣。这玉扣，若厚，美人戴在白细的脖颈上，有不堪重负之感；男士佩戴，厚重的一大块坠在胸前，有显摆之嫌。若薄，'力透纸背'赏的就不是玉，而能窥视玉后面的衬衣或者皮肤了。郝先生设计的玉件，就像自己的儿子，清清楚楚地记得儿子的形成过程和诞生，也是他交件时百讲不厌的故事。这故事被销售员讲给我听，这平安扣，也就被我从北京带回云南了。说了，不知你信不信，平安扣扣紧平安，从那以后，我觉得自己凡事都平安顺当，另外，竟也如同胸前挂着怀古，钱也滚滚而来。"

阿丽众多藏品中，我还特喜欢一枚黑色的平安扣，凝重高雅。

"是墨玉吗？"

"不，是墨翠。""能跟我讲讲墨翠吗？"

我手捧墨翠平安扣，期待地望着她。

"好。"阿丽笑着说。

"我就想到哪儿聊到哪儿吧。"

"好，我洗耳恭听。"

"墨翠与墨玉不同，是翡翠中的一个玉种，与墨玉不是同一个玉种。它色重质腻，漆黑如墨，光洁可爱。"

"是不是越好的就越黑？"

"是啊，但是它不是真正的黑色，优质的墨翠在强光下显现出来的就是绿色。有句话说，黑随绿生，绿伴墨长，埋藏在地表深处的墨翠，产量是很稀少的。"

"这样说，它的价值应该是很高的吧？"

"对，除了自身的价值外，墨翠的雕工是最体现价值的一个方面。墨翠原料，击之金石之声，素为刀工之珍料，雕刻大师可以在这种料上尽自己所能，倾情创作。如'马上封侯''五鼠运财''麒麟送子''松鹤延年''三阳开泰'等等，这些中国传统的吉祥题材是雕刻大师们永远追求的主题。"

"哦，因为都是良好的祝愿，我想也是人们爱佩戴的吧。"

"对，对，尤其中国男士，更喜欢，有阳刚之气的物件，如龙飞九天、猛虎下山等，缅甸的男士则把墨翠的挂件称为情人的影子。"

话题越过墨翠，我们又把目光投向其他平安扣，瞧，这一枚，构思奇特，正面，一只玉麒麟，口含一花枝，这花枝，从内孔穿过，反面，一枝荷花出水来。非常新颖，慢慢品，味在其中。这一枚，白中飘着绿碎花，清清爽爽。这一枚，犹如水中看青山，墨绿，藏在水中……玉润无声，我们静静地，用目光爱抚着这些玉件，用心去读懂它们，它们也在默默地祝福我们平安。

五拜观音五释然

喜欢观音的眉清目秀，喜爱观音的端庄慈祥，多少年来，无论进庙入殿，总要细细地瞻仰。

近几日，由衷的喜爱，突然涌成一股想探明就里的冲动，再者，为《珠市玉譬》专栏撰文，也需要把观音的仙迹及展现观音形象的"材料依托"一一弄个清清楚楚明明白白。在吉宝斋的各种观音的雕件塑像面前，我默默地回想了一遍书上所述："观世音，即观察世间之情，听民众之音。在唐朝时，因避唐皇李世民的世字，便略去世字，称观音。"

我首先拜见的观音，是一尊飘逸的白衣观音，她左手托瓶，右手微举，柳枝倒垂，柳叶散开，在右耳一侧形成一道屏。她的造型——当人间有灾难时，菩萨现身，手持净瓶杨柳，

玉观音

倒驾慈航而来，柳枝蘸水普洒人间。这是最常见的观音形象。这尊观音的雕件用料是昆仑玉。巍巍昆仑，山脉东缘入青海，所以又称青海玉。昆仑玉质地细润，淡雅清爽，油性好，透明度高。这尊观音晶莹圆润，纯洁无瑕，基本达到羊脂白玉的品质。

二拜持经观音。此观音是坐在靠背椅上的墨石雕，椅背左侧摆放着一部经书，观音头巾包头，不漏一根发丝，额头饱满，无量的智慧就在其中。不同寻常的是，此菩萨身着裤装，应该说他是丈夫相。原来，菩萨传入中国后，在三国时期，基本是丈夫相，如敦煌莫高窟的石雕就是男相。南北朝以后，才现女相。再说，观音乃无极之体，早已超三界之外，当然更无皮囊色身和男女之相的执着了。总之这是很难得见到的一个形象。

三拜送子观音。温柔端庄，面带微笑的观音娘娘，端坐在莲花上，右手捻佛珠摆在右膝上，左膝上坐一童子。民间妇女崇拜她，不是看中那些虚幻的法力，而是能送子的功力。这尊观音产自华宁窑。据宁州郡志记载："车鹏，明洪武年间迁居华宁，于城北华盖山麓建窑制陶，华宁陶业由此兴焉。"当时江西景德镇人车鹏来宁州，看到这里蕴藏着丰富的优质黏土及釉色原料，率先在城北华盖山脚建窑制陶。接着江西人汪、彭、尹、杨、周、卢、张、仲、高等姓相继而至，形成村落，生产、经营陶业，遂形成街市，后来，以陶业为主的手工业者世代传承，由少到多，土窑发展到 10 余条，产品增至百余种。随着产量、质量和名气的提高，形成了陶器交易市场——颇具特色的陶街。到清末创造了一次烧成的蓝、黄、绿、白等釉色，质量大为提高。从此，宁州陶器渐渐出名，滇中有句名谚：新兴姑娘河西布，通海酱油禄丰醋，宁州瓦罐烧得绿。选用华宁华盖山的陶土烧制的精美陶器，是中国边疆陶制作的一朵奇葩，这尊送子观音可是有点年代的华宁窑的珍品。

四拜持莲观音。持一茎之莲的菩萨面容姣好，头巾、衣袂飘飘，她是菩萨教化红孩儿时的应化身。这尊观音的用料是白底青。白底青是缅甸翡翠中分布较广泛的一种，质地较细，纤维结构，底色较白，绿色鲜艳，绿白分明，绿色部分大多数是团块状出现。用这种料极其巧妙地雕了持莲观音。白底再现菩萨全身，绿色雕成荷花莲子荷叶，锦簇在菩萨身后两侧。这尊菩萨是个大摆件，被供在吉宝斋的橱窗内。

五拜千手观音。这是一个墨翠挂件，墨翠是最适宜做雕刻的，异常清晰，清晰到每一个手指。千手观音源于古代兴林国妙庄王有三位美丽的公主。长女妙金，次女妙银，小女妙善。妙金、妙银都在家中侍奉父母，唯妙善从小虔诚礼佛，出家当了尼姑。妙庄王苦苦劝她回宫，但她始终不肯。一怒之下，妙庄王命人拆了庙宇，赶走了僧尼。哪知天神怪罪下来，使妙庄王全身长了五百个大脓疮，久治不愈。后来有位医生说此病必须要亲骨肉的手眼合药才能治好。于是，妙庄王求助于妙金、妙银，但二位公主皆不愿献出。三公主在外知道后，毅然献出手眼为父亲合药治病。果然，不久妙庄王的病体就康复了。此事不仅使妙庄王深受教育，同时也感动了释迦牟尼。他为让妙善公主能时时拯救苦难众生，便赏赐了千手千眼给妙善公主。从此，妙善公主就成了众所祈求的千手千眼观世音菩萨。千手乃葡萄手、甘露手、白佛手、杨柳枝手等。在佛教看来，只要虔诚地信奉千手观音，就有"息灾""增益""敬爱""降伏"等四大好处。

一尊观音引出一段故事，每段故事告诉人们其中蕴含的文化。各尊观音用各种材料做成，每种材料都是一泓知识的深潭。

（阮丽　张鲜）

归去来兮头层石玉镯

昆明，某珠宝玉器行的精品柜里，有一只看似平淡普通的镯子，它没有绮丽的花纹，也不色辣夺目。不知是那淡淡的光吸引了顾客的眼球，还是注意它的人都是行家。

"请拿给我看看吧。"

镯子拿出来，个个爱不释手。

"老板，开个价吧。"

"对不起，收藏品不卖。"

讲来讲去，有个人恼了："不卖，咋个还要摆出来？"

"就是想给大家看看嘛。"

阮丽

行，看看就看看，翻来覆去，边看边聊，于是，聊出来这样一段故事。

香港，一座高架桥下面，是一个繁忙的自由市场，古今中外琳琅满目真真假假的商品，应有尽有。淘宝的熟路人都知道那是一个绝好的去处。2010年夏天的一个中午，从出玉的云南来了一群爱玉之人，他们操着昆明话，在摆满各种古玩玉器的柜前耐心观看挑选。竟然在一个不上档次的地方，发现了满绿的玉镯，红山文化期间的高古玉镯。有一个看似普普通通的柜台吸引了他们，原来，这个柜台里有不少云南那边的东西呢。和挑货之人相反，货主们也饶有兴趣地观赏着购物之人。突然，老板发现了人群中有一个白如雪美如玉的边陲女子。

"姑娘喔，你过来噢。"

"叫我吗？"姑娘微笑着款款走来。

"你是云南人吗？"

"是的。"

柜台内的老爷爷发现了这个只能用玉来形容的小姑娘。姑娘文静，一袭黑裙，素而高雅。

黑色之外，洁白的手臂，如玉的脖颈，白净的
脸庞，整个人像玉一般柔润，似玉一样玲珑剔
透，不知是一座玉雕复活，还是幻变成玉雕的
女神。只见长长的眼睫毛下，眼珠略转便光彩
四溢。

玉手镯

"只有上好的玉才有这样的柔光啊。"老
爷爷禁不住赞叹。

"小姑娘喔，我有一个好东西要给你看
喔。"老爷爷从盒子里拿出一只白玉镯。

是圆条手镯，一侧飘着绿。重要的是它的
光，内行人一看，镯子不是打磨出来的，再好
的抛光也不会有这样的效果，这是自然的光，
镯子自身发出的光。

"小姑娘，好玉定要给值得佩玉之人。"

"好东西啊。"同行的老前辈低声对小姑娘说。

"小姑娘喔，这个玉镯你要收藏紧，恐怕行内难寻，世上难见啰。"

得到宝贝的云南小姑娘把玉镯好好地揣在怀里。

"老爷爷，你为什么要让给我？"

"我年轻时从云南得着的，现在我老啦，又没有可传之人，我想让它重返云南。"

回程的车上，小姑娘虚心地请教："老师，您说说这个玉镯吧。"

"这是一只头层石玉镯，有些年代啦。但它的器型完好，没有丝毫磨损，非常难得，
这物件的光自然灵动，亮而不刺眼，实属难觅之物啊。"玉界前辈如是说。刨根究底，头
层石玉镯，它来自何方？

缅甸，与云南紧紧相连，它有一条河叫乌龙河，乌龙河的上游大约有 3000 平方米的矿
区范围，这是有几百年历史的采掘区。缅甸的矿床中，有一种是高地砾石层翡翠砂矿，砾
石层的结构，表面属残坡积物，除此外从上到下基本分为三层，就是通常说的上层石、中
层石、下层石。当去除表面的残坡堆积物后，若见到一层黄色含翡翠的砂砾石层，懂行的
挖矿人就欣喜地谢天谢地，易开采的头层石显露啦！在这一层，砾石成分有变质砂岩、石
英片岩、绿泥石岩，它们与翡翠是混合在一起的，翡翠砾石在头层里分布不均匀，但可经
常发现鲜艳的豆种翡翠。上好的玉石开采出来后，大多数被沿着一条悠悠古道，送到玉器
加工地。

腾越，享有翡翠城美誉，是极边第一城，历史上这座城有众多的玉器加工坊，众多的玉匠。
几千年的商贾、文化交流，使它成为西南第一通商口岸，翡翠集散中心。这里一度是繁华
的百宝街，雄商大贾携资来。这里加工出来的玉镯玉雕、玉器摆件，源源不断地流向了世
界各地。在 20 世纪 60 年代初的一个冬天，一位在这里打工学艺的广东青年，回家过年前
买下了几只喜欢的手镯。没想到一收藏就过去了几十年。凝聚天地之气成就的玉是讲缘的，
它离开云南多少年，终于等到一位有玉缘的云南姑娘，这只头层石玉镯，它又归来了。

（阮丽　张鲜）

家有玉白菜

　　家有玉白菜。陆玉菡家有棵玉白菜，在乔致庸生意大跌大落的时候，这棵玉白菜不只是栩栩如生的给观众留下深刻印象，而且是被陆玉菡捧出来，救主人于危难之中的宝物。用来救苦救难的玉白菜啊，不是编剧杜撰的，实际上是名见经传的。

　　据晋商文化学者唐其才透露，翡翠玉白菜在历史上确有其物。原来，电视剧《乔家大院》中的太谷陆玉菡家，正是以历史上的山西太谷大富商曹家为原型，剧中多次出现的"翡翠玉白菜"，正是当年皇家赐给曹家的御用之物。它就是曹家的传家之宝。后来，随着清朝的灭亡与接连不断的战乱，这件翡翠玉白菜在 20 世纪 40 年代时流失台湾。很多人猜测，山西太谷曹家的这件传家宝，正是台北故宫的镇馆之物——翠玉白菜。

　　国有玉白菜。又一种说法，1949 年蒋介石在逃往台湾时，飞机载、轮船装 60 余万件稀世文物，从北京故宫或南京等地运到台北故宫。两座故宫，都是中国式宫廷建筑。台北故宫，碧瓦黄墙，雕栏玉砌，典雅而壮丽，馆内的青玉白菜、东坡肉松石、毛公鼎，三件宝贝在 60 余万件藏品中名列前茅，是台北故宫博物馆的镇馆之宝。有另一种说法，是说玉白菜是清代光绪皇帝瑾妃的陪嫁之物，后被收藏在宫中。

　　据看到的人介绍，这件翠玉白菜由一块半白半绿的翠玉为原材料，绿色的部分雕成菜叶，白色部分雕成菜帮，看上去是鲜活欲滴。翠玉白菜上有两只虫，一只蝗虫，一只螽斯虫。白菜寓意清白，象征新娘的纯洁，白菜叶上的螽斯虫代表了多子多孙。

　　上好的玉，为什么不雕龙雕凤，而要雕成普普通通的白菜？在吉宝斋里，由《乔家大院》引发了兴趣，我们便说长道短探寻着玉白菜的由来。

玉白菜

玉白菜，中国古人图的是它的谐音——"遇百财"。又叫横财（菜）就手，寓意一切意外之财来得容易，所以又叫"纳百财"。用玉石雕琢的白菜作为工艺品，一方面作珍品收藏，一方面作为贡品或贵重礼品，上贡或馈赠。如家有玉白菜，摆放也得有讲究，必须摆在大厅的西边。

斋有玉白菜。吉宝斋大厅精品柜靠西一侧，一棵鲜活的玉白菜非常醒目，仔细打量，厅里一共陈列着三棵玉白菜。主人小心翼翼地把它们搬出来，我们在欣赏享受的同时，也挖掘着吉宝斋白菜的故事。

这一棵（如图）十年前，吉宝斋的卢老先生在盈江觅得一块毛石，作为资深玉人，卢老先生一看，是块雕刻玉白菜的好料，从此，卢先生脑海里就经常勾勒着这棵白菜的草图。深思熟虑了多少年后，直到三年前，卢先生才郑重地拿出这块毛料。料是上品，雕刻者是大师，白菜不仅要雕得惟妙惟肖，更重要的是要让它活着，它得有魂。在瑞丽的凤尾竹掩映下的那间工作坊里，卢先生把他的蓝图展现在雕刻大师面前。两位大师级的人物想法竟然不谋而合，击掌之后，卢先生回昆明静静地等着这棵玉白菜的诞生。

半年之后，卢先生激动地打开包装，眼睛一亮，像抱儿子般地抱起这棵白菜。这是一棵白菜精品，从菜帮子到菜叶白得晶莹，紧裹的菜心微微绽开，菜心中的两叶叶尖，却绿得新鲜，恰好有两只和绿叶一样绿的虫子，仗着同色，颇为安全、大胆地趴在菜叶上；两片成熟了的外叶，边上焦了糊了，黄黄的向外翻卷着，黄翡刚好用在叶边上。菜根上则爬着好几条虫子——蝗虫（琥珀黄）、菜心虫（翠绿），所有的色都在虫子身上得到巧妙利用，尽情渲染。点睛之笔是两只正在嬉闹的蚂蚱，仰卧在菜叶上的这只，全身雪白，只有臂是黄的，另一只，两只美丽的长脚踩在菜叶上，前肢抱紧身下面的蚂蚱的肚皮，它的背是黄的，两条长长的触角也是黄的，并且耷拉在下面蚂蚱的头上。不知是活的白菜引来了这么多的虫儿，还是这些活灵活现的益虫害虫赋予白菜魂魄。这个完美的统一体，缺了哪一点，都会没有了精气神。倘若没有玉的光泽，看见者一定会忘记这是玉雕，把它当作一棵真实的须根还留了一部分在土里的无公害蔬菜。

让人心跳，让人血流加快的是艺术感染力，当然除了艺术生命力的力量之外，"遇百财"的渴望也会加快血液的流速。不是说盛世藏玉吗？创造点条件，喜欢玉的爱好者，也请棵玉白菜到家中，不论大小，摆在客厅的西侧，家纳百财呀，富家富禄啊，那是因为家有玉白菜。

（阮丽 张鲜）

伴娘水沫玉

伴玉生，伴玉成，伴玉长（涨），默默无闻的水沫玉，随玉的热涨近几年也悄悄地露出脸来，在大姑娘、小媳妇的手指手腕胸前频繁亮相了。到此时世人方知水沫玉，由知到爱，水沫玉也渐渐地登上大雅之堂了。

第一次见到水沫玉是在一个阿昌族女孩那里，女孩是陇川户撒人，在做茶庄的同时，往来于陇川与昆明之间。弄点户撒刀、小玉件、绣片等掺杂着一块卖卖。我盯住她泡茶的手，手腕上戴着一只晶莹透明的手镯。

水沫玉手镯

"哇，好漂亮啊，冰种的？"

"不，不，张姐你仔细瞧。"

她取下镯子。"哦，很轻，不是玉啊，是水沫玉。"

她抬出一只大纸箱：喜欢的话，你先挑。

我用报纸裹了一串回家，在窗前一只一只慢慢欣赏：这只似玻璃种，内飘蓝花，清澈得如水里看花；这只，浓墨重彩，天然水墨画；这只白色，没有一点杂质，可以充玉……我留下几只喜欢的。马上伏案开始刨根究底，查一查水沫玉的身世，以满足我的好奇心。

水沫玉其实不是玉，它是钠长石及少量的辉石类矿物和角闪石矿物。在缅甸翡翠矿区它是翡翠的外围矿，有的也在同一块矿石上相伴而生。它的形象，犹如高山上一股山泉水跌下腾起的水沫子，所以，俗称水沫子（名副其实）。水沫子原来卖不起价，也很不为人知。近几年，随着黄龙玉一些新玉种的飙升及翡翠收藏热的兴起，水沫玉也扶摇直上了。

其实，水沫玉很美。借中国玉雕大师王朝阳的话说，"水沫玉被称为最美最纯的'玉石'"，不仅是因为它清澈透亮，堪比水晶，而且因为它是翡翠的伴生矿。与翡翠共生的水沫子，有把它们称作孪生姐妹的，也有称作情人的，也有比作伴娘的。说是孪生姐妹，水沫玉在家族中不幸成了灰姑娘；说是情人，由于身份身价的悬殊，情人只是地下活动；只有作为伴娘，终于要有一展风姿之时。翡翠好比一位新娘，内秀矜持，以淡淡的光环，静静地呈现美。水沫玉就好比她的伴娘，张扬地、阳光地、不要一点含蓄地把美丽展现出来。新娘的美是柔美，伴娘的美是美艳。从小就生长在一块土壤里，上善若水，相濡以沫。水沫玉有黑水沫、白水沫、区飘蓝花的水沫，还有无色的水沫。无色的水沫看上去和翡翠冰种、玻璃种很相似。但是玉重水沫轻，玉韧水沫脆，玉密水沫疏。敲击听听，玉清脆悦耳，水沫声音沉闷。怪不得水沫玉知道自己比玉逊色，躲在一边从不追名逐利。

美是遮不住的，一旦露出庐山真面目，水沫玉便以它独特的美丽为爱美之人锦上添花。另外，由于在缅甸开采水沫玉的矿洞场口只有两个，都被政府控制，私人不得开采。再则，水沫玉价格也才从底部启动，也许更多的人会把目光投向水沫玉吧。

笑口常开弥勒佛

　　翡翠业内有句老话，男戴观音女戴佛。玉雕的佛一般有释迦牟尼佛、药师佛等，最常见的是弥勒佛。弥勒佛胖乎乎，笑眯眯，肚大大，着实让人喜爱，人们爱"戴"弥勒佛，弥勒佛很受人们爱"戴"。除直观的形象见着就喜欢，能引发快乐外，究深一点，怕是还有诸多因素吧。

　　弥勒（maitreya）在梵文中，就是大慈的意思，因此弥勒也被翻译作"慈氏"。弥勒是佛陀的指定接班人，是佛教八大菩萨之一。有这样一个传说：玉皇大帝为了治理人间，就派天宫的弥勒佛下凡。如来佛知道后，就找玉皇大帝论理：我算佛祖哩，为啥不让我去呢？玉帝听了，只好说："商量商量再说吧。"借商量的空子，玉帝便想了个解围的方儿。他请来弥勒佛和如来佛，将两盆花放在二佛面前，说："这两盆花你二位各务一盆，谁的花先开，谁就下凡去管理人间。"如来佛心眼多，知道玉帝一定偏向弥勒佛，因为他猜到玉帝怕出口之言难收，面前这两盆花，恐怕玉帝已暗地作了安排。于是也想出个小计来，他借弥勒佛合目谢恩的机会，悄悄地把两盆花换了个位置。第二天，如来佛的花就开了，因

玉弥勒佛

此弥勒佛只管了一天人间，这天就是正月初一。弥勒佛心善，管一天他也降福施恩。这天他让人们吃好穿好睡好，因而正月初一人们就欢欢喜喜，兴高采烈地过了一天。这个习俗延续至今，每到大年初一，天下百姓吃鱼吃肉包饺子，欢欢喜喜过大年。后来，人们为了纪念弥勒佛，就把这初春之时，二佛交接的时刻称作"春节"。这也是人们喜欢弥勒佛的一个原因吧。

　　大肚能容天下难容之事，开口便笑笑天下可笑之人。因此，弥勒佛又称为笑佛，他代表着人们向往宽容和善幸福的愿望。如今眼下，这对联非常流行，老总的办公室、富人的客厅、平民的居室，都张贴着、悬挂着此联，有的还加上横批——笑对人生。喜爱此联的，有的在追

求一种境界，有的表达一种品位，有的只是为了开心快乐，但是对所有的人，都望联释然消除烦恼。

玉雕的弥勒佛有许多的珍品，我曾经在玉丰会馆相中一尊佛：冰种的几乎全透明，宽宽鼓鼓大大的大肚子，清晰地飘着几丝碧绿。看中了，喜欢了，拮据啊，犹豫再三。结果被一位有钱人毫不犹豫取走了。

最近又见珍品，七彩云南的翡翠，冰种红翡色佛，题名"洪福齐天"。雕工精美绝伦，形象栩栩如生，没有一丝杂质。最可爱的是大腹便便，耷拉下来，成为坐稳的支点，这尊弥勒佛，就怕见不到，见了忘不掉。再看欧阳秋眉介绍的满绿的弥勒佛吊坠，用正浓鲜均、质细种透来形容，恰如其分。这尊佛 2005 年在苏富比拍卖行拍卖，引起轰动，人人咂舌，十分罕见，十分罕见。可真要好好谢谢造物主，造出这么美的玉，也造出这么受大众欢迎的佛，好玉雕好佛，更让世人赏心悦目，开心无比。

春节就要来临，说弥勒佛，想弥勒佛，愿开口常笑，过个好年吧。

赌　石

　　神仙难断寸玉，凡人唯有一赌。翡翠毛料的买卖，是在石材包着厚厚的皮壳、最多开个天窗的情况下进行的，皮壳里面什么种？什么色？几分水？未切开之前天不知地不知神仙不知人也不知。因此，这个石头的买卖，就只能说成是"赌"了。

　　赌石也叫赌料或赌货，行家们根据特别的翠性结构来识别玉石，把皮壳的色斑、色带、质地等等作为判断的条件，重要的还要先判断出石的产地（场口），然后再从天窗的表现来推断其内部的价值，心中估算出价格。赌石的那一刻，真是一个斗智斗勇、比胆识拼实力的时刻。都说外行赌石靠七分运气三分眼力，内行赌石却是六分眼力四分运气，不管行内行外，从赌石的兴起至今，赌石赌得惊心动魄，一夜间致富者并非天方夜谭，一夜间沦为穷光蛋也是大有人在。神秘的赌石演绎出多少大喜大悲的故事。

　　北京姑娘小冉（化名），一个人来游云南，本要去景洪，错买了机票去了德宏。美丽的瑞丽玉商云集，赌石的热闹每天可以从早看到晚。小冉心痒痒地拨开人群挤上前，用六万元赌下一块毛石，一刀切下去，哇！众人哗然，好石，好石，天上掉下金元宝，这块玉石转手卖了两百万。小冉趁势在瑞丽买下一间商铺，北京姑娘落户云南正式成为玉商。又一位玉商花几万元赌得一石，迫不及待送去解开。切了一刀既不见种也不见色，再切一刀还是什么也没有，一刀一刀又一刀，一连四刀，刀刀如此。一百元一刀的加工费。

玉毛石

"还开不开？"加工厂老板问。

"罢罢罢，这块石头丢给你们，抵那四百元的加工费。"玉商扬长而去。

于是，这块被冷落的石头就丢在了工厂的门背后，身上落满了厚厚的灰尘，寂寞地看着开门关门无人问津。终于有一天，加工厂老板心血来潮，抱起石头说，再切一刀试试。天呀，妈呀，幸福来得太突然了，一块碧绿的玉出现了，仅这一小块，就卖了上百万啦。

为石痴为石狂的大有人在。一位商界的成功者，从迷上玉石之后，卖掉自己的酒店，用资产换回几屋子石头，每天手持一把强光电筒，照照这石照照那石，长长的须发那是无暇顾及，苍白的脸庞是因足不出户，昔日的老总不再西装革履，恍若神仙。因石而活，活在石中。

玉丰会馆也赌来许多石头，架子上的这块，无论你用强光电筒照哪一个面哪一个点，都显露绿色，见到的人都赞："买着了，买着了，中大彩了。"但是，拦腰一刀，中间却是生瓜。另外一块，从天窗一照，就看见种透色正，不过，玉这东西，怕做不到窥一斑见全豹，有待切开再瞧。

赌石的名堂很多，赌色，赌正色；赌种，种要好，种要老，种要活；赌裂、赌雾、赌是否有癣。还有难度很高的赌法。具体怎么赌？主要通过擦（擦开表皮）、切（切开原石）、磨（从外向内琢磨）三种方法来实现。既然是赌，那就是两种可能，不输就赢，即使是经验老到的行家，也难免会走眼。然而，风险与机遇并存。赌的刺激、赌的神秘和一赌为快的乐趣，使赌石的人前赴后继，虽然前浪倒在沙滩上，仍有后浪推前浪。

（廖红星 张鲜）

美的创造

　　美的发现在独具慧眼，美的创造在不因循守旧、墨守成规。一日偶然见到玉雕大师王全璐雕的白菜图片，顿时被一片白菜叶惊呆。这位玉雕大师舍整体求局部，仅雕了一片白菜帮子，以一叶之美，引起视觉感觉的震撼。这个题名"鸣秋"的作品，不仅仅鸣秋，可以说是既鸣春夏秋冬，又一鸣惊人。

　　玉白菜是玉雕的传统题材，因谐音"遇百财"受到青睐。一般的白菜作品，因料就材，不论是白底青料，还是全白或者有色的玉料，基本雕成整棵的白菜，或白或绿，或白帮绿叶，再配上瓢虫蚂蚱等等点缀。白菜不管大小，雕活就好。如一件堪称中华玉文化杰作的《白菜螳螂》，就是重数十公斤、长 55 厘米、宽 17 厘米的白玉雕件。白菜帮晶莹透亮，每片叶子又翻卷得各不相同，两只身形矫健、厮杀正酣的螳螂，伏在活色生香、水汽淋淋的大白菜上。这一作品被称为"白菜王"。小的白菜，如玉丰会馆的一棵只有小拇指大的白菜，雕好后不事打磨，毛毛的，拙朴得叫人喜爱，让人感觉是那种正成长着的毛边小白菜。各种各样的玉白菜见了许多，也就见多不怪了，可偏偏这一片菜帮子，却美得让人难以忘怀。

鸣秋

　　《鸣秋》，不是整棵白菜，仅是一片白菜帮。但这片白菜帮却比整棵白菜更耐人寻味。白菜帮上有两个活灵活现的小蝈蝈、一只蚂蚱。另外还落着一个红辣椒，辣椒上面又落着一只小瓢虫。作者运用工笔画中写实的手法，用玉石还原生活中的细节。对"玉白菜"玉雕的传统题材，老题材新构思。用一个白菜帮去表现一棵白菜，表现手法可谓创新、独到。手拿这一块薄薄的、长长的玉料，不知王大师是怎样问料的，如何构思的，怎样赋予它文化内涵，才创作出这样美的作品，营造出这样美的意境。

这一叶白菜，晶莹剔透，菜帮上的菜筋清晰显露，叶边翻卷，叶面有凸有凹，犹如真的白菜叶面。是菜非菜的玉雕呀，若给它做衬底那是多余，若给它装框显得累赘。不论怎样支怎样摆，它都飘逸、空灵，美得超凡脱俗，基本找不出什么艺术品来和它相比，也找不到合适的词来形容。突然我想起有一年冬天，我在张家界天子山上看到的雾凇：那天清晨，漫山遍野一片莹白，有傲然凌空伸出的枝头，化成凌结成冰，树杈还是那树杈，花枝还是那花枝，只是它被冰装放大了，原型在冰清玉洁中清晰可见。大自然中看见的天地营造出的美景，在看这片白菜帮子时，也产生了同感，也感受到那种美的意境。原来，人是能创造出可与大自然相媲美的艺术品的。

美是需要发现和创造的，不一定再现生活就是美，也不一定塑造得栩栩如生就是美。曾经在一次玉展中看到两个翡翠的雕件：一只黄生生的鸡，一只黄生生的鸡腿。鸡金黄冒油，鸡腿皮黄肉嫩骨头酥，似乎还飘起丝丝缕缕的香气。但是，看着这两个作品，心里有一种怪怪的莫名的难受，特心疼这两块玉石。这时，有两位戴眼镜的先生指点着说，手艺好，料也好，就是题材……

赋予作品文化内涵，作品才能上升到一定的意境，给人以美感，美的享受，美的欣赏。一片白菜帮子创造的一叶之美，其功力让我激动了很长时间，在写此文时，特借王大师的图片一并刊登，供大家鉴赏。

翡翠普洱兰花草

　　翡翠、普洱、兰花，三样东西既不同种也不同类，摆在一起说道说道，是它们有一个共同点——都当过耀眼的星星，都成为过追涨的对象，从云南热起，火爆全国。相提并论并不容易，只有分开说说，又统一看看。

　　兰花其实热了许多年，从少数人的雅兴，到被大众追捧的奇花异草，很是红极了一段时光。2007 年，号称昆明最大的兰花市场开业，"春城兰都"首届兰花展览，仅一苗"大唐盛世"就成交 110 万元，整个兰展热热闹闹，兰奇比人贵，人拥兰而傲。兰都里，各家兰苑高朋满座，人穿花中，香围人绕。买兰花的卖兰花的似乎对兰花事业一致看好。

　　也是在 2007 年的春天，普洱茶的热度从头年一直烧着过来，只要有三个人在聊天，就免不了房子、股票、普洱茶地扯起来。又一个高潮在普洱茶的波浪中掀起，思茅市应时代

黄金海岸

需要更名为普洱市。2007 年 4 月 8 日这天，思茅——普洱外宾云集，迎来了清朝贡茶回归故里，请来了明星大腕晚会登台。可是出人意料，这么热的地方，这么暖和的天气，竟然在晚会时下了冰雹，还开玩笑似的又停了一会儿电。真让人疑惑不解。有茶人事后说，当时他心中掠过一丝不祥之感：莫非普洱茶真的冲过头，要出现转折的征兆么？

在兰花炒作风暴逐渐平息，普洱茶走下神坛之后的这一段日子，翡翠却悄悄地升温了，特别最近三年持续走高。低档的翻个倍，中档的翻几个倍至几十个倍，高档的价位怎么翻，那是不好估不好喊也不好说。是乱世藏金盛世藏玉的理念，是稀有资源逐渐减少的必然，是翡翠被越来越多人追捧的走向，还是有钱人投资的目光盯住缅甸公盘。太多的是和可能是，导致翡翠价格去年下半年达到一个新高。

一转眼到了冬季，和蛇类动物一样，翡翠市场似乎也进入冬眠。虽然老市场开新店（如白龙花鸟市场），新市场进老店（如多尔惠民族广场），翡翠市场越来越大了，珠宝玉器店越来越多了。但是，成交量少了。普通人说，一套房子才可以买一只手镯，戴不起。内行人说，正常的，休眠期即调整期。旁观者说有价无市。专家展望，花落自有花开时。

人类社会的发展是一个曲线发展的过程，各种商品的发展也有高潮低谷，疯狂之后总要有理性的回归。兰花乱过之后，如今，好花仍然是好花，好在名贵，好在奇异。各种品种，各种档次，价格基本稳定。该研究的研究，该办展览的照办。刚举行没有多久的 2012 年春季兰展，"春城兰都"照样弄得名品推出，还有好花获得金奖。普洱茶在 2007 年 5 月调头下滑之后，高盘接货的惨了，资金小的垮了。众说纷纭啊，说渥堆不科学，说陈香不是个味，说放久了什么成分都消失了，还收藏普洱茶干什么？在肆意炒作之后，在泡沫破碎之后，在洗牌整顿反省之后，普洱茶正本清源，健康规范有序地运作。"大益"有益，中央电视台广告如是说。

翡翠市场目前还在有点春眠不觉晓，但是这只是暂时的。说句客观的话，兰花会发苗。茶叶呢，明前、雨水、谷花茶，发了就摘，采了又发。翡翠呢，则是稀缺资源。最大的翡翠市场云南，怎样实施桥头堡战略，如何用好一衣带水的缅甸、云南的独特地理优势，怎样在文化强国、文化强省的方针下，锤炼云南从玉行业人员及玉雕创作人员、制作人员的队伍……

专家分析，未来的中高档翡翠依然会很俏。那么它现在"俏也不争春"，想必是为了待到山花烂漫时，她在丛中笑。

龙生九子不像龙

那一日，在玉丰会馆相中一物，这个玉雕摆件雕工细致干净，鳞是鳞爪是爪，鳞的多起，爪的倒抓，脊梁的主线，每一处都逼真生动。尤其头部，威严带杀气，口大张，舌头平平伸出一大截，全身该空的地方空，该实的地方实，虽然是个静物，但是却觉得它有威慑镇人的感觉。

"它是什么？"

馆主说："是龙的儿子，不是常说龙生九子吗？它是九子之一，叫眦。"

名字很陌生啊，揣着这个宝物回家的路上，就反复念叨着自、资、眦，直到烂熟于心。

案头上摆着一个龙的儿子，左看右看，便有了心结，这只是九子之一，其他的龙子是什么样子叫什么名字，怎么也得弄个明白吧。以后的日子，便把这个玉眦揣在怀里，去找玉界懂雕刻的、研究龙文化的，与前辈们探寻龙子之谜。原来，龙生九子有好多个版本，有排行不同的，有名字不同的，有归入九子的小龙不同的，意见基本一致的，就是所有的版本里都有睚眦。另外我还在书海里查寻，终于，记住了龙九子的名字和了解了它们的一些来龙去脉。

翻开《升庵外集》，上面记载龙之九子是赑屃，形似龟好负重，即碑下龟；螭吻，形似兽，性好望，站屋脊；饕餮，好食，立鼎盖；蚣蝮，好立，站桥柱；椒图，似螺蚌，性好闲，立于门首；金猊，形似狮，好烟火，立于香炉；再加上蒲牢、狴犴、睚眦三个，恰为龙之九子。我买回来的玉雕龙子，名字叫睚眦，睚眦本意是怒目而视。它相貌似豺，好勇擅斗。民间有句成语，睚眦之怨必报，讲的就是此物。"一饭之德必偿，睚眦之怨必报。"报则不免腥杀。

龙九子之睚眦

所以，古时的刀柄、刀鞘作为装饰，刻上睚眦的形象，更增添慑人之力量。这位龙子的头像还被仪杖和宫廷卫士用在兵器上。

　　九个龙子根据爱好、特长各司一职，其形象分别留在马头琴、屋顶翘角、石碑下面、牢房大门、香炉盖上、桥柱、建筑物排水口、鼎盖、兵器上。原来我是一无所知，现在是知之不多，但是心里已经有了它们的基本形象。按图索骥，我就在多家玉行的玉雕摆件中找龙九子，除了我已经有的这个睚眦外，见到多一些的玉雕就是赑屃，可爱的颇像龟的赑屃，心甘情愿背负着重重的一块石碑。为什么呢？据《杨慎外集》谓："龙有九子，各有所好，一曰赑屃，好负重，今碑下龟是也。"长子赑屃，长得很像乌龟，喜欢背重物。说它在大禹治水的时候，驮着大禹过黄河，帮助大禹疏通河道，挖山开沟，立下汗马功劳。大禹说："你立下的功劳，刻块碑你自己背着吧。"所以，现在我们见到的赑屃一般是驮着一大块石碑，使劲昂着头，四只脚拼命撑着，吃力地在向前爬。从古至今，赑屃已经成为祥瑞、和谐、长寿、吉祥、高贵的象征。同时，它也传承着中华民族传统美德中的"忍辱负重"。

　　其他龙子，做成玉雕件的就很少见到。但是，心里有谱，便在去地州旅游的沿途，注意看桥，认真看庙，都可以看到石雕的、木雕的、彩陶的龙子的形象。包括在凤临高香茶厂的院子里，仔细观察院子里石器石雕件，竟然也发现了四个龙子的雕像。龙九子的相貌各有特点，像狮、像虎、像龟、像狗、像狼、像豸、像四脚蛇剪去尾巴，就是没有一子完完全全像龙的。所以呀，我才明白这句话流传至今不是白说的："龙生九子，九子不像娘。"

龙九子之外还有谁

　　龙生了九子都不像龙，龙怎么会罢休，再生几个看看嘛。于是，九子之外便又有了龙的兄弟，其实，所谓龙生九子并非是恰恰九子，九在这里只是个虚数，也是个贵数。在中国的传统文化中，有用三表示多，用九表示极多，说的是龙的儿子很多。那么，九子之外还有谁？据说，貔貅也颇有龙子之貌。中国的南方和东南亚地区都是把貔貅当作龙子的。

　　貔貅的形象是从远古留传下来，有留在青铜器上的，有烧成瓷和陶的，有紫砂的，有刻成大型石雕立在原来的金铺钱庄，现在的银行门口的。从雕刻用的材料来比较，高价值的材料当数玉石的。貔貅的玉雕件很多，因为玉是有灵性的，通灵的和通财的集合为一体，招财进宝就灵验得很哪。要想灵上加灵，买玉貔貅时可千万别说买，得讲请。一天，我走进治和祥，准备去请一尊貔貅回家。治和祥是一家百年老字号，子承父业的胡师，爱心爱意地开着这个珠宝玉器店，他的一个个玻璃柜台，一律摆着大大小小的貔貅，多的组成一个阵营，排在后面的是"种"很好的小巧精品，中间是带色的内中飘花的摆件，处于前列的是个头很大的貔貅，如领军的大将。所有的貔貅一律侧卧着，颇像一支静静潜伏的军队。貔貅一军队，军队一貔貅，好像它们之间有什么联系，蓦然想起，古时，貔貅不就是军队的代名词吗？用貔貅来做军队称呼的文字，如元王实甫《西厢记》第二本楔子："羡威统百万貔貅，坐安边境。"罗贯中《三国演义》结尾诗词"曹操专权居相府，总领貔貅镇中土"。柳亚子《读史》诗之七："绿林家世拥貔貅，乳臭儿郎据上流。"等都是把貔貅作为军队的书面记载。我原来知道貔貅是招财瑞兽，现在又知道了它是龙的儿子，这个相貌其实四不像的宝贝，来龙去脉如何，行家一张嘴，犹如翻宝书，从行家那里真的能获得貔貅的很多知识呢。

龙九子之貔貅

　　坐在治和祥两天，把貔貅看了个够。貔貅是一种凶猛的瑞兽，它分一角的和两角的，一角的称为天禄，两角的称为辟邪，在南方称貔貅，在北方称辟邪。据说，貔貅有二十六种造型，七七四十九个化身，最常见的是龙头、马身、麟脚。口大、肚大、没有肛门。形似狮子，还会飞。

　　这貔貅呀，吃的是金银珠宝，浑身金光灿灿，深得玉皇大帝的喜爱。一日，貔貅吃多了，就闹肚子，忍不住在天庭上解起大便来，玉帝勃然大怒，一巴掌照头拍下去，貔貅眼快，往前一闪，结果拍到屁股上，屁眼就此被封了起来，金银珠宝吃进去再也拉不出来了，只认进不认出，这不就聚财了嘛，敛财了嘛。中国人爱佩戴貔貅，家中爱摆貔貅大概就因此典故吧。就连澳门大赌场，都摆着一只玉貔貅，巴不得嘴大吃四方，挣得多多的，丝毫不漏出。

　　左挑右选，我终于请着了一个貔貅挂件。

　　"回家之后还要注意些什么？"

　　治和祥的老板叮嘱："一，得送去开光，要不然就是一个瞎眼貔貅，进财不灵；二是貔貅请回家，每天都要摸一摸它，因为它喜欢睡懒觉，必须叫醒它。"

　　古贤认为，人的命是注定的，但运程可以改变，于是，民间百姓流传着一摸运程旺盛，二摸财运滚滚，三摸平步青云。这还有点哲学味道，但实际上是一个多么美好的心愿。现在如果谁要问：龙九子之外还有谁？别位暂且先不讲，首先明确回答道：龙九子之外——有貔貅。

中法朋友相聚朝阳翠语话玉雕

　　2012年8月11日下午，昆明傲城珠宝汇"朝阳翠语"会所内，普洱茶香，冰红酒醇，熊庆来之子熊秉衡先生一家携法国朋友米歇尔·诶胡和夫人桑德拉·诶胡一行六人，在这里赏翡翠看玉雕，在融洽的气氛中以西方的文化视角，畅谈了中国玉雕的审美、创意与融合等问题。

　　玉在中国有六千多年的历史，它除作为礼器、信物、身份等级的象征外，还作为饰品展示自身的魅力，增添人的美丽。"朝阳翠语"的于家祥经理在拿出各档次玉雕请客人鉴赏的同时，对翡翠文化作了介绍。熊庆来的女儿熊有雯女士担任了翻译。来自法国的朋友对艺术品有着极高的鉴赏力和独到的见解。在看一个佛的挂件时，法国朋友说，玉石是佛的载体，若雕不好，就是一个模仿，一个刻版在空架子上，完美的结局则是佛与玉石的融合，这才叫一个雕塑。对于动物雕件，法国朋友认为我们的雕法太写实，应重在写意。熊

熊秉衡先生一家和法国朋友在"朝阳翠语"会所

先生举例补充说，卢浮宫的北极熊就是在像与不像之间。在传看京剧脸谱的玉雕时，对国粹有较深了解的熊先生提了建议，他说京剧脸谱很多，各有特点，可以挑一些好的脸谱来雕刻。另外，透明的材料，玻璃种、冰种，可以尝试雕在背面，凹进去，省工，效果也会很好。对王朝阳大师的一组挂件，法国朋友米歇尔·诶胡觉得意义很深，《中国翡翠》杂志的作者王重实老师介绍，这是金木水火土组件，他讲解了中国古代的五行说。米歇尔·诶胡对此有浓厚的兴趣，问买什么书可以深入了解五行。王重实老师推荐了《中国古代哲学》《周易》等书。一块水沫玉雕的马牌，传到五岁的路易·思聪·德拉特·熊手里，小男孩说，他看着这匹马想哭，外公熊秉衡先生说，这是一种感动，好的东西让人感动。

《中国翡翠》杂志、云南广播电台、云南艺术学院、傲城珠宝汇的爱玉人士参加了座谈交流，云南太阳魂酒业呈上了他们在迪庆生产的"梅里冰酒"。

熊有雯女士的法国先生皮埃尔·德拉特是位高级法官，对红酒颇有研究，品后非常准确地说，这是在零下七度时采摘的葡萄。作为巴黎服装设计师，熊有雯女士谈了什么样的服装配什么样的首饰，作了佩戴"翠"品，服装应简洁、合适、合理搭配的引导。"朝阳翠语"的于家祥经理与熊有雯女士还就如何把翡翠引入法国、翡翠搭桥、东西方文化的借鉴互补等作了探讨。

最后，法国朋友寄语，玉石具有天地之灵，它形成美丽的石头不容易，要把雕琢做得更加完美。

石头疯子的买石壮举

　　"石头仙人"闫强，是云南省"艺润玉珠宝公司"的创始人。他从石头盲子摸进石道，十多年来，由爱入迷，因迷而痴，痴得让人管他叫"石头疯子"，也因为有了疯子这个疯劲，闫强拥有了数量可观的翡翠毛石。当然，闫强的藏石不只数量多，质量也好，他的堆如小山的石头中不乏精品。这些精品石经选出来，有的被雕琢成器，有的被原封不动地保存了起来，凡经手皆入库，被他一一写进了"闫氏藏石记"。

一、买石壮举

　　如果说有这样一个人，他看见石头眼睛就会发光，管他黄壳、黑壳，只要是眼睛瞄上的，见好就收，好的就藏，那么这个人一定是闫强。2009 年是闫强大举收购的一年。那年，早已在云南省珠宝界有了"石头仙人"雅号的闫强，终日顶着炎炎烈日，和合伙的哥们楼志强在盈江的街上与缅甸人及当地的石商频频接触，探准消息，就前往仓库查看。看完后，闫强挥挥手："这间房子的石头我要了，那间房子的石头我也要。"别人买石，估堆揽尽已经非常大气了，闫强把一房子一房子的石头搬完，着实吓死人。"这个人怕是个疯子。"那些穿着筒裙的本地商贩悄悄议论着。也有人恨得咬牙："妈的，毛石的价钱都被这个石头疯子抬高了。"毛石装车上路，被拉到昆明或是闫强在浙江的合伙人楼志强那里，足足拉了 6 卡车。闫强、楼志强两强联手，在当时成就了一段佳话。

　　这些石头，经过这些年的挑选，虽然低档的、废弃的不少，但也选出了许多满绿的、黄夹绿的、冰种、玻璃种的好石头，那些石头至今仍未完全筛选完。闫强为石头而疯狂，疯狂买石，疯狂收藏，爱石成痴，收购了太多好石头，也怪不得在"石头疯子"的封号下还有一个"石头仙人"的雅号。他超人的胆识，雄厚的实力在昆明珠宝玉石界口碑甚佳，被同行们推选为"云南省收藏家协会执行会长"。

二、"石"无巨细

闫强收藏的毛石，从小到大，从大到小，数都数不清楚到底买了多少。对"石头仙人"而言，大小不论，只要是好石，"石"无巨细他都爱。而且翡翠毛石的价值，不与大小成正比。小的，就直接打个孔，编根绳子就可以挂作胸坠，别小看这些小毛石，它们天然的样子有的像佛，有的像物，润物天成。这一块块石头都是闫强派人蹲在缅甸的坑口，小坨小坨收回来的。《中国翡翠》杂志曾刊登过一篇《遇见一个金蟾》的文章，说的是一个在昆明工作的山西汉子，在艺润玉会所看见了一个天然金蟾就再也放不下了，两万元买下立马挂在脖子上，他说："不是说金蟾能进财佑福吧，我还图它在昆明的独一无二呢。"

说到独一无二，不得不提的是闫强去年买的大毛石，1600 公斤重，因为太大、太重无法搬运到楼上的会所，就摆在了锦华酒店的大堂里。据现有资料查证，此石被誉为"昆明第一石"。那是在 2012 年的 10 月，多年在中缅商道上奔波的闫强接到缅甸朋友的消息："一块大毛石，看好，速来瞧。"火着枪响，闫强立马赶到，一把掀开盖头，闫强一阵窃喜。是好石不说，仅擦开的那一片，就有几条绿色，色脉走处，他看出有天然形成的非常清晰的一条飞龙和一只凤凰。真是龙飞凤舞，龙凤呈祥，大吉大利啊。十分钟后，闫强甩钱订货。这坨上吨重的毛石瞬间成了闫氏毛石。

1600 公斤重大毛石

三、广收窄纳

闫强买石，一抖手撒开一张大网，广收。但有时候一网打尽罩来的石头，能够纳到收藏级别的面又很窄很窄。闫强转悠在石群中，用脸贴，用手摸，用强光电筒打着反复看，玩石耗时，闫强却白天乐在其中，晚上意犹未尽。

一块 15 公斤重的墨翠，常常伴他入梦。这块石头有人头般大，顶上擦开了一个整面，可以说已经有 1/4 的面积亮相曝光。这块石有种有水，只要强光一射，一泓绿潭霎时呈现。谁要印证墨伴绿生、绿随墨长的神话，就可以来看闫强这本真真切切的"石书"。这块石头是闫强 2008 年在腾冲一眼相中的，墨翠石在还未抹去它从蜀身毒道一路走来的风尘，就被闫强当作座上宾请到了昆明。这几年来的买家，喊价逐年上翻，可闫强总舍不得出售。有买家说："大哥，你那么多石头，让这块给我，你又会咋个？""话可不能这么讲，"闫强手摸石头说，"有种它透，有水它灵，漆如墨夜，绿如仙踪，我能感觉到它有生命的律动，他像我的孩子，我真是爱不释手啊。"

　　闫强的毛石多，见到喜爱的就藏起来，但他只藏精品奇品，正如石头仙人自己所言："管他买家卖家，上家下家，我最愿意做的，就是做个名副其实的藏家。"藏石者用真石好石书写大部头"藏石记"，仅目录就有几大篇。

八卦玛瑙

一个炎热的午后，女神阿佛洛狄躺在树荫下乘凉，清风习习，她甜甜地睡着了。她的儿子爱神厄洛斯悄悄地摸到母亲身边，剪下母亲无名指的指甲，拿着这闪闪发光的东西飞上天空，啊，手一松，指甲滑落了，穿过天空，落在地下，变成了石头，也就是变成了传世至今的玛瑙。

玉丰会馆廖总（右）与僧人合影

"玛瑙"一词最早出现在东汉末年安世高翻译的《阿那邠邸七子经》一书中，佛经传入中国时，翻译想到玛瑙属玉，就巧妙地把马脑译作玛瑙。但是玛瑙是玉吗？从魏晋起，祖宗们就争论不休。有书记载，《广雅》说次玉。《拾遗记》说石类也。《格古要论》说非石非玉。直到明朝以后，玛瑙属玉，总算尘埃落定。我国古代，曾经把玛瑙叫作琼、赤玉、赤琼。这种火山晚期热液充填早期洞隙后形成的矿物，流光溢彩，斑斓纷呈，美不胜收。不是有千种玛瑙万种玉的说法吗？就来看看玛瑙的林林总总吧。

玛瑙状似马脑，有纹带花纹的特征，如果没有纹带花纹的就是玉髓。按颜色分，有红玛瑙、蓝玛瑙、紫玛瑙、绿玛瑙、黑玛瑙、白玛瑙、琥珀玛瑙等等。红玛瑙是玛瑙中的上品。在红玛瑙中，就有正红、紫红、深红、褐红、酱红、黄红诸多红色。《拾遗记》一书中记："红玛瑙是恶鬼之血凝成此物。"古人以血色比玉色可谓形象至极。另外，古玩行里还流行一句话，"玛瑙无红一世穷"。此话点出了红玛瑙的尊贵。如果按纹理来分，根据色斑色点色丝的不同，可以分为缠丝玛瑙、锦犀玛瑙、苔藓玛瑙、酱斑玛瑙、柏枝玛瑙、竹叶玛瑙、带发玛瑙、羽毛玛瑙……其中最为稀有珍贵的是水胆玛瑙。要找到水胆玛瑙是很不易的。《竹叶亭杂记》中作者颇为气愤地记下这样一件事情："工人掘地得一石（水胆玛瑙），碎之不出，厂官闻之，急令往取水，已散地无余。天生异宝，每误弃于无知者之乎，亦何可恨。"水胆玛瑙以中间有天然形成的水，可清晰看见的为上品。

玛瑙作为饰品由来已久，挂件、手链、把玩、摆件都留下传世之作。我国阜新地区出土的最具代表性的玛瑙器物，首推新中国成立之初辽中期墓葬清河门四号墓所出玛瑙椭圆形花式盅，料质为透明度较高的灰白黄丝玛瑙。1974年及1999年法库县及叶茂台辽墓群七号墓和彰武县苇子沟乡辽墓出土的成对玛瑙杯，据专家测定，所用料质均为阜新所产。1993年，阜新蒙古族自治县知足山乡罗匠沟村出土过一套完整的玛瑙围棋。另外书中也有许多记载，如：巴尔扎克在成名以前，文章被不断退了回来，在人生最失意的时候，他花了700法郎买了一根镶着玛瑙的粗大手杖（他咬牙在手杖上刻下了"我将粉碎一切障碍"）。挂着这根玛瑙手杖，巴尔扎克写出了《高老头》《搅水女人》《葛朗台》《贝姨》，完成了他的《人间喜剧》，成为一代大文豪。在中国，玛瑙和砗磲、水晶、珊瑚、琥珀、珍珠、麝香同为西藏佛教七宝。所以，玛瑙的朝珠、佛珠留传下来的也很多。玉丰会馆的廖馆主很支持地把他的玛瑙珍藏拿出来让我长见识，并亲自拍下了缠丝玛瑙朝珠、红玛瑙佛珠、水玛瑙手链的照片，配合着我这里说长道短八卦玛瑙。

最后，廖馆主还教了一个魔法，说是把愿望写在纸上，和玛瑙摆在一起，放一夜之后，"愿望"烧了，随火融入自然界，愿望一般都能实现。

玉　缘

在视觉凝祝心灵震颤的那一瞬间，那一块玉就永远留在了心里。一见钟情的体会，这可是我人生的第一次。我小心翼翼捧着这件玉挂，在灯光下看，用强光电筒看，在窗前看，最后拿出大门在自然光下看，越看越喜欢，越看越舍不得放，但是令人咂舌的价格，最终还是依依不舍地放回去了。

当夜深人静月牙儿偏西，静静地躺在床上，这块玉自己跳出来，在眼前在心中在脑海里晃来晃去。喜欢一个人你会牵挂，没有想到喜欢一物件，也会如此牵挂，我像背书一样背诵着它的形象。那是一只美丽的喜鹊，它俯身低首，尖尖的小嘴衔起一串钱币，它的身子是那样的柔软灵活，自由地扭着，头偏向左边，尖嘴恰好叼着第一枚钱币的边缘，脚爪紧扣稳稳站立，尾巴随意耷拉着，尾巴这一部分晶莹透亮。这是一块冰种翡翠，冰种在翡翠当中，处于各种"种"之上，玻璃种之下。冰种的外层表面光泽很好，清亮似水给人以冰清玉洁的感觉。粒度均匀一致，晶粒肉眼可辨，有飘花无杂质。冰种的质地细润，半透明至透明。这只喜鹊的尾巴部分基本透明，达到高冰。喜鹊的头顶，一撮绿绒，由绿到黄（黄翡），羽毛自由散开，右翅颜色绚丽多姿，白黄绿交加。它的背面，微张的左翼雪白透亮，一鳞一爪一羽栩栩如生。越看或者越想这只喜鹊不像停立在岩石上，也不像停在树桩上，它好似在天空，脚抓一团白云，白云的缝隙里偶露蓝天。也像在大海中，停立在一堵涌起的白浪之上，顺势衔起那串随浪翻起的古钱币，浪花下，几丝碧绿的海水若隐若现。

越想越心事重，辗转反侧，彻夜难眠。翻身跃起，拿出计算器，好好算算我袋中的银子。细细算过，必须弹尽粮绝，才能了结心愿。终于，一咬牙，一跺脚我揣着钱袋换回了朝思暮想的挂件。挂在胸前，沉甸甸有重量。抚摸时，有手感。用玉镯轻敲，金属之声，悦耳之音。对着镜子，我把春秋冬的各色毛衣作衬底一一试过，美轮美奂，感觉真好。玉是讲缘的，它终于和我相随相伴了。

以喜鹊为题材从古至今国人都偏爱，画在烧在陶瓷上，雕在摆件挂件上。民间都以喜鹊比喻喜庆之事。喜报春光、喜鹊登梅、喜上梅梢。我的这个玉挂件啊，了我情缘，解我心结，遂我心愿。虽然，我还在愁着全家的下锅之米呢，但是，喜鹊早报春，柳暗花明又一村。这只喜鹊不是把钱衔回来了吗？我的这个挂件，应该叫作喜上加喜吧。

舞台与玉的链接

这里货品的摆设，有组合，有领衔，有铺垫，有衬托，犹如群舞的队形变换。仔细寻究，原来——艺术氛围是懂艺术的人营造的。

屋内莺啼绿映红，错落有致春意浓。正中间的一组柜台，可谓春色满园。紫罗兰的手镯、戒指、挂件件件精品，被邱玉娥摆成了一个群舞的造型，细看玩味，看得出谁是主角，谁作铺垫，谁在烘托。流畅的线条，无论你从哪头看过去，都有一番意境。紫罗兰色在翡翠中又名春色，它有粉紫、蓝紫、茄紫等紫色。玉娥说："紫色在一天里，随着光线的变化它也会变化，会有或淡或紫的十多种颜色变幻。另外，在灯光下和在日光下，同一物件也会呈现不同的紫色。"怪不得呢，千娇百媚的紫，会深受仪态万方的女士喜欢。有道是"紫气东来"，借道家鼻祖老子骑青牛过函谷关的漫天紫霞，引来"春儿翡翠"的这满园春色，不也象征着吉祥如意吗？

在"春儿"领衔主演的是红翡如意，红如火的如意以翠为背景，更显如火如荼，象征着"春儿"的事业蓬勃昌盛的势头。右侧的柜里，与红如意对应的是一组红翡挂件、摆件，就像一群浓妆淡抹总相宜的女子，红巾红衫，疾步入台中间。在各色玉件的簇拥下，玉娥把她们排成一溜直排。玉娥像导演，潇洒自如地调度着她的"演员"。玉娥是演员，墙上挂着的照片是她演艺圈的同仁。赵亮、凌潇肃、郭金、晋松、常戎、关礼杰都是她在北京瑞泰尚珩会所(春儿翡翠的前身)的顾客和哥们。相声老演员杨少华经常拿着他的收藏来会所："小玉娥，点评点评吧。"崔永元来看手镯还是那样幽默："好在哪里，老板娘你可得实话实说。"把自己的翡翠，摆放得如诗如画如景，营造出浓浓的艺术氛围。做到这一步，得益于艺术学院的熏陶，部队文工团的锤炼，艺术界圈子里的影响交流，更主要的是玉娥的骨子里从小就有着玉的情缘——外婆的家，童年的摇篮是玉做的。

在高黎贡山那边，有一座古城叫腾冲，那里是外婆的家，我童年的梦。在外婆摇我的摇篮里，我睁开眼睛，就看得见外婆的玉耳环随摇篮晃来晃去。稍大一些跟随父母住在德宏，一到假期，就赶紧去找慈祥的外婆。记得外婆常掰着我的手指，一、二、三、四、五。中间的三，是我们住的三街渣斥巷。

"外婆，什么是渣斤？"

"大大小小的杂东西就是渣斤，渣斤巷里，连渣斤都有，百宝肯定都有啦。"

"外婆，什么是渣渣斤斤？"

"斤斤计较啊，买卖东西可是要讲价还价的呀。"

每隔五天，渣斤巷就有一个街子天。我就总盼着这天。随着太阳升高，隔墙听得到，清脆的脚步声在小巷的青石板路上频繁地响着。赶街喽。外婆牵上我和姐姐，在渣斤巷里左顾右盼，一看三回头。从四面八方来卖货的人，一张旧报纸、一块花布就地一铺，抖出百样宝贝，什么金钗银簪玉手镯，戒指坠子绿耳环。外婆一样样地挑一样样地拣。外婆厉害呢，额上的皱纹似乎深藏着智慧，她乐滋滋挑回来的东西，说是可以传代呢。童年的摇篮外婆的家，到处是玉，我和姐姐的玩耍、过家家都是把玉挂在脖子上、耳朵上、手腕上，全身挂得红红绿绿，流光溢彩，比啊摇啊跳啊。墙里秋千墙外道，墙外行人，墙里佳人笑。我和姐姐，两位小美人，在外婆的玉摇篮里，在墙外渣斤巷百宝街上，孕育了一个童年的梦，长大戴着美玉跳舞的梦。

红色的舞鞋，生命中重要的一链

美丽和舞蹈是分不开的，从小玉娥就在优美的旋律中旋转。亭亭玉立后，被云南艺术学院舞蹈系录取，刚毕业就被十四军文工团特招作舞蹈演员。从 1989 年开始，她每天每天穿上红舞鞋就舍不得脱下来。肢体语言诠释着生命，青春的激情在舞台上尽情地释放。傣族舞、转花帽、阿诗玛，她参加表演的舞蹈一个接一个，在 1992 年的全军文艺调演中，邱玉娥和战友们表演的舞蹈《战地女神》获得全军一等奖。舞台灯光、服装色彩、队形变换、亮相造型……这些在舞台上天天接触的事情，深深刻入脑海。这些套路被邱玉娥链接到春几翡翠店的布置当中。

第一次的顾客，会成为终生的顾客

退伍后职业转换，邱玉娥开过酒店，做过保险，卖过服装，哪一样似乎都离梦想太远。"我就想找到一个生活、生命、生意能串成一条链的事情来做。"在瑞丽做翡翠业的大哥对我说，"做翡翠吧，别让外婆白教你。"于是，成年的我又复习起童年的梦。我家的货品，从原料加工到产品，一条龙，没有中间环节，成本降得下来。我的经营理念是双赢，主张薄利多销，让利给顾客。顾客买了你的货，就说明他既认可了你的货，又认可了你这个人。第一次的顾客，会成为一辈子的顾客。

一天，一位大姐走进店来。她一眼便看中一只冰种的绿晴水的手镯。这只手镯确实漂亮，但是它有一小根石纹，在背面看得见一点点。"大姐有什么说什么，这个我必须告诉你。"大姐还是买走了这只手镯。大概一周后的一天，大姐又来店里。"老板，你瞧，我心里总有点不爽，我想换换。""行，同样价位的您挑吧。"大姐拿走了一枚戒指。没有想到，半年后这位大姐又出现了。"老板真不好意思，我忘不掉那只手镯，我想再换回来。""天啊，那只手镯被送到北京去了。""请你问问北京，还在不在。"我马上联系，手镯还在，但是价格已经不是那个价了。我用更贵的货把手镯换了回来。原价拿给大姐。我不想让她生命中有遗憾。这位大姐现在已经是店里的常客。

不管什么客人进店，我都是问：您是要买日常佩戴还是买收藏？把客人引导到不同的柜台前。客人不管买什么档次的货，付的是他的积攒，买的是他的喜欢。一日的顾客，永远的顾客。

春几翡翠做成品牌了，芙蓉如面柳如眉的邱玉娥，不仅貌美，心里也是美滋滋的。她还想登上更高的人生舞台，规划着和"贵仁翡翠"的大哥邱贵云、"翡兰苑珠宝行"的姐姐邱玉兰、"缅玉珠宝行"的小哥邱贵华联手整合，翡翠世家"邱氏家族"今后将创出更大的邱氏品牌。

（邱玉娥——春几翡翠董事长，云南省珠宝玉石文化促进会副会长）

历史成就品牌——"徐蒂王珠宝"

徐蒂王珠宝，名牌名店。在高雅精致的该店会所里，创始人徐蒂很健谈地和我们谈了一路走过来的风雨历程。她的爱好，翡翠，私人定制……还有她做成一个百年老店的决心。

徐蒂说：我爱历史，历史真实厚重……她带着我们回望她的曾经之路。

历史的拐点

2000 年世纪之交，年轻的徐蒂做了个大动作，辞去在国泰证券公司的工作，拿着自己多年的积蓄，买来了一大批翡翠，在北京路的云澳楼内开起"徐氏珠宝"店。徐蒂说："我觉得我天生好像跟珠宝有缘。小时候父亲在缅甸、泰国做生意，经常会帮朋友带些这样的石头过来，当时就觉得这石头很特别，怎么用灯一打就看见绿的，外面怎么还包着脏脏的皮，一切都觉得异常地有意思。这样说来，我在小时候就和这种东西有了感情。1999 年的时候，我个人就可以花 10 多万元去买一只手镯。现在能自己做珠宝，是在做我的最爱。"徐氏珠宝一开始虽有波折，但是后来也月月有进账。没想到利润大风险也大。辛辛苦苦几年挣的钱，一个变故，突然在一个月就被亏完了。钱没有了，朋友没有了，圈子也没有了。一刹那间，万念俱灭。反思，挣扎，求索。这样的日子徐蒂熬了半年。终于，徐蒂战胜了自我。她明白，人同历史的发展一样，有高峰有低谷，但始终波浪似的前进着。在母亲的陪伴下，她们来到北京路"易名坊"租铺子。易名坊商场里面是做服装、化妆品的，当时商场负责人不接纳做珠宝的，怕管理上不安全。徐蒂求他：你给我最好的位置，我可以帮助大家互惠互利。倔强的徐蒂天天去找他，连磨带求一个星期，终于，一间六点七平米的铺面搞定了。徐蒂又有了一个发挥的空间。"这是属于我的一个家，我不想让翡翠停下来。我妈妈平常是个很柔弱的人，她身体不算好，但每天都起早贪黑地陪着我。当时我们俩为了能省钱，就走路上下班，经常忙得忘了吃饭，有时一天只吃一顿饭，以致有时会胃疼，但觉得心里很踏实，经过这种生活之后，人都会很珍惜。"

徐蒂喜欢和翡翠对话。"心有灵犀。"我静静地看着它，它默默地看着我，心语："翡翠，是你鼓励着我。"翡翠沉默不语，但它的灵性回答了我。让我安静下来，心静则灵。徐蒂把 2006 年买回来的那一大堆玻璃种（那时很便宜），编上结拴上扣，镶了一些比较独特的东西，这些品质好、价格不贵的东西卖给朋友、同学、市场周围的熟人。大伙都觉得很漂亮。就这样一点点重新开始，这大概是徐氏品牌的萌芽吧。

历史的重复

搬家，又要搬家。徐妈妈打心里不愿意。如果说第一次搬是因为失利而搬，事出无奈，现在易名坊里生意做得好好的，凭什么呀？就凭徐蒂有凌云的志向，有把店铺做成高端会所的雄心。她把目光瞄向了当时还没有什么商铺的青云街。"当时我是看了一个图，老昆明地图，然后才决定选址于青云街。翠湖是乌龟贝壳上悬的一颗明珠，背是我们的五华山，青云街还有青云直上的意思。这个布局当时在历史上都是很旺的。"

青云街上第一家，徐蒂王珠宝店开业了。古色古香的装修，高雅尊贵的气派，特设的包间。顾客到这里是一种享受，目睹翠湖雨洒莲花之景，耳闻学府授课之音。坐在包间里静静地鉴赏玉石珠宝。从徐蒂王走出去的人还会回头，并且还带着朋友一起来。口口相传，徐蒂王知道的人越来越多，生意越来越好。一花引来万花开，其他珠宝店相继进驻青云街，如今形成了一条高端翡翠商业街道。

历史的沉淀

有位老师曾经对徐蒂说过：你要多读历史。当时年轻的徐蒂问得天真：老师，是不是历史学习好了，翡翠就做得好了？老师送了八个字："尚有历史，尚友历史。"意思就是当你学到后面的时候你就会变成后面这四个字。时光悟出了其中寓意。《孟子·万章下》记：以友天下之善士为未足，又尚论古之人：颂其诗，读其书，不知其人可乎？是以论其世也，是尚友也。"尚"通"上"，谓上与古人做朋友。徐蒂喜欢读《三国演义》，以诸葛亮、关羽、刘备为友，学习其中人物的豪迈、聪慧、大气。徐蒂还喜欢读《红楼梦》，胜收洋洋大观园的古典景色，研究宝二爷的那块通灵宝玉，看出黛玉葬花的另一种意境。另外，三句话不离本行，贾母该戴什么首饰，凤姐与什么项链匹配，薛宝钗及十二金钗……

徐蒂王现在在做"私人定制"。私人定制，是徐蒂根据市场得到的一些个人反馈和市场反馈决定做的。十八世纪德国诗人歌德有句名言："编一个花环容易，找一个适合的头型却很难。"但是如果反过来，按头型去编合适的花环呢？所以，根据个人的特殊性，私人定制在历史上就是应运而生的。卡地亚珠宝做了几百年，其华丽古典的造型使它的项链、手链、腕表、戒指、耳环大受上流人士的欢迎。从印度王子定制的巨大项链，到曾与温莎公爵夫人形影相随的虎形眼镜，以及大文人科克托充满象征符号的法兰西学院佩剑，卡地亚讲述着一个又一个传奇故事。"卡地亚是我们永远的方向。私人定制我们已经做了一段时间了。在北京也做了一段时间。是对有需求的、有同感的一对一地去做。便宜的、贵重的都可以私人定制，客人的需求，就是徐蒂王的目标。"目前徐蒂王在北京做私人定制，并和一些大牌设计师及一些优秀的团队合作，徐蒂王私人定制的品质提升、个性设计以及团队建设，其发展都会加速的。

历史成就品牌

　　徐蒂喜欢和翡翠对话。"格物致知。"翡翠说，"你看到了我的现象和表面"。徐蒂说：我还要挖掘你的内在，把内外结合起来。格物叫作零细说，致知，即掌握事物的全体。这一《大学》篇里的认识方法，帮助徐蒂认识翡翠从零细上升到全体。徐蒂手捧翡翠，细细端详，盈碧，一泓一泓，怎么镶嵌，才精致高雅。徐蒂手摸大器，尊贵，一棱一角，精雕细琢，显王者气派。私人定制最讲究品质，有品质才有牌子。这样高品质的私人定制，徐蒂王已经有了积累沉淀。继徐蒂、徐蒂王、品牌之后，又成就了徐蒂王私人定制品牌。

　　望着用心血构建起来的会所，环顾满室的翡红翠绿金镶玉，放眼青云街上三十多家有实力有冲劲的同行珠宝店铺会所，徐蒂美丽的大眼睛透出自信：我现在还很年轻，我一步一步地做，专注地做，认真地做人做事，徐蒂王珠宝名店一定做得成一家百年老店。百年老店那才是历史打造的大品牌。

（张存鲜　黄艳梅）

事业生活七彩门

有人说：翡翠是汲取日月之精华、天地之灵气的宝物，有永远都让人读不完的内涵。人们印象中熟练驾驭翡翠的都是些年纪稍长的女子，可偏偏有这样一位年轻时尚的女子也用翡翠演绎着自己的事业、生活，佩戴翡翠的她若出水芙蓉，举手投足间有着道不尽的婉约与妩媚。

快乐、美丽的源泉

工作着是快乐的，快乐使女人美丽。美丽女人孙瑗带着晨起就有的好心情，沿着昆明市北郊那条洒满阳光的道路，走进那个具有绚烂色彩的工作环境。新的一天，七彩之门为她开启。

孙瑗是做珠宝的，而且是家大业大的翠玺珠宝的副总，耳濡目染，珠宝已经成为她生命中不可或缺的部分。每天打开办公室门第一件事情，即上班前的自我修饰，这是她的私密。她从保险柜里捧出她的最爱，她的宝贝藏在这里，总是根据今天的着装、色泽，配上合适的首饰。如今天穿的是深色衣裙，她就佩戴一块冰种的如意挂件，飘蓝花的手镯；如果穿白色衬衫，就佩戴一块镶金的绿色挂件。"我很喜欢翡翠，已经养成一个习惯，每天都会根据自己所穿的衣服，来选择该佩戴什么样的翡翠，然后开始我一天快乐的工作时光。"

除了用美丽的饰品装饰自己，她还学会了在工作中寻找快乐。每天看着这么多美丽的翡翠，让她每一天都充满了自信。她希望朝着公司做人如玉、做事如玉的企业精神来要求自己。回想当初，她曾经差一点就放弃了珠宝行业。2007 年时，她因为自己的工作能力不够，经常受到领导的批评，那个时候觉得承受不了，就想退缩，已经决定辞职的她，刚好遇到公司的全面升级，公司要建立自己的专业化、网络化、信息化电脑管理，也刚好这个工作交到了她手里，所以她跟自己讲，一定要好好将这项工作漂亮地完成，然后再辞职。下了这个决心之后，她开始全身心地投入到工作中，长达三个月的时间，她跟同事一起研究、一起探讨甚至争吵，就为了让每一项工作中的细节能在电脑操作时顺利地实现这个功能。那时，十多台电脑顺着办公室的墙角放着，大家就坐个小板凳在电脑面前，一坐就是十多个小时。但是她和同事们都没有一句怨言。当我们的电脑操作第一天使用没有出现任何问题时，心里真的很激动，同时觉得特别感激同事们，正是因为那三个月的工作，让我重新认识了工作对自己的重要性，并且找到了能把工作做好的一些方法。当她顺利地完成工作任务时，她的想法改变了，她觉得以前的自己很可笑，遇到困难就轻易退缩，实际上没有自己做不好的事。所以她说："翡翠之所以这么美，是经过了亿万年的千锤百炼，而人也是要经过各种各样的磨炼才能让自己变得丰富而多彩，自然而美丽。现在的我，更在意每一天一点一滴的积累，希望自己能更加成熟。"

这真是一种缘分

与孙瑗相约的那天正午，她戴着一只冰种飘蓝花的手镯，她很开心地撸高袖子让我们欣赏。段家玉，腾冲四大名玉中的一种，瞧这花，就像在清澈透明的小溪中，绿色的水草随着水波荡漾漂动。手镯戴在孙瑗的皓腕上，人为镯衬底，玉为人添色，很是赏心悦目。

孙瑗是 2004 年从酒店管理跨行进翠玺珠宝的，进入翠玺工作纯属偶然中的必然。她说她注定与翡翠有缘，因为她名字中的"瑗"是古时大孔的璧，也是一种玉器的称呼。在 2000 年时，翠玺的前公司刚开业的时候就曾邀请孙瑗给公司内部员工做过培训，还表示欢迎她加入这个团队。由于当时她在丽江的工作脱不开身，没加入这个团队。但没想到多年之后，孙瑗还是进入了这家公司，引用她的话"这真是一种缘分"。

刚到翠玺的孙瑗只是个对专业知识一窍不通的经理，初次接触这么多的翡翠，孙瑗不禁叫了起来："石头怎么能长得这么美呢？"禁不住诱惑的孙瑗一头扎进了翡翠珠宝堆里，不断地重复着石头怎么会长得这么美啊？孙瑗进翠玺的第一声呐喊，似乎喊醒了石头和自己见面。打那以后天天看，越看越喜欢。她爱淘一些特殊的翡翠收藏起来。她挑东西，不只看种、水、色，更看重翡翠的雕刻含义和整个翡翠的神韵。

从做销售起步的孙副总悟出：做翡翠，必须把玉和文化连在一起。她对神韵颇有研究，侃侃谈来：神韵是腐朽与神奇的分水岭，是一件艺术品珍贵与否的评判，大凡沾上神韵的作品会让人或眼睛一亮，或拍案叫绝。

什么是神韵？含蓄蕴藉是一种，如杨万里的《小池》：泉眼无声惜细流，树荫照水爱晴柔，小荷才露尖尖角，早有蜻蜓立上头。不滞不呆不俗是一种。看似不经意间，却是匠心的独特安排。

圈内圈外话翡翠

在这样一个美的环境中工作，美丽的心情美丽的面容真是美美交融。孙瑗说："翡翠的美丽是变幻无穷的，不像之前的酒店管理比较机械，一套套的条条框框。"翡翠珠宝的美丽绚烂多姿，如蓝天，随阳光、月光、风雨而风云变幻。似白云，或卷或舒，或聚或散，丝丝飘拂，缕缕游动。孙瑗是越干越喜欢了，干喜欢的工作那当然是快乐的。自打进入翠玺后，孙瑗的珠宝盒里就只有翡翠在唱主角。不仅如此，她还经常劝朋友买翡翠。

生活中最美丽的一党靓女凑一块儿，话题免不了围着美丽转。孙瑗经常犯职业病，瞄人家的项链、手腕、耳坠。一次聚会时，她观察一番。哇，朋友们，竟然有人不戴珠宝。孙瑗原地一转，裙子似荷叶摆了一圈，反而一本正经地告诉朋友们："上帝赐给女人三样宝贝：珠宝、裙子和高跟鞋，缺一样美丽都会打折。"她经常在朋友圈里宣传翡翠的知识和文化，也帮着朋友们选购美丽的翡翠饰品。而且还义不容辞地大包大揽了好朋友们和姐姐们所有翡翠镶嵌的设计工作，她说她的好朋友们和姐姐们在她的熏陶下，也都变成了翡翠迷，都戴着她一件件为她们挑选和经过再加工的翡翠饰品。

孙瑷爱戴翡翠，戴那些不是昂贵的但却特别的；孙瑷爱穿高跟鞋，爱穿那种细细跟的；孙瑷爱穿裙子，因为裙子让女人显得更加地温婉。美丽的外表加上一定的文化内涵，让她整个人看起来很精神。

传统见新潮

孙瑷是个很孝顺的人，也是父母疼惯了的。做酒店管理时父母支持，2004 年冲出酒店一头扎进翡翠堆里，爹妈还是一如既往支持。

清晨，妈妈和瑷瑷一块儿起床，为她煮好早餐，看她吃过出门上班。每天每天都这样，孙瑷特别不忍心："要知道，我妈妈是早上特别爱睡觉的人，而且她还睡得特别熟，就因为心疼我，才那么早起的。反过来，我关心老人的就少，我没有周末，很少陪他们。"

前些年父母的生日，孙瑷就送红包表心意。后来接触翡翠后，她的观念变了："我要让家里本来就时尚的老人更加时髦。"妈妈 68 岁生日时，孙瑷就送给她一只翠绿色的镶金翡翠戒指；69 岁时，送给妈妈一块满翠的平安扣，希望妈妈平平安安地度过晚年。当爸爸 71 岁生日那天，也是妈妈和爸爸结婚 45 周年纪念日，那天我们四姐妹为爸爸、妈妈策划了一场特殊的生日和纪念日晚宴，邀请了他们的好朋友们一起来祝贺。晚宴开始时，我们四姐妹都不动声色，一直很平淡，当晚宴快结束切生日蛋糕时，当蜡烛吹灭灯光亮起时，我们四姐妹捧着为爸爸、妈妈挑选的翡翠挂件站在他们面前，大姐忙着把雕刻着一条龙的如意挂件戴在爸爸的脖子上，三姐也忙着把雕刻着凤的如意挂件戴在了妈妈的脖子上，我们四姐妹同时说："祝爸妈幸福快乐、健康长寿、龙凤吉祥。"当时，我看到爸妈眼里幸福、满足、感激的眼神，爸妈的朋友们也投来羡慕的眼神。

父母疼子女，子女孝敬父母，在中国，天南地北都一样。孙瑷聊起一件同是孝敬父母的事情：2004 年时，一对来自新疆的中年夫妇来公司挑一只玉镯，要送给他们的母亲做 80 岁大寿的礼物。当时欢欢喜喜地选中一只，隔了好长时间，这对夫妻再次来昆明，带回那只手镯，说是他们的母亲不喜欢，想要退货。当时是孙瑷接待的他们，虽然是来退货的，但看着这对远道而来的夫妻，而且还是对孝顺的夫妻，孙瑷觉得特别亲切，热情耐心地询问不喜欢的原因，还给他们讲了手镯的前世今生，从约臂、跳脱说到今天的手镯。玉文化的感染，让新疆客人对手镯有了极大的兴趣。又听了孙瑷每年送给妈妈的都是翡翠礼物，她们不仅没有退货，还换了一只更好的玉镯，说这一只，老太太肯定喜欢。

把玉作为平常的礼物，孙瑷在这方面是下了番工夫，她觉得玉和亲情紧紧联系着：送给心爱的"她"手镯，幸福常在心上，宜爱情久长；送亲密无间的朋友挂饰，感谢有你陪伴，宜友人关照；送平实而伟大的父母如意挂件，孝敬常伴左右，宜尊老尽孝；送疼爱有加的子女生肖神像，许你美好期盼，宜祈福佑小。

玉带给孙瑷一个七彩的世界。

（张存鲜　黄艳梅）

扳　指

　　百步穿杨是拉弓射箭后的结果，矢如雨注、箭如飞蝗是战争中的一个场面。在箭离弦的那一刹那，据说箭的速度犹如子弹飞。脱箭之时，手难道不受皮肉之苦吗？所以有个骑射之具叫扳指。

　　扳指初现商代，先前它的名字叫韘（音射），《说文》："韘，射也。"也叫班指，满语叫憨得憨。扳指见于商代，盛行于春秋战国，在东汉逐渐消失。根据用途，又取名玉蝶，也是取射箭而用之意。这一在冷兵器时代的辅助发射用具，主要戴在拇指上。如果右手控弦左手持弓，扳指就戴在左手拇指，用扳指托住箭杆，右手千钧一发，箭疾飞出。

　　引发我对扳指的注意是在樱花烂漫的三月初，那日下午在圆通山古玩城"治和祥"老店喝茶，闯进来一位络腮胡，对柜台里的玉件看得甚是仔细，挑中了一只扳指，在各个指头上戴来戴去。

　　"老板，多少钱？"

　　"这个数。"

　　两人的手指伸开合拢比来比去的。

　　"太贵，走人。"

　　茶过三巡，络腮胡又回来了："我还是喜欢这种特别点的东西。"

　　"特别点，特别在哪里？"

　　"我这两个白底青的扳指，你咯知道，我捂了快二十年啦！随随便便就卖，早走掉了，你见都见不着。"

　　"可是你这个东西有裂纹。"

　　"锄头挖出来的，难免磕碰着。要不然怎么会是这个价。"

　　络腮胡把扳指戴在食指又戴在中指："太大，太粗。"

　　"哎，要戴在大拇指上，你懂不懂？"最终，东西还是没有被买走。对这个特别的东西，我赶紧也伸出手指来比试，这么粗，这么大，戴着多累赘，为什么古人要设计成这样？肯定是有诸多说法和讲究的。

　　以拉弓护指为主要功能的扳指，曾经用动物的皮做过，用动物的骨制过，也用玉制作过。

当扳指从辅助发射用具演变成佩饰，发展成身份的象征之后，材料就首选翡翠了。扳指还分武扳指和文扳指，武的基本是素面的，文扳指外壁上雕有诗句花纹，当年以大小厚薄作为判定等级身份的标志，现在可是衡量市场价格和收藏价值的尺度哦。到了清代，戴扳指之风盛行。朝廷专设造办处，制作的玉扳指有图有字有诗，如狩猎图、丹凤朝阳图。有古稀天子、万寿无疆字，有雕的诗文等。一个清代，上至皇帝，下到地方官员都喜爱扳指，扳指也就又有了作为贡品礼品的用途了。号称历史上拥有最多玉器的乾隆皇帝，一生作诗咏玉 800 多首，清宫遗存的数万玉件基本系他收藏。故宫现藏一幅《乾隆大阅图》，乾隆头带帅盔，身披铠甲佩弓带箭，英姿焕发，右手拇指戴着一只白玉扳指。这是乾隆 1739 年在京郊南苑阅兵的画像。再看道光皇帝的《情殷鉴古图》，画中的道光皇帝身穿便服，左手持书，右手拇指佩戴一只半红半白的玉扳指，端坐在石凳上若有所思。另一位皇帝顺治，传说他率领众臣到河北省遵化县一带狩猎，顺治纵马扬鞭登上了高山，站在山巅，极目远望，不由想到了自己的后事。他轻轻取下佩戴在大拇指上的白玉扳指，小心翼翼地扔下了山坡，然后向众臣宣诏："此山王气葱郁，可为朕的寿宫，扳指所落之处为佳穴，即可启工。"这里就是后来的孝陵。

皇帝爱扳指，王公大臣爱扳指，就连太监也是爱扳指的。清宫太监李莲英一生受到慈禧太后的宠爱，而得到了其他太监们无法想象的荣耀和地位。在首都博物馆，收藏了一件高 2.5 厘米、直径 3 厘米的翠扳指，据说就是李莲英的。

嫣红胭脂金盒中

　　走进吉宝斋大厅，觉得眼前一亮，而且亮得晃眼，原来精品柜的正中间，新摆放了一个金碧辉煌的圆盒，在红的翡、绿的翠、雪白的羊脂、透明的冰种，各种玉件精品的簇拥中，这金盒别具一格，极显王者气派。

　　金盒是吉宝斋斋主多少年前淘到的宝物，最近才把这件藏品上柜。这个盒子高100毫米，直径98毫米，圆周356毫米。纯色菜花足金制成，是一个花丝编织加镶嵌璧玺宝石的圆形首饰盒子。盒子一底一盖，上下一般大，由三种花纹编织连成，最细密的镂空花，只有针眼大，一针套一针，像钩针连续钩成；最漂亮的铜钱花用在盒顶盒底上。上盒盖下盒底的盒壁上，各有四条金龙戏珠，珠用红色璧玺镶嵌，龙发龙须比发丝稍微粗一些，可以摸须，也可以让发须爹起。这个盒子用金381.1克（含璧玺）。是什么人用的啊？真是极尽奢华之能事。

　　当然是皇族之用品啦。自古金银成大器，作为身份和地位的象征，金银几乎成了在皇宫中的专用。更主要的是龙，那一定得皇家才能雕龙画凤，平民百姓甚至一般的官吏哪敢沾龙。盒上的金龙一共八条，每条龙的爪有四个脚趾。据说，龙的脚趾是依照身份来确定必须有几个的，得按照规定制作。凡皇帝穿的衣服、生活用品、龙床龙椅、龙爪都是五个脚趾，是脚趾最多的，当属最高等级。依次减少下来，这个四个脚趾的龙的金盒，应该是皇族享用的。身着绫罗绸缎的皇室贵人，早起对着梳妆镜子，挽起宽袖，伸出纤手，从金首饰盒里拿出粉饼儿，取出胭脂盒儿，插上金钗，别上玉花打扮得妖娆美丽，摆起母仪天下的架势。晚上，又把金钗银簪玉花放进金首饰盒里，洗面卸妆，还人的本来面目，安然就寝。

　　如今，陈列在玻璃柜里的金首饰盒被现代女性，特别是时尚的、怀旧的、有些文化的、还爱研究点古董的瞧了又瞧，看了又看。"旧时王谢堂前燕，飞入寻常百姓家。"百姓们得赶紧的，好好地瞧瞧。瞧来瞧去，东侃西聊，最赞叹的是它的精细，真可谓千丝万缕编成器。这件金器，其设计、镂空工艺、镶嵌技术，都很好地反映了清代金银工艺的高超水平。清代的金银制作融汇了中国几千年金银器制作工艺之大成，形成了专业化的生产，镶嵌、錾作、烧蓝、点翠、拔丝共分为11个专业工序。这件金盒，是花丝镶嵌，清代的花丝又叫细金工艺，它是把金银等材料抽成细丝，再用堆垒、编织技法制作成工艺品。纹饰瑰丽繁密，格调高雅。再加宝石镶嵌点缀，使得色彩缤纷，富丽堂皇。再配上八条金龙，祥云缭绕，更是金碧辉煌，尽显皇族气派。金盒子仍在，主人已作古，想想那些把嫣红胭脂装金盒中的主子们，终日绫罗绸缎裹身，使金用银享不尽的荣华富贵。但是，据说她们也有她们的苦难忧愁，早画眉毛晚披纱，独守空房混日差。宫廷的斗争没完没了不说，后宫上千妃子佳丽，皇帝轮着转，几年才轮到皇后寝宫。虽有嫣红胭脂装盒中，却是玩权弄术守后宫，待到青丝染秋霜，金银难抵衰老风。

金盒仍在，价值居高，自身的含金量是个因素，但皇室的人使用过后的物品，又使这件古董更具收藏价值，价格还会升高。

（阮丽　张鲜）

说瑞兽看龙牌

中国的四大瑞兽即龙、凤、麒麟、龟。五行家按照阴阳五行为东西南北中配上五种颜色，东方青龙，西方白虎，南方朱雀，北方黑武，正中央是黄色。居于首位的龙自古以来是中国人的图腾，是凝聚民族精神的一个符号。

龙，它源自中国吗？有一种说法，说龙是中国的星宿变成的。另一种说法，龙是由印度传进来的，在印度，龙也是作为神的，但是只是一般的神，在中国，龙却是至高无上的，它象征着权力和智慧、勇猛无畏、福瑞吉祥。于是，爱龙又爱玉的中国人，就把龙作为形象，玉作为载体，把信仰、心愿、祝福刻在了玉上。

最常见的是龙牌。玉雕龙牌，自古以来就是珍贵的玉雕挂件。佩挂龙牌，显王者风范。古时，王公贵族、文人雅士，或用金链用银链拴龙牌挂在胸前，或是用一根丝线，把丝线千回百绕地纠缠盘结挂在腰间。据说一千个人挂的龙牌一千个不一样，原来世间本来就没有两块完全相同的玉，同一个雕匠也雕不出两块相同的牌。更何况龙的千姿百态万千变化，龙的形象在龙牌上便丰富多彩，神态各异，能巨能细，各具特点。

说龙说多了，光嘴讲不过瘾，就跑去大饱眼福。笔者多次去玉丰会馆、圆通山古玩收藏市场、金星奇石城和吉宝斋观看龙牌欣赏龙牌。吉宝斋少斋主小明从玻璃柜里捧出不同玉种、多种形状、形象各异的一块又一块的龙牌，并不时地做出解答。这块是老玉老龙牌，牌很大，即便是魁梧壮士，挂在脖颈上也显沉重，只能是挂在腰间之物，龙凸出牌面，非常立体，龙须飘飘龙尾轻摇，面慈目善，这龙是一条祥龙，牌也是传代的上品龙牌。再看一块和田玉牌，这牌构思奇特，不是雕在牌底上，而是直接由两条龙弯曲盘旋而成，两龙头各据左右，龙身龙尾紧贴，龙爪平展成底座。这块牌颇具古风，而且耐人寻味百看不厌。在众多牌中最抢眼球的是一块白绿相间的牌，龙口大开，龙尾席卷，龙头龙尾是很清晰的，其余的就只见流畅的线条显示着动感，牌中间白中夹绿，绿中泛白，这是一条在翻云覆雨的龙，这块牌的质地、色泽、雕工完美和谐，看这样的牌读这样的牌，既养心又养眼。

吉宝斋的龙牌实在太多了，晶莹剔透有之，多层次色调、色泽斑斓者有之，单面雕的双面雕的有之，真是进入了一个龙的世界。再借这块龙牌说说龙吧，这条黑龙栩栩如生，龙须龙鳞千刀万刻，丝丝片片清楚呈现，再有祥云缭绕，紫气东来。更重要的是注意到了黑龙的两只角，细细回想起来，已经看过的龙，有的龙有角，有的好像无角。原来，在古代中国，头上有角的为公龙，并且要有双角的才称为龙，单角的称为蛟，无角的称为螭。

哎，龙的水可真深啊。深归深，爱龙又爱玉的人，在没有钻进龙的学问以前，也不影响挂龙牌戴龙镯的。

中国的男子汉特喜欢戴那种，占据大幅牌面的一条大龙的龙牌，称作龙腾四海。老爷爷爱戴双龙护珠的龙牌，既喜庆又吉祥。老奶奶爱戴龙凤牌，心里想的是龙凤呈祥。小媳妇大嫂子则爱戴龙镯。龙通人性有灵性，所以，贴身佩挂龙牌，不仅外表气派，显尽王者风范，据说还能保事业通顺，护身避邪呢。

龙是意识的产物，是根据人的想象、意愿创造出来的。尽管西方人说，龙是恶的，是蛮横霸道的，是张牙舞爪横行天空的空中巨无霸。中国人却喜洋洋地说那是横空出世。在中国人的眼睛里，龙还是及时雨，于是，便塑造出呼风唤雨、龙头向大地、龙口吐水、普洒甘露的龙。中国百姓在黑、恶官府面前处于弱势，盼望着正义的化身，又塑造出能翻江倒海除恶除孽的强龙。灾荒年间，老百姓对天祈祷，希望风调雨顺，这样又有了日照龙鳞万点金送福送瑞的祥龙。

送福送瑞，从古至今，都是中国人的心愿。

玉落谁手

　　得到玉，拥有玉，那是要讲缘的。玉的循环流转，最后落入谁手，得看天意、人愿、定数、缘分。有时你已经得到了，却又丢失了。还有已经丢失掉，在你深感惋惜的时候，没有想到，它却七转八不转又回到你手中，真乃天遂人愿。

　　一个真实的传说：八十年代中期，一位在昆明房管局开车的驾驶员，常跑陇川、盈江拉好米，一来二去，和底下的人混得熟了，就经常有点小交流。一天，盈江的朋友给他看了一样东西，一根长长的玉条。"我是 4000 元买来的，在这里我也卖不出去，你稍微加点跑路钱给我，我让给你。"这是一根后江石毛料，看毛料，必须先看场口，后江在缅甸也算得是个老场口啦。该驾驶员想想就拿下了。几个月后的一天，一位广东老板，软磨硬泡，甩下 16 万，拿走了这根强光一打，便见通体碧绿的玉条。事后得知，广东人 35 万转手了，这块好玉呀，究竟最后又落入谁手，就不得而知了。

　　我儿时的一个朋友，在那个许多个体户力争当万元户的年代，她就有好几个一万元，她把其中的一万元买了一只玉镯子戴着，儿少时的朋友见面，不仅看她的衣装，还看她的玉镯，众口赞道漂亮漂亮，乱表扬她，什么好马配好鞍，美人用好装。一致改口，叫她富婆富婆。时光流逝，一转眼十多个年头过去了。一天富婆逛超市，突然，被一只手抓住了手腕。"找着了，找着了，我终于找着你了。"富婆受惊吓大叫，惊动得保安都跑来。你不认识我了吗？定睛一看，原来是早年卖镯子的那位老板，她说她把这镯子卖掉后，就像丢了魂，经常拿出玉镯照片左看右看，照片都磨烂了，没想到今生还能再见到它。成人之美吧，我朋友最终还是取下玉镯，对方出了一个高价，到底多少，没有透露，但物归原主，说是做了一桩好事情。

　　小龙四方街街头住着一位集诸多武艺于一身的老师，懂画懂茶又懂玉。近水楼台每天他都信步四方街，一日一眼窥见一块好玉，一枚马鞍戒面。论种：通透，论色：满绿，而且色艳色正。摆弄起来，就似一泓碧水还会暗暗流动。几轮谈价，最后终于成交。没有想到，眼睛后面还有眼睛，另有一双眼睛也盯上了这枚戒面。"老师，你手上的好东西多，你就让给我吧，我真的喜欢。"结果三万多买来的五万卖掉。殊不知，那人买去又一次转手，当然利润颇厚。老师生气了，你不是真收藏呀，早知道你是要倒手，我是不会割爱的。追肯定是追不回来了，那人千道歉万赔罪，赶春节又送来年货表示歉意。可是再怎么着，我们看到的也只是留在老师手机上的一张照片。

虽然现在玉价已经挺到好一些的玉镯得用一套房子换的地步，可是为玉痴为玉狂的仍大有人在，巴不得把好玉尽收囊中。说句客观的话，任何人拥有玉只能是一阵子，或者半辈子，福气好的遇着祖传，可以享有一辈子。说句悲观的话，再好的玉生不带来死不带去，只可能是玉在人不在。再说句乐观的话，得到好玉，玉和你相随相伴，玉养着人，人养着玉，到离别之时，你轻轻取下，像对情人一样地说，再见了，别难受，阳光下，我们曾经同路。

玉落谁手？只能说玉经过谁的手。

化 石

　　人想化成什么，心愿所趋，有的愿化清风，飘拂潇洒我自如。有愿化春雨者，普洒甘霖润厚土。或者化股青烟，扶摇直上触日月。不管化作什么，各有各的追求。梁山伯祝英台生前所想不能实现，死后都要化蝶比翼双飞。有一位先生，姓时爱石，唯一的愿望，恨不得自己也化块石头与石同在，生能和石度朝夕，死后与石永相伴。

　　时先生是做酒店的，在昆明'99世界园艺博览会之后，他的酒店事业和云南旅游业共同发展，从一个酒店扩展到四个酒店。西装革履的他每天周旋在高端场所，很是辉煌。几年前的一天，这位先生像蒸发般突然消失了，朋友、同事都不知道他去哪儿了，时氏酒店也相继关门。这件事情成了圈子里的一桩迷案。过了好久好久，有人说有一个开皮卡车的很像他，也有人在瑞丽边境看见他了，但是他看人眼睛蒙眬，观玉眼睛直勾，神色不同。

　　他究竟在哪儿？一位玉石老板应邀被时先生的侄子领到一幢大楼旁。此楼依稀还能看出一点曾经的酒店样子。大门两侧的玻璃窗蜘蛛网网出各种图案，切换成窗帘，大厅内的花树盆景枯的枯黄的黄，一派萧条。楼梯倒还干净，转角处遇一个清洁女工正在擦扶手。上到二楼可以用戒备森严来形容，厚重的栅栏，铁铸的防盗门。敲了许久门后又打电话，终于有个黑黑面孔，操着夹生中国话的男子隔栅栏问了个仔细，弄清楚是亲戚引路，事先预约过才开门让进。

　　这里只有石头，大大小小的毛石，堆积在每一间屋子中。时先生一直猫腰在照一坨石头，石头发出来的绿光让他久看不厌。听侄儿喊了几声舅舅，他才转过身来。哇，玉石老板差点惊叫。这个人白得可怕，长发长须遮住大半个脸，布衣布裤，和那几个一起钻研毛石的缅甸人一样，随便地拖双人字拖鞋。时先生微微点点头算是打过招呼，一句多余的话都没有，就直奔毛石主题。

　　"你看我的这坨黑砂皮料！"

　　玉石老板说："这坨嘛，是倒是黑乌砂料，好的翠就在这种料中，但是几率低啊！你老兄福气，也许你就遇得着。"

　　果真是同行，时先生来兴趣了，又抱起一坨石头："你说说它有雾没有？"

玉石老板仔细看看："这是龙塘帕敢的水石，它受漫长的水流和泥沙的冲击，脱去了砂皮，剩下一层非常薄的腊肉状或者炒豆状皮，这层皮实际上是它们的雾被磨蚀后的结果。"

"你是说它有雾。"

"对，有雾也有皮。"同道同道，时先生提起一大串钥匙，一间间带玉石老板参观毛石。毛石分场口堆放，帕敢、达莫坎、小场口、后江、雷打场区等等。玉石老板夸时先生：你的存货真多。时先生回答：此生独有此好，别无他求。

原来，时先生爱上玉石之后积瘾成癖，心中只写了一个石字，卖店卖房买石头。穿不重要，布衣布裤，睡袍也行。吃越简单越好，让跟着打工的缅甸人每天出去买便当，吃盒饭，喝矿泉水，不理发，不剃须。大把的时间都用来摸石看石。时先生很少出门，只是几个月去缅甸拉一回石头，新拉回的石头又刺激着他的欲看透石头的中枢神经……

陶渊明爱乡野，乐于"采菊东篱下，悠然见南山"。李白好饮酒，敢向月亮借月光，白云边际赊酒还。担当和尚超潇洒，盖间茅屋在山涧，白云半间僧半间，白云有时行雨急，回头还羡老僧闲。我们的这位时先生，迷石头，日摸石头醉色种，夜枕毛石醑入梦，分分秒秒常相伴，化石遂愿卧石中。

人的幸福，心中有就全有，抱石卧石，早已心无杂念，蓝天不察觉，阳光不知晓，只有那种那水那色占据心中。由他去吧。

第二篇　茶味

一个百年茶庄的兴衰

——从瑞贡天朝到瑞贡天下

做最好的茶，交天下真正的爱茶人。车智洁，这位瑞贡天朝的传人，车顺号茶庄的第五代掌门人，端起他自用的大于盅小于碗的透明杯子，品了一口金黄色的茶汤，直爽而热情洋溢地说着普洱茶。

有一个美丽的传说

在茶马古道的源头，在西南边陲的易武古镇，有一栋石脚泥坯两层楼的瓦房，这里的堂屋堆过茶，曾经的土灶铁锅做过茶，大大小小十几间房子，间间都和茶关联着。当年易武车顺号创始人车顺来，进京参加了科举考试并取得了贡生学位，为报朝廷之恩，将本号全手工制作生产的茶叶制品，通过殿试监考官送到宫中。道光皇帝品后龙心大悦，连赞此茶："汤清纯、味厚酽、回甘久、沁心脾，乃茗中之瑞品也。"即钦命头品顶戴赴云南呈宣，由云南布政使司布政使捷勇巴图鲁史监制成长七尺三寸二分、宽一尺八寸、厚一寸五分的"瑞贡天朝"四个金色大字牌匾赐给"易武车顺号"，允许车氏家族世世代代可将牌匾悬挂在门楣之上，并赐封车顺来为"例贡进士"，赐官衣、官帽。命车顺来每年进贡朝廷其独家工艺精制的普洱茶。

车家站出了个硬汉子

170多年过去了，车顺号代代相传，"瑞贡天朝"金匾依然。可是在2004年10月的一天，车家突然知道，瑞贡天朝和车顺号被别人抢先注册了，这种事情天理不容。车智洁毅然站出来，接受车家第四代8位老辈人的委托，做了车顺号第五代掌门人。他不畏权势不信邪。一方面艰苦地为车顺号正本清源，做着维权努力；一方面他提出，做普洱茶，就是做文化，做品质，有品质才有品位，有品位才有市场。说到做到，车顺号做的茶，不撒面，不拼配，表里如一，绝不以绿充青。做普洱茶就是要做传承，制作不能变，工艺不能改。这就是诚信的人定出来的做茶的规则。

好品质与高品位

茶台上的电壶冒着热气，公道杯里的汤，色黄得深了。"这茶泡酽了。"有茶友悄声说。"不是泡，是煮的，我的茶可以泡可以煮。"车智洁直人快语，"今天是投了 20 克生茶，满壶满壶地煮着喝，放心吧，不会影响睡觉的。""怪了，这新茶不涩，酽而不苦，而茶气又十足啊。"有茶友评论。"是，喝的是我的霸王，我的最爱——霸王茶，这样好品质的茶，原料是首位，加工工艺是关键。"车总坦诚地说，"用的是制作贡茶的独特工艺。"

车智洁

有了品质才能达到一定的品位，有品位的人追求着高品质的茶品。"车茶"得到越来越多的茶人、精英阶层、社会大众的喜爱。今年五一节的下午，一位远在河南的军官打电话给车总：我今天撬了一片"霸王"，习武之人爱霸王嘛，喝得经脉通畅全身舒坦。哈哈哈……军人喜欢的，文人也喜欢吗？

车智洁与周立波是老朋友，常在 QQ 上聊天。一次，车智洁说，论海派清口你最牛，做茶我最牛。话篓子很快就抖开茶话题。早就是普洱荣誉市民的周立波说："我爱茶但不爱喝新茶，我喝着感觉是在吃青草，一股腥味。"车智洁说："我只喝新茶，茶只有茶味。怎么……"后来，立波喝了车顺号的七子圆茶，爱上了，新茶的味正着呢。

"车顺号的好茶品，口口相传赢得了越来越多爱茶人的爱戴和好评！"车总说，有的茶喝进口，觉得茶在上面水在下面，是在喝茶水。车家茶是完全地茶水相融，茶叶与水相融相生，还会产生附加值，茶叶经沸水冲泡后，60% 的营养物质很快就溶解，不仅解渴，还维护着身体健康。当杯子底显现出渣滓，车总说，那是微生物相碰产生新的微生物，可以喝。在车家喝茶，没有茶艺师把茶友盅里的冷茶倒了的动作。车总说，我们做的茶，冷能喝，热也能喝，睡觉前能喝，空着肚子也能喝。一位北京的书法家写了一幅字赠车智洁，内容是普洱茶的十八怪，列数车顺号茶的十八个特点。品质真真地是不一般啊。

世世代代瑞贡天下

茶如人生，做茶的风雨路上，车智洁尝过人生的诸多艰苦，他悟出：有岁月的古树茶，无论天干地涝，它能自我供给自我消化，挺得住。面对车顺号，瑞贡天朝被他人侵权，他依靠法律抗争，2010 年 7 月 15 日取得商标证，维权成功。作为车家的子孙他如百年古茶树挺住了。如今的车顺号，"瑞贡天朝"已经发展到"瑞贡天下"，目的就是让天下爱茶人对普洱茶有一个真正的了解和认识！一个传统工艺和现代企业的运营模式结合的公司，一个陆海空的阵营（即实体店、有识之士组成的团队、电子商务），正在实现"瑞贡天下"的目标，从"瑞贡天朝"起始，车家姓不改，茶不变，车家薪火永远世代相传。

画寓人生

不知是画坛还是在茶界掀起了茶画热，张利烽的茶画如春风掠过大地，带给春城一股清新。什么是茶画？张利烽说茶画或许就是喝茶的画吧？我画的茶画应该是懂得喝茶的人才能看得懂的。

随着张利烽的自白，我走进他的茶画。看这幅"好梦"，硕大的芭蕉叶倒挂着，似帘子遮住阳光，撑起一片绿荫，品茶人茶足饭饱后心旷神怡，渐渐入睡，胖嘟嘟的腮帮子耷拉着，虽是白日梦但却是在做一个"好梦"。另一幅，看着，忍俊不禁，席地而坐的嗜茶人仰望藤架坠下的一个个葫芦，若有所思，我有硕果？他一是在想我种的东西也能结那么多果实吗？二是想，人到中年，我有硕果？此画让你跟他一起思索。"有茶图"，有茶就满足，一富翁双手抱脑袋头枕茶坛，膝靠茶葫芦，伸手可摸茶壶，躺着想，我有这么多的茶，人生如此足矣。

张利烽的画中基本是一个男人，有时两个人，甚至无人，但如他为一幅画的题款——"君子不孤"。为啥？有茶陪着呢。再说细细地读画，有多少寓意在其中啊。比如，"静品此中味""平淡方是真滋味""香茗胜小酒""花落可煮醉人香"，题款和画都充满哲理。

我爱茶，爱喝茶，但是不敢说看得懂张利烽的茶画，只是觉得淡雅，朴拙，惹人喜爱。还经常为画里的人干着急，急他要搬柴火，汲水提壶拿茶拿杯，半天不得喝进口，殊不知，

张利烽茶画

煮茶的过程也是人生的一种享受。"自汲香泉带落玉，慢烧石鼎试新茶，绿荫天气闲庭院，卧听黄蜂报晚衙。"好不潇洒啊。

张利烽学习过漫画、连环画、国画，他从山东来到云南后，爱上云南这块神奇的土地，发现了普洱茶这一国中瑰宝，普洱茶刺激着他的创作灵感，于是，山东人的茶画就在云南渥堆发酵了，泼墨洒水泡茶创作出来的茶画在昆明展出后卷起旋风。

茶画，也应该是滇中一萃吧。

天濮晨岚紫色梦

在普洱高高低低远远近近的茶山中，清晨，常有乳白色的雾气流动着徐徐上升着。外婆说：这是岚，流动的岚，是一种很美的灵动和意境。触景生情，外婆把自己美丽的外孙女取名叫苏岚。

书香门第出茶女

苏岚出生在书香世家，除父亲是医生外，母亲是老师，外公外婆是老师，老祖刘尧民是西南联大中文系的老师。苏岚闻着墨香听着书声长大。大学在昆明理工大学读的材料学专业，一个纯理科的硬邦邦的学科。2002 年毕业后到过工厂，进过公司，还在一个软件公司做到高管。但是这一切她都不爱。每天下班后，她就跑到昆明城边的小茶厂里，一个小白领和那些从乡下来的姑娘们一起包茶饼，周末就到茶城去喝茶。她内心里特想有一个自己的地方，和爱茶人在一起喝茶聊天。

有一天，苏岚撞见一间小铺子要出租，月租 2000 元，刚好工资可以抵上。她打电话给在普洱的妈妈："妈妈，我想开个小茶店。"妈妈很支持，寄来一笔钱。苏岚自己动手装修，她把一面墙涂成黑底，在上面贴满青花瓷盘，摆茶桌支货架，赊来一批货，小店开张了。但是，一天天过去了，工资贴完了，没有一单生意。这天，正心浮气躁，接电话叫得很大声。没注意店里有个人在借桌面写东西，这人写完告别时说："我想问你个问题，不是说做茶可以修身养性吗，你为什么暴躁？"一石激起千层浪，苏岚心里翻锅了。"如果开店让我不快乐，我还不如不开。"拨通电话："妈妈，你辛辛苦苦攒的钱，如果让我亏了怎么办？"妈妈说："攒了给你就是给你，你做正事，我不会怪你。"

人世间母爱是最大的支持。从此，苏岚不再烦恼，全身心地投入创业中。人一旦快乐起来就有能量，就产生气场。"我快乐，别人看着也开心。"一个在金实茶城外的小偏店，人来得密密麻麻的，生意慢慢好了起来。苏岚不炒茶不暴富，做大家喜欢喝的茶，只要大家认可了，茶路便越走越宽。

天濮晨岚紫色梦

时光荏苒，十年过去了。苏岚自己说："我刚做茶时是个小丫头，现在有点陈茶的感觉了。"事业也从小店发展为天濮晨岚茶叶公司。上游，茶山她有茶厂，中游，有销售网络，下游，她积累了省内外稳定的客户群。能不能做出个性、特点，打出个品牌，苏岚一直有个梦，一个紫色的梦。

早在2007年，苏岚就到易武、临沧等茶山寻找紫茶原料。茶叶在生长的过程中，由于光照等因素，会出现紫化，而且，每一年同一地方出的紫茶味道都有变化。紫茶的与众不同、返璞归真、可研究性让苏岚迷在"紫"中。她用景迈山的原料制成一款"紫酽"推出，白底紫字的绵纸包着紫色的茶芽。紫酽怎么样呢？喝茶人做了最好的回答。

2008年初夏的一天下午，一位穿着淡淡紫色裙装的女士来到店中，这个颇像琼瑶笔下的紫衣女人一眼就看中了"紫酽"。五年过去了，紫衣女人竟然神奇地找到苏岚江东好世界的茶会所，她把当年买的茶回送了一饼，五年在广西的转化，原来"香宏浓烈"的粗狂犷霸气已经转化为"花蜜香"，此次来昆明，她又奔紫酽而来。

一位名叫道宏的居士，在把紫酽当作伴侣之后，摘录了唐朝张籍和友人的一首诗，并装裱好这幅书法送给苏岚：紫芽连白蕊，初向岭头生，自看家人摘，寻常触露行。

今年，是苏岚圆梦的时候，她在已有的紫酽、紫鹃、紫鹃红茶的基础上，注册了"紫者"。紫色为上，天濮晨岚将在蛇年的紫气霞光中推出紫色系列。

琴棋书画不离茶

琴棋书画诗酒花，柴米油盐酱醋茶。伴茶山泡书房长大的苏岚受其熏陶，自有观书赏画拨七弦的爱好，也有与茶相融相伴的缘分。她说："茶真的会说话，我的客户，有的没有见过，却成了老朋友，是茶在中间说话牵的线啊。有的人喝了好品质的茶，等不得第二天说道，多晚了还打电话来谈每一泡茶的微妙变化。有老客户在接到好茶后，寄来书画作品表示谢意。从未谋面的朋友，就寄来过杨之光的字，喻继高的鸳鸯戏水的画。"

今年五月，昆明文达画廊举办当代画家陈流画展，天濮茶业受邀协办，并在开幕的次日，设了一个茶画雅聚。那天傍晚，高雅的黑旗袍衬托出苏岚的婀娜多姿，她落落大方地在画厅正中布了一个大茶席，一块藕色桌布做底，桌的一端紫红竹帘摆设了白瓷素花的香具，左斜角浅黄色的绣花绸片斜铺，陈设了一组倒金字塔形的彩釉杯，杯旁，苏岚用在来的路上随手采来的无名小草，几枝绿叶几枝红叶，插进陶瓶，做了个"层染"的插花，居中，主题所在，一个潮汕泥炉用明火煎着一壶茶汤，茶汤沸腾，一股淡淡的香味从壶中溢出，随意地在大厅中飘来飘去。这是什么香味？觅香寻茶，人们喝到了用云南古茶和越南沉香相配相融的"空谷"沉香茶。焚香引幽步，酌茗开净界。奇妙的"空谷"，雅致的茶席，看上去如信手拈来般自然，其实是沉淀，是厚积薄发。

这一晚，陈流的画是美丽风景再现，苏岚的茶、茶席及煮茶者，是一道美丽的风景画。

苏岚的儿子为亲爱的妈妈敬上一杯茶

杨蓉的小茶屋

当记者的那些年月,杨蓉写普洱茶写了整整三年,昆明的东西南北,她都有可以落座的茶位,特备留的私人茶碗,少有的只是喝茶的时间。这茶喝来喝去,倒没有把她喝成专家,只是把她弄得似乎和茶难分难解了。一日,突发奇想:何不搞个杨氏茶空间,自己给自己换换位置,坐到主泡席上也来提壶置杯,尝尝自己泡的滋味。

小茶屋是有"心"无意做成的。原来想着做媒体的朋友多,就在新闻路租了间房子,做做她公司的文化传播事业,和报界的人也好近距离联系。可又想,这地儿弄成喝茶的也蛮好。于是,杨蓉从家里抬了张茶床,张姨拿来第一批茶具,做珠宝的乔总送了个电磁炉,当第一壶水烧开之时,茶室的雏形就出来了。

杨蓉泡茶,最引人注目的是她那七彩的手指甲(教茶艺的老师说,泡茶严禁涂红指甲),可是杨蓉有做美甲的卡呀,玫瑰红、粉红、紫罗兰、银灰色起小白花……一双手指甲经常变色。好在泡茶时候,壶有壶把提,端盅用竹夹,也就不在乎指甲的颜色了。虽然不按照茶艺的

在女贼的书店选书

那些所谓规矩，来喝茶的人却一拨一拨的。"我们呀，就图个人好茶也好。"主人不来的时候客人自己也来（铁杆哥们有钥匙），有一拨曾经在这里设过个茶局，摆了局，喝罢茶，余兴未消还写了篇茶局的文章登在《大观周刊》上。

杨蓉的茶屋摆设多。玉溪人送来的彩绘黑陶，宜兴壶家托运过来的紫砂壶，太阳魂酒业送来的红葡萄、白葡萄、葡萄冰酒。当然最多的是茶，做了十几年茶会所的苏岚小姐鼎力相助，每次到来都携一纸箱，有一盒三罐精装的紫鹃红茶，有和融、道合装的儒风生熟二饼，有帝泊尔茶膏。另外，一大包各个年代各个产地的品鉴用茶，供茶友们享用。

杨蓉的茶屋书很多，做过杂志主编、首席编辑的她仍然关注杂志。架子上《名牌》《铂金风尚》《滇商》《中华奇才》《祖国》《艺术云南》《新周刊》《收藏》等等品种颇多。坐在这里，人手一本，人手一杯，茶气，人气，冬日暖暖阳光的热气，融为一体。几气混合，气场强着呢。

小茶屋也是个文化信息的交流中心，书法家来这里谈挥毫，画家在这里讲泼墨，版画家许勃君干脆送幅套色版画挂在这儿，给茶屋增色不少。在这里，你可以知道唐卡展在大藏文化馆开幕，新加坡女艺术家三人画展在秋园展出，茴香之夜的新年诗会，湖北诗人冯楚在北门书屋旁与昆明诗人的《一个人的祖国》为主题的诗歌聚会，还有新书出版的动向等等。

杨蓉这人手散人大气，喝茶时听说朋友今天是结婚纪念日，送别时她就送上一瓶红酒，喝茶时有茶友品味出同感，她又从架子上取茶送上两饼。杂志同行广州来，尽地主之谊，她送上彩绘黑陶罐、彩绘黑陶茶叶盒三五件，坚持说这是云南特产。潇潇洒洒豪豪爽爽的时候，她从未想过一件事，所有的货品都留有一张底单，秋后算账的事情她暂忽略不计。

最近她预定了数本周重林老师的《茶叶战争》送给朋友，她说周老师几年没有音信，在昆明才一露面，就甩出一本销量和封面一样红红火火的《茶叶战争》。众朋友读后，感慨、顿悟、看法、想法、争议、建议，一并留着，她把周重林老师请来，在她的小茶屋里开个作品讨论会。

文化传播公司总要做点文化传播的分内事情。

到洱海舀水来泡茶

泡茶用什么水好？在杨蓉的小茶屋里聊起这个话题。古人说，泉水上，江水中，井水下。有人反驳："环境污染，水源污染，不管是泉水江水还是井水，时过境迁此水已经非彼水。"听说大理的洱海水质还不错，有茶友提议，要不，去趟大理，舀些许洱海水，来看看同样的茶用不同地域的水，泡出的茶，味道怎么样吧。刚好要去大理有事情，就两场谷子一场打啦。

洱海水大多来自苍山，苍山有十八山峰十九溪，以前冬季峰峰雪白、沟沟积雪（现在雪略有减少），雪水汇作十九条溪流，流进洱海，水清澈色碧兰。有先人吹着下关风，赏着上观花，遥望洱海月，用苍山雪水泡下关沱茶。美景、好水、香茶。最养生的水，最放松心情的地儿，怪不得只要想生活在别处，冲着这水这风这田野，大理就成了许多人的首选地。大理公馆的赵董说，他陪客人游洱海，游至海西，他取水一瓶，水清极致到透明。他介绍，洱海水属二类水，是舀起来就可以喝的水哦。如今，保护得这样好的湖泊不多了。大理人

生水生喝都说得这般津津有味，若煮来泡茶一定不错。

就冲着煮这洱海水变茶汤，我们在双廊玉几岛上仔细寻一个泡茶的好去处。驻足两扇敞开的白族风格的木门前，还没来得及看完门头木雕，就被院内漫天雪白的花儿朵儿惊呆了。这是院子吗？应该是在迎风向阳的山坡上，花儿才开得这样恣肆绚烂。这是盛开的李子花吗？就像团团白雪飞舞在空中。赶紧进院子，人间难得此一寻。这棵李子树枝枝如巨臂，撑开如华盖，花团锦簇似天穹，不大不小，不多不少刚好盖住整个院坝。

在木条凳一落座，立马张罗煮水泡茶。主人用带柄瓦罐煮沸水，用小一号的同模瓦罐烤了茶，水一倒，汲汲——声音、白气、香气同时冒出。茶汤注进碗里时主人说，这是洱海的水，泡的苍山的茶。这茶喝得沁人心脾，不仅润喉还润心，水柔回甘有余香，不知此时是醉在茶碗还是醉在花下。月牙儿悄悄升高，悬挂在花枝上的灯一齐亮了，素洁的花瓣被薄薄地罩上了一层光环，稍显嫩黄，有的还镶了金边，风动枝摇花影移，这茶喝得一罐又一罐，我们乐不思归。

以大理古城为始发点，从下关到海东，到小普陀，到挖色，到双廊，到上关，到喜洲，再回到大理古城。一路上关注的是水，留心的是茶。洱海水清清，是因为所有的排放水都没有流进洱海，绕道处理了。洱海水渺渺，是限制在洱海取工业建设用水等等。有水才有洱海，有海才有大理。环洱海一圈，许多海边景色让人想停下，择一树做顶，拴三围圈炉，撩起裙子走到没膝的水中，左晃晃右晃晃从正中舀一大瓢，注入铁壶煮水烹茶。但只是想想而已，那图那景还是留给张利烽画茶画。在大理一客栈，偶翻到一本杂志，重庆出的《旅游周刊》，上面有一个《子语说茶》专栏。作者郑子语。喔，多次拜读过他的文章。我做《中国翡翠》特约撰稿，他是《中国翡翠》主笔，神交已久。看他的两期专栏，他分别写了龙井茶、普洱茶。《普洱茶》一文，他形容普及程度，用了"男人通吃，女人通杀"。让我事后一喝普洱茶，就想起这两句话。写《龙井茶》，他引用了金瓶梅里写春天的一段话，把明前茶的清、香、绿做了最好的诠释。细细地读了他的茶文章，更思那水那壶那茶。

大理古城人民路，有家"一味茶庄"，一对年轻人打理着。男主人是大理学院毕业的，爱上大理不走了，开间茶店弄茶交友，还配合着学院老师做做茶艺师培训的事。女主人主泡，把他们老师的好茶饼开了，让我们品上两味。靠着点苍山，听着白族语，喝着大理人用洱海的水泡的茶，飘飘然，有点放牧心境的感觉了。

放牧的岂止是心境，还有洱海上空的云彩，苍山上绚烂的晚霞，还有潺潺流下的十九溪水。心随着水去了，泡成了茶，不知这人回得过神来吗？

评论：

罗红里：读存鲜美文，如临其境，身心俱爽，果然是洱海水、苍山茶泡出的润肺入脾之液，令人神往之处，在境不在茶！窃以为前文甚好，笔力集中，雕景绘情，而后文却未免多余！水是至清，茶是至纯，情已至浓，文亦当至精！结尾一段不是说出了品茶的至高之境了吗？为文当如是！

李南山：去洱海舀水来泡茶多好的题目，看了题目就想读此文，读了此文才知道作者的脱俗，能把喝茶这种小事写得有滋有味，写出文化来就更值得我等效法。

南蛮学士：美慕鲜姐潇洒的"霞客行"人生，鲜姐亦仙也！我们年轻人任务还重，每天还得奋斗，等过些个时日，到了鲜姐这个年龄，我还真准备向您看齐呢，人生真是难得好山，好水，好风光！

简约也至雅　闲情下午茶

　　在高大的泰丽酒店的背后，掩隐着一片 20 世纪七八十年代盖的红砖、青砖房。几十年的房子陈旧而简单，斑驳的墙壁，缺边少角的楼道，说明这里曾藏龙卧虎，有着深挖几锄就掘得出来的故事，朋友方祁明就住在这里。

　　敲开这里的一扇门，主人方祁明为我们打开了一个洁净世界，白色是屋内的主色调，墙白，桌布白，椅子垫白，在这块白色的大画布上，全是艺人方先生的原创作品，屋子的门窗是过去式的，屋内不装修不摆设，简单随意是房主人醉心的生活方式。

　　我们是应邀来喝下午茶的。雨后的春风带着清新的味道阵阵送进窗来，在这个花儿点缀、悬字挂画的客厅兼茶室里，我们等待着别具一格的方氏下午茶。没有漂亮的器皿，也没有壶、

灶那些所谓的茶道必备的物什。

方先生用一个不锈钢盘盛上梁河回龙茶，在电饭锅的底部发热板上烘烤茶叶，待香味发出，又用一盘烘烤糯米，旁边一个那些年时兴用的电热杯烧着滚水。好啦，茶叶入杯，香糯米入杯，注水。有嗞嗞的声音，有茶裹着爆米花的香味，抿一口，香。呷一口，甜。喝一口，爽。既别有风味又别开生面。

下午茶照例配置了茶点，但不同于西方或者惯例用糕点，一盘应时令的真正有椿的春卷，一盘精瘦的宣威老火腿，三香互补，顺序轮番，养口养心。

创造这款下午茶的是云南有名的民间剪影艺术家方祁明先生，他只要观察你一会儿，两三分钟后，颇具你神韵的剪影肖像就诞生了。早年，昆明西山、金殿老昆明人都熟知有个剪刀方在景区坐镇。他也曾一把剪刀走天下，南下北上，在圆明园都剪了多年呢。现在中国人只要手指会动的都能照相，剪影已被冷落有些时日了，好在还有来旅游的外国人有喜欢中国传统文化的，方先生近年来在昆明的宾馆酒店为来旅游者继续剪影。

日子在不富足但很满足中过着，就如墙上的一幅书法"宁静性逸，心动神疲"，正因为方先生有这样的心境，这般的素养，才有简约而雅致的茶室，不断创新的茶饮。才有山来潮水来潮人更来潮的一拨又一拨的下午茶会。

评论：

罗红里：有声有色有景有情有香有味，确乎是在一片宁静中诱人的午茶，但重要的是写人"神龙见首不见尾"。存鲜对于运用细节已达出神入化之境，好一个方先生，虽未直接刻画，但我们已然如他的剪影般看到了他仙风道骨之神貌，此为写人之高境也。

文昌阁拜见文昌帝
读书人茶聚旧学堂

　　禄充文昌阁建于明代万历年间，多少代澄江、江川子弟在这里读书诵经求功名。此地乃物华天宝，人杰地灵，历史上就出过一门双进士、百步两翰林的壮举之事。

　　现在这里六七十岁的老人，儿时都在这里念过书，每到下午，三三两两总爱坐在学堂前古树下，喝茶抽烟冲嗑子，在文曲星面前，忆尽当年读书事。

　　我是教书人，但不敢以先生自居，但说是个读书人嘛，还敢拍下胸脯。六月的一个上午，我走进文昌阁拜见了文曲星。文曲星也称文昌帝君，在传说中，他是功名的大总管、大贵的吉星。主宰功名利禄之神，自古此神尤为文人学子莫不顶礼膜拜之神，司文武爵禄科举之本职。面对文曲星，我双手合十，心中暗暗作了诸多感谢：一谢文曲星高照让我一家出

澄江绿充文昌阁

小学、中学、大学多位老师。二谢文曲星点化让我能撰文章通文墨。三谢文曲星让抚仙湖畔的学子人才辈出。几位当地老者看我虔诚恭敬，纷纷与我搭讪，话一投机便约定下午三点一起喝茶聊天。

文昌阁门前左侧一株梅子树，一棵侧柏，都是百年老树，树荫遮着石桌石椅。申时时刻，我从小竹篮中取出茶具茶点布置，询问一位七十多岁的大爷先喝什么茶。大爷一生人走过许多路，也喝过不少茶，他内行地拿起小茶罐逐一地嗅嗅，然后说，天气热，先喝绿茶吧。我为大爷们先泡了云龙的碧螺春，奉茶后问滋味。一位说香，一位说解渴。看守文昌阁的张大爷说："我想说句实话。"我赶紧看着他："大爷您请讲。"他端起杯子喝了一口，很郑重其事地说："其实不管你给我喝什么茶，我都是猪八戒吃人参果尝不出味道。我只是喝个开心。"大家伙都乐了。我说开心就好，喝茶就是喝心情。

茶过三巡，小茶桌这里已摆开龙门阵，我得知，从前阁的前面有一座小星桥、一座大星桥，两桥与文昌阁形成品字形，站在桥上放声一喊：哎……马上就有回音回应。文昌阁后面有一道隆起的土埂，埂下有水流成溪，据说这埂上的土每年都要上涨，必须人工挖去一些，否则就有埂拱越过院墙之势。埂下的小溪，遇雨猛、水大，就汇合山水一起流向大小星桥下注进抚仙湖中。这几位老人都是在文昌阁读的小学，也是当地的文化人了。如今禄充小学就建在文昌阁旁边，不时，还听到孩子们琅琅的读书声。

我爱这块雅静清爽的地方，清晨在此捧书，可以即入佳境，下午在这里喝茶，凉风习习，树影婆娑，天地间置一茶席，喝得心宽神驰。我与几位大爷约定，我每月一次到禄充，都来这里泡茶奉茶，听老人们讲古，乡音回绕，透过那金黄的微绿的酒红的茶汤，寻找逝去的悠悠岁月。

一叶知秋
——立秋雅集随想

今天立秋，昆明的秋天天湛蓝日艳丽，一米阳光从窗帘缝隙射进，弘益大学堂内的精美茶席，有的镶上金边，有的色彩明亮，灯光与自然光相汇集，瓶子里的花灿烂叶翠绿，艺术点缀着生命，茶席间流动着生气。

学员

恰逢立秋，王迎新的"茶道美学精修课"结业茶会，就取名立秋雅集。十六台茶席由来自天南地北的学员设计布置。自己选茶器，自己摘花折叶，自己备香炉，布出雅致素洁的茶席，拟定出"早秋""荷田"等自然、朴素、清美的主题。一叶知秋，可秋天来得多么不易，得有冬春夏的铺垫，才能到沉淀成熟的秋天。王迎新爱茶习茶研究茶道，她的每一个器皿，都探究出处。她设计的每一台茶席，都被拍照留底。她的《吃茶一水间》记录着她量的积累，质的飞跃。

作为全国前十名茶席设计师，王迎新不保守，不保留，收弟子传技艺。本期学员，来自全国各地。张嘉是北京人，爱喝茶，家里，茶楼，有空就喝。在老舍茶馆，用长长的壶嘴冲大盖碗的喝多了，就特想弄一席雅泡静品。闻信王老师开班，立马就赶来昆明。还有来自上海的学员，茶席创意颇有江南风味，她对客人说，江南女子爱婉约，王老师的风格正是她最中意的。

品过了昔归生茶又品了勐海熟普，第三款刚开泡，茶会已经到了尾声。茶友们依依不舍离席不离堂，拍合影，留微信，道感受，抒情怀。

本次雅集高朋满座，有从法国远道而来的，我国著名教育家熊庆来的孙女熊有雯及先生皮埃尔·德拉特和儿子一家，皮埃尔·德拉特是一位法国的高级法官，他对红酒很有研究，品茶后，他兴致很高地说，原来品茶也和品酒一样，需要这么多的学问。"茶画家"张利烽偕家人一起赴集，他从宜兴来，每天画茶画、画茶壶，遇这样的雅集，茶愿茶缘嘛。诗人郑千山、企业家马知行、咖啡王子海涛，还有各位茶友茶人，对在立秋时节的立秋雅集都流露了赞誉之情。

一种茶席文化在昆明成长着，拓展着，因为得天独厚，有名家高人迎新老师授业，有弘益茶道馆倡导支持。今天一叶知秋走在前面，明秋，硕果累累红叶满天。

七一老茶店

　　七一老茶店是小街茶城的一爿小铺，不带机关色彩，是户小百姓，择吉日开张，就此命名的。

　　噼噼啪啪的鞭炮声中，大红的横匾"七一老茶店"披着红绸挂到了门坊上端，吉日开张，阳光普照，生意一定会红红火火有前景，有奔头的。

　　店主小杨人精瘦，脑精明，还追求文化品位。主泡台后，由不同书法的"百茶图"作背景墙。媳妇小陈，胖嘟嘟，笑眯眯，招呼泡茶、待客，亲和力极强。头个月还勉强，有了八千元的收入。今后呢？茶路漫漫……

　　转眼就到了2007年的9月，按往年的茶谱：国庆、中秋两大节日筹礼，茶店怎么也要有点大宗买卖。可是，小小茶城，静得出奇，如果拿门可罗雀来形容，那还有点生机。其实，连鸟都难得飞得进来。十几家商户离岗串门，串来串去。

　　"今天开张了？"

　　"开张。"小胖媳妇噘着小嘴说，"不开张是常事，开张是怪事，买菜的钱都没得了。"随着普洱茶神话的破灭，七一老茶店和所有的茶商艰难地从阴雨连绵的秋天走进了寒冬。

　　水滴石穿，讲的就是贵在坚持。随着官南大道旁的垂柳抽絮，金黄色的迎春花朵朵绽放，七一老茶店有了回头客，还连通了南宁、广州的渠道。一广东茶人，隔半月一月，就来一次，专收老茶。小胖媳妇端出"需求"，记下"要求"，使广东大叔揣着希望来，带着满意走，留下信任，还会再光顾。

　　小杨说："老茶店，就得有老茶！没有老茶，我就不敢叫这个名。"

　　小胖媳妇守着铺子，小杨骑着助力车，康乐、金实、西苑、大商汇，寻找老茶。坐着班车，永德、孟库、易武、景洪收购老茶。什么茶最老？做茶做得老到的人最知道。小杨拜访茶界前辈苏方华、茶痴杨洪勇，并和农大茶学专业早年毕业的葛总结成了忘年之交。

　　"苦着钱了，真的当老板了？"

　　"哪里！"小杨说，"我们是人穷茶富。"

　　可不，进来的钱又换成了茶了。才压了成年的谷花茶，又做了今年的春茶，那满屋的茶香，遮盖不住生活的窘迫。小杨举手就见了 T 恤衫上的破口，还有他们总是煮干米线吃。

"给是干米线好吃？"

"不是，干米线买一块钱的就够我们吃一顿。水米线得买两块钱的才够。"

这就是一分钱恨不得掰成两半花的小小茶商。

小气的表面，是怎样的内心呢？汶川地震，茶城里左邻右舍都在谈论这个话题。

"我们单位昨天捐款了，今天又交特殊党费了。"客人透着信息。

小胖媳妇愁了：那我们没单位的到哪里去捐款呢？第二天上午，七一老茶店没有开门，两点多钟，小胖媳妇回来了，红扑扑的脸蛋上透着兴奋，洋溢着幸福。

"快喝盅茶吧！"邻居招呼着。

她一连几盅牛饮。"我在城里找了好几处，终于在广场上捐成款了。"

她把一个月的饭菜钱，带着茶味，带着心意，塞进了贴着红纸的箱子。小两口自有小两口的浪漫，2 月 14 日那天，小杨关了店门，骑车带着妻子去海埂长堤喂海鸥，这也是他们每周的功课。长堤上，海风习习，小杨从包里拿出一件通红的 T 恤送给妻子。望着妻子感动的目光，总该说点什么嘛。"你胖，衣服不好买，今天恰好遇着了。"是啊，恰好遇着了，恰好遇着碧水蓝天，红嘴鸥起舞翩翩，恰好的是爱的交流，情的相融。小两口牵着手，欢愉地在堤上走着。爱人是最纯的情人，海鸥是春城的情人，滇池是昆明人的情人。他、她——挥臂把面包抛撒向天空，这两位小小茶商敞开心怀，他们的心胸正如雨果所说的：世界上最宽广的是海洋，比海洋宽广的是天空，比天空宽广的是人的胸怀。最近，七一老茶店又为广东大叔备了一款茶，这茶苦得难以下咽，举杯几次，要有那喝药的勇气才能入口。但喝过两三个小时内，口里如同含过甘草，嚼过橄榄，回甘阵阵，舒服得不得了。这款茶，名副其实叫"苦尽甘来"。

苦尽甘来，物换星移，轮回无常。随着普洱茶理性的回归、正常的运作，百年普洱茶，在低谷之后，必然迎来姹紫嫣红的春天。

春秋之约·生命的收藏

——2013年柏联"春秋之约·生命的收藏"高端茶会侧记

序

世事多涛浪
沉浮一念间
人守茶山中
今夕共天地

春秋两季，茶山绿意盎然，正值采摘佳期，云南普洱景迈山柏联茶庄园迎来一年中最隆重的祭茶祖、收藏茶活动。这是一个节日，当地村民、柏联人和远道而来的嘉宾相聚庆祝茶丰收；这是一次约会，庄园主人刘湘云倾情一生倡导践行"春秋之约"。

当下社会，为名利而忙碌的世人，最向往、最渴望的生活：回归一个心安之处。2013年4月16日，一个明媚的春天，普洱柏联景迈山茶文化庄园，宁静中蕴含躁动，庄园主人刘湘云，早早守护在庄园里，静候各方来客，她将与各位智者、仁者，讲述自己在浊世中一份美丽的坚持。

"意气相许，欲与天下共坐春风；肝胆相照，欲与天下共分秋月。"步入柏联景迈山茶文化庄园，著名文化学者于丹的脚步放慢了，更显优雅、闲适，她的感受是"禅意的生活，风雅的情怀，精致的品位"。这是于丹和刘湘云的又一次约会。当然还有其他友人，纷至沓来，赴随后两天的"春秋之约·生命的收藏"茶会。他们将在万亩古茶园里亲手摘下茶叶，在制茶坊用古法压制"古树茶饼"，写一张给自己或家人的书签，收藏一份珍贵的"春秋之约"记忆。

生命的收藏之"祭茶寻根"

"一切众生，一切草木，有情无情，悉皆蒙润，百川众流，却入大海，合为一体。"

在景迈山古老的村寨里，至今流传一句祖训："我给你们留下牛马，怕遇到灾难死掉；给你们留下金银财宝，也怕你们吃光用完；给你们留下茶树，让子孙后代取不完用不尽……"据说这是茶祖帕哎冷给子孙后代的遗言。每年4月，惠民乡景迈山的布朗族等各族群众都要举行祭茶祖活动，至今已有1700多年历史。

今年有所不同，刘湘云代表柏联普洱茶庄园，首次发起了"春秋之约·生命的收藏"茶会，联合当地的少数民族群众，诚邀国内外知名人士，共享一场真正传统意义的"祭祀茶祖"主题寻根文化活动。

在一种文化精神的感召力下，于丹、李祥霆等人积极响应，千里迢迢来到这个茶山深处偏远的小山村，以实际行动，对柏联集团进入惠民乡后对景迈山茶文化的保护传承之举表示认可和赞许。

于丹一行人从酒店出发，徒步爬山到祭祀地点。战鼓擂响，祭祀茶祖、呼唤茶魂的仪式正式开始。布朗族王子后人南康、苏国文对着帕哎冷故居行三跪九叩大礼；随后，布朗老人、儿童组成第一个参祭队，手捧茶叶，跪祭茶祖；紧跟其后的是布朗族、傣族、哈尼族等民族参祭队，他们手捧蜡条、圣水、白布、米酒等依次参祭。整个祭祀活动由初献、亚献、终献、剽牛、狂欢、百家宴等部分组成。

参祭的来宾们体验到了民族祭祀活动神秘、庄重的仪式感，同时也在布朗刀舞、鼓舞和傩舞中体验到各民族的狂欢风情。

"这是一场民族祭祀仪式的盛宴！"于丹感慨万分地说。

祭茶祖活动结束后，来宾们就座枝繁叶茂的茶树下品味独特的茶餐。清风习习，鸟语声声，绿意盎然，众人收身心，去俗念，皆有古代宋人雅集之闲趣。

据景迈山芒景村缅寺碑记载，景迈山大面积种植茶树始于傣历57年（公元696年），距今已有1300多年。专家考证，澜沧江流域是茶的起源地，而布朗族祖先是最早利用野生古茶进行栽培、驯化的人。早在2007年4月9日，普洱市和柏联集团举行"普洱绿三角"合作开发协议签字仪式，中央电视台主持人敬一丹饱含深情地带领着景迈山各少数民族代表和柏联集团的管理者一起向世界发布《景迈山宣言》："保护景迈山的每一棵参天大树、每一块古老茶园、每一缕阳光、每一寸土地、每一捧泉水……"

从那时开始，合作双方以文化为灵魂，以保护为基础，以品牌为先导，以与边疆各民族和谐发展为目标，在庄园里设计茶园、制茶坊、茶仓、茶道、茶山寨、茶博物馆、茶祖庙、精品酒店，以此打造世界级的普洱茶农耕自然博物馆、世界茶源圣地。

如今，走进柏联普洱茶庄园，可以看到一座山的茶文化遗存；感受完整的茶园生态系统及自然风光；参与茶山寨茶农的农耕生活、祭祀活动；体验采茶、制茶的乐趣。可以说，到古茶园朝圣，体验到的是一种亲近自然、尊重自然、绿色健康的生活方式。

从每年的祭茶祖活动开始，刘湘云以及柏联人，通过柏联普洱茶庄园平台，以茶文化布道者的姿态，践行茶文化的传播。

时光流转，云水千年。在无常世间，于山水间，静心修行，颐养性情。且饮尽一盏茶汤，留住景迈古茶的幽幽兰香，留住中国茶文化的根基。

生命的收藏之"三境合一"

"以雅乐之心境，以沉香之意境，以古茶之禅境，化云水禅心，入人间烟火。"

茶会上，中国第一古琴演奏家李祥霆先生出场，一派儒雅朴素之风范。当他捧上千年唐代古琴"九霄环佩"的瞬间，现场静无声息。一曲古琴曲唐·至德丙申九霄环佩演奏，如石上清泉，汩汩而出，滋润听者心田。琴音透出"和雅"和"清淡"之韵味，有儒道哲学深藏其中。这样的雅淡，与景迈山茶庄园追求的"恬逸、闲适、虚静、深静和幽远"的境界十分契合。

"九霄环佩"的唐代古琴共有四张，除李祥霆持的琴外，其他三张琴都在博物馆。李祥霆与这张"九霄环佩"琴如何结缘？这里还有一个故事，此琴为香港实业家何作如先生所藏，何先生曾找过许多古琴弹奏家试弹，大家都说音质不好，最后找到李祥霆，他抚琴拨弦，音色松透、圆润、古朴，恰到妙处。故琴与人，互为知己，合在一体，天地之作。

伴随古琴雅乐，中国香文化专家陈建民悄然安坐香席，放炭、调火、盖灰，采用"隔火熏香"点燃棋楠沉香，为大家演绎中国香道文化。自宋明以来，棋楠香便被公认为香品中的极品。经微微加热后，其散发出一种浓郁高贵的神秘香气。先由鼻入"心"，贯穿全身，来宾们顿觉身心舒畅，恍惚间进入现实之外的虚静境界。

陈建民早年研习中国古美术文物鉴赏，师从刘良佑教授香学玄字辈门生。他在香道的学习中，不仅传承中华传统文化，还悟出"香学"是一种文化，也是一种生活，要能"静"，能"闲"，才能品出香的精髓。

茶会上，著名茶人何作如以娴熟的手法冲泡庄园收藏的百年老茶，以此传递一个信息：普洱茶是有生命的茶，越陈越香，被称为"可以喝的文物""会呼吸的古董"，唯一具有收藏价值的茶。

在场嘉宾在丝竹、沉香、茶道的境界中回归自然，崇尚朴素，在茶的思辨中重生、养生。融入古琴心境、香道意境、老茶禅境，三境合一，渐入佳境，终成佳话。

生命的收藏之"记忆交融"

"素履之往，行走山间，看百鸟惊枝，落花满身，唯此处是归途。"

茶会中，一群志同道合的人，谈茶论道，不亦乐乎。有一个词不断被提及："记忆"。于丹有所感触地说："所有的相遇都是久别重逢，我们这些人到一起是久别重逢，我们遇见茶、琴曲和沉香是久别重逢，一切生命深藏的记忆需要一个理由唤醒，即春秋之约。"在此于丹给柏联茶会赋予了深层次的意义，即唤醒生命深藏的文化记忆和情感记忆。所以她又说："也许真到我们老去的时候，我们什么都记不得了，但会记得，一个夕阳西下的午后，我们在这里，遇见了李老师的古琴、何老师的好茶、陈老师的香道、刘董的坚持……"

而庄园主人刘湘云的记忆断断续续，但却感人至深。言语间流露一个女企业家对古茶园的爱之深、痛之切。"如果不保护，茶山就没有了。举企业之力，每年投入上千万资金，养护茶山。"湘云习惯于承受生命之重。她的记忆飞回当初来到这座茶山创业的情景，心里涌起千般苦涩的滋味。

为何举办高端茶会，刘湘云的想法是："守住茶山，做定制体验旅游，让高端人群来朝圣，他们来了，喝了茶身心健康，也是对茶的保护。从而让当地老百姓不再急功近利，毁损茶山。"说到这里，刘湘云突然无限感慨地说："不丹，一个小国家，幸福指数特别高。那柏联茶庄园的幸福指数，大家觉得如何？"现场一片热烈的掌声，大家以此方式回答了这个问题。

对"记忆"有独特见解的还有一个人，他是电影《儒林外传》中扮演秀才的演员喻恩泰。

喻恩泰认为，柏联之行既是走路，又是做梦。茶会是一次雅集，也是一次缘分，人与人之间偶然在一个空间和时间发生交集，留下记忆，不可复制。以后不再有，以前也不曾有。每次相聚都是久别重逢。喻恩泰长年以酒店为家，他觉得，一个酒店在偶然中达成宿命，偶然和必然的交集，那么这个酒店有生命和呼吸。在这次聚会中，一群四处漂泊的人，无论产业多大，都在茶庄园安住此心。最后喻恩泰意味深长地说："享受人性的漂泊、人性的遗憾和婆娑之美，享受这种无家可归，或许才是真正的家。"

茶会上，还有很多人的记忆逐渐在复苏和交融。或许生命的收藏就是一种记忆，如普洱茶一般，可以仓储在时光的隧道里，随时取出品味一番。

生命的收藏之"美丽坚守"

"天然璞玉，需要时光的雕琢。锦瑟人生，则要禅心的滋养。且将繁弦急管，交付给丝竹清音；用凡尘烟火，换一盏玉壶冰心。在无常世间，坚守自己的美丽。"

一座沉寂了千年的古茶山，千百年来，它一直静静地矗立在澜沧江流域的岸边，直到2006年，这座山的价值因为柏联企业的眼光而被发现，因为刘湘云女士的坚守而得以保护，而它存在的价值告诉世人："世界茶树的发源地就在中国，世界茶文化的发源地还是在中国。"

"6年前，我们收购了景迈山一个有五十年历史的惠民茶厂，当时我陪敬一丹老师来到这个地方，敬一丹老师感叹这个地方的落后。每当下雨，就是烂泥路，我们走路都得像跳芭蕾一样。住的地方被称为邋遢一号，吃的地方是邋遢二号，初到这里真是十分艰难。"茶会上，刘湘云向来宾倾诉了开发景迈山的艰辛。

6年来，柏联集团每年投入景迈山茶文化保护的资金都是上千万，即使商业亏本，也在耕耘。刘湘云似乎已经超越了商业层面，她更看重这座山的历史文化价值。可以说，这座山是活着的茶文化博物馆，对研究中国茶文化的缘起以及中国茶文化的复兴具有重要意义。所以刘湘云选择了孤独地坚守，为中国茶文化而坚守。

刘湘云无数次上这座山，在她的记忆中，车程在慢慢地缩短，车况在慢慢地好转，从以前8小时的崎岖山路到现在只要两三个小时的二级公路，机场也将在3年后开通，政府对村镇的基础设施不断改进，景迈山古茶园在整个世界茶文化的格局逐渐得到认可……刘湘云的心情越来越舒展。

刘湘云丝毫没有懈怠，从2006年开始了遍及大半个中国的问茶之行。她开始收集各个年代各大茶山的普洱茶，办公室里各种茶具泡壶多了起来，她经常亲自泡茶，然后一款一款地细细去品。在她的工作和生活中谈论茶事多了，她的作息与茶也息息相关。"早上喝月光白，晚上喝熟茶，喝老茶的时候焚一炷沉香，放一支琴曲。"她开始亲自培训茶艺师，和专家一起研究茶道，她的心和眼前的茶壶、远处的茶山，紧密相连。

"将中国的茶文化做到全世界！"刘湘云怀着远大理想，带领企业加快步伐，用5年的时间获得3个欧盟有机认证，将普洱茶庄园打造成类似法国波尔多红酒庄园一样，种植、加工、仓储、销售集于一体，让柏联的每一片普洱茶做到有源可溯。

由爱玛仕设计，柏联普洱的LOGO呈现一棵充满想象的生命之树！在主干上，长出无数枝干：柏联的普洱茶博物馆开馆；景迈山的制茶坊应运而生；柏联的普洱茶旗舰店开业；

直到今年4月底，柏联定制式茶山高端旅游启动。这棵树，置身于云雾缭绕中的普洱茶万亩茶林中，不断向天空生长。

和顺，刘湘云和柏联企业坚守了10个年头，成功保护和开发了这座中国魅力名镇；如今景迈山，进入她的视野和生命，她将坚守自己不变的追求和梦想，她的世界因此繁花盛开，芬芳扑面。

结尾

刘湘云有一个梦想：为普洱柏联景迈山古茶园申请世界自然遗产保护，让全世界精英人士走进古茶园，探寻世界茶树发源地，享受中国式的人文生活。此次"春秋之约·生命的收藏"高端茶会，正是源于刘湘云的梦想，源于柏联的完美呈现，源于文化的深厚滋养，也源于自然的无私馈赠！宋代禅宗将修行分为三个境界：第一境界是"落叶满空山，何处寻芳迹"；第二境界是"空山无人，水流花开"；第三个境界是"万古长空，一朝风月"。无论时光过去多久，茶园与天地同存。而在每一个春耕秋耘的日子里，在柏联景迈山茶文化庄园，听琴品香喝茶会友，拥有"万古长空，一朝风月"之情怀，获得生命的澄清，然后收藏于心。这是刘湘云，一个在浊世中坚守美丽的女人，一个在庄园里守护茶山灵魂的使者，尽其一生而追寻的梦想！

（杨蓉　张存鲜）

留在景迈山的春天里

——与于丹共享"生命的珍藏"

置身蓬勃的春天里，站在景迈山郁郁葱葱的茶林中，这里有一个春天的约会。著名学者于丹女士和柏联董事长刘湘云女士，相约云南普洱景迈山柏联普洱茶庄园，践行一次充满人文情怀的"春秋之约"。

同来的挚友也为了赴约，停下了理不完的事物，放下了做不完的工作，到这里爬茶山、祭茶祖、沐春风、享时光……在景迈山的春光里停留，并和于丹、刘湘云共享一份"生命的收藏"。

听君一席话，胜读十年书。在听了于丹的演讲后，许多人由衷地感慨道。在这里生命中有了许多遇见，最有幸的是遇见了于丹的智慧。与会者在静、听、悟、醒的过程中，最后遇见了自己。并把这一段时光，珍藏在景迈山的春天里。

于丹的开场白充满温情。于丹说："也许真到我们老去的时候，我们什么都记不得了，但会记得，一个夕阳西下的午后，我们在这里，遇见了李老师的古琴、何老师的好茶、陈老师的香道、刘董的坚持……中国文人生活讲究一个'闲适'，即清闲无事，坐卧随心，虽粗衣淡食，自有一段真趣。而现代人已渐渐陷入'忙而无趣中'。我们现代人一忙起来爱忘事，中国字亡心为'忘'，这个字的另一个写法'忙'。忙着忙着心就找不着了……"

满腹经纶的于丹，列举一个中国古代禅宗的公案故事："一公差背着包袱夹着公文，押着一个犯了法的和尚上路，每天早上清点包袱、公文、和尚、自己四样东西齐了，就上路。路途遥远，两人在路上成了朋友。一天饥寒交迫进了一座破庙，公差很累，瘫倒了，和尚殷勤地请求去集市买吃的，公差第一次开枷锁放和尚去了，不一会，和尚买回来酒肉，公差喝得酩酊大醉，和尚拿出刚买的剃刀，把公差的头发剃光后互换了衣服跑掉了。第二天，公差醒来清点，发现和尚丢了，急得挠头，呀，一摸光头，和尚在呢。但是我呢？最后，公差找不着自己了，从此无法上路。"于丹进一步阐释："大家都是各界的精英，我们人人都在路上，人人都有这四样东西，包袱里是我们的衣食盘缠，物质的东西不能丢，公文是我们的职位名片，和尚就是我们日复一日做的不同的事情。如果我们每天忙的事情都没有少，日子流光一如既往，不知不觉就把自己置换成了囚徒，在忙中忘了自己。其实，禅宗的故事说的就是我们大家。"

此话真切，字字敲打在场人的心扉。且记，无论生命的道路上多么忙碌，不妨忙里抽闲让自己停一停、静静心，回头看看最初的起点，向前望望最终的目的地不要遗失了自己。饮一壶人生禅茶。

景迈山地处云南边陲，是云南的六大茶山之一，有着千年古茶万亩茶园。在最古老的种茶先民的发源地，柏联茶庄园的茶会安排了系列茶事活动。与会者登茶山，方知"南方有嘉木也"的嘉木是个什么样子；采新茶，才知道大叶种的茶叶硕大如树叶；制茶饼，才知道饼茶的紧压，压进去的浓缩了的都是做茶人的心血。在祭茶祖的仪式上，一位布朗老王子主持了祭祀。于丹说："他说什么我们都听不懂，但他的虔诚我们听得见……敬神如神在。从布朗王子到我们喝的茶听的琴等等，这些就是我们相聚的理由。"茶会期间大家品过老茶好茶，上山时也喝过小姑娘烤的新茶，这茶它价格不高，但是让于丹有一种感动，她说："她喝到了人间烟火气。"在茶山说茶，于丹是有备而来的，她在趣品人生《茶之味》中就做过系列说茶论道。追根寻源，《茶之味》从陆羽及陆羽的《茶经》说起。引经据典她引出《警世通言》"王安石三难苏学士"、日本冈仓天心的《茶之书》、卢仝的"七碗茶"等等。一片茶叶，一碗茶水，被于丹说出多少知识多少智慧。所以，白岩松说："于丹是以经典诠释智慧，以智慧诠释人生。"

于丹说："泡茶比水更重要的是有一颗虔诚的心，听琴比读曲子更重要的是愿意聆听不打搅，闻香比嗅觉更重要的是把心敞开。"引经据典最终是为了回到有关生命的问题。于丹在二十几岁的时候不喝茶，喝咖啡。现在她认为，浓情对咖啡，清心品淡茶。人只有渐行渐长，在岁月中经历了种种浮躁的事、烦恼的事、忙碌喧嚣的事，再回到一杯茶中，才会感到清淡里有一种隽永悠长。

一生只待有缘人

一次次的出发，是为了一次次的归来，人走出去是为了寻觅，而归来时必定带着妙悟，当我们从山水自然回到岗位上，回到角色里，或许心里就多了一份从容。

一生只待有缘人的于丹说："于丹与湘云的遇见，堪称伯牙与钟子期的'高山流水遇知音'，彼此惺惺相惜。"于丹私下说过："湘云是我的老朋友，以柏联的实力，她可以到各大城市开会所，可以熙熙攘攘门庭若市，可以有成倍的利润，但是，她在岁月里坚守了一种寂寞。"

中国人十分讲究这个"寂"字，认为寂寞之中往往蕴涵着大道。《老子》第二十五章讲什么是"道"时有这样的句子："有物混成，先天地生，寂兮寥兮，独立而不改，周行而不殆，可以为天下母。""道"里面本身就包含了"寂兮寥兮"，唯其寂寞，并且"独立而不改"，坚守自己的操守品格；"周行而不殆"，即生生不息，处于周而复始的运动之中，这是万物的根本。这种"寂"不是死寂，而是生机勃勃中一点灵动的清寂。

人在名利道路上奔忙，忙得忘了自己。于丹提议：如果我们一春一秋都有这么几天的时间宁静一下，把湘云这里当作心灵排毒的地方，到这里静一静，让春秋季与自己的年华约会。到这里，来宾们顿悟，春秋之约，收藏的是一份寂寞的智慧，一份知己的情意。

茶会期间，看于丹演讲，没有刻意的修饰，有的是"腹有诗书气自华"的自然显现；听于丹演讲，不做慷慨激昂状，有的是"娓娓道来心自明"的人文气息。于丹的一番话，如潺潺流水，缓缓流入听者的心田，默默滋润。

　　每一次的出发，是为了每一次归来，在和于丹共享了"生命的收藏"之后，当走出景迈山时，宁静过的心，带走的是一份从容。

　　结束语：何为生命的收藏？在流年中等待花开，在繁华中守住真淳，于纷芜中静养心性，自俗世中忍受寂寞。

（杨蓉　张存鲜）

茶味人生

人生平淡似茶，岁月如梭重情，朋友相聚是缘，生命旅途并肩。这是我为一次同学聚会写的相邀词，一位记者学友看了问："真好，是不是原创？"我答："绝对原创，因为是我的心声。"

奔波劳碌了几十年，逐渐平静的心，已经泊在那张小小的茶台，端坐在藤椅上，或执壶或举碗，轮番着把普洱茶、绿茶、红茶、乌龙茶一一泡来。独自品茗时，我赏多于品，不急于把汤注进盅内，手举茶汤，观赏良久。我喜爱普洱茶汤的琥珀色，红得自然，红得纯朴。特别是勐海茶，茶汤表面飘浮的依稀茶雾，使我联想到山里出嫁女红扑扑的脸蛋上罩着的一层羞涩。我也爱赏红茶茶汤的红艳明亮，红得如火，红得似酒，红艳欲滴，顿生想法，镜头更迭：一张性感红唇拉成近焦，浓妆艳抹的巴黎贵妇，手执红酒，自身也红艳如酒，在晚宴中周旋。我更爱观赏极品绿茶的茶汤，微绿清澈，似清晨的露珠、雨后的春茶，遐想着一大群身着白底蓝花姊妹装正采"女儿红"的茶姑。泡茶、喝茶，不论午后或傍晚，不论一人独斟、两人对饮、多人共享，我都爱把小小茶室布置得典雅、干净，端出精美的茶具，以娴熟优雅的动作，泡茶奉茶；让自己、让朋友在袅袅茶香中谈论"平淡"这一永恒的主题。

有朋友左手捧碗，右手捻盖，轻拂茶面，小呷一口，自言自语——唔，好茶！好茶！心满意足顿时写在脸上，透条眼缝说："忘记昨天，不想明天，过好今天。"有朋友带来书法，摊在几上，众茶友品茗赏书，点评笔法、功力与灵气。我围着茶桌，微欠着身子，频频依次添汤——友情、快活，以茶为载体，循环流转。

品茶是最终结果，闻香是重要的中间环节，茶汤既出，赶紧深吸一口，闭目体会茶的香味。铁观音的香味，似幽兰，清香悠长；茉莉花茶的香味，则有点过了，花香盖过茶香，普洱茶的茶香最难体会。陈香是什么味？陈——即久远，陈——就是有过储藏。因此，陈香多少带有仓味，尽力嗅着，感觉到走进农家老宅阁楼，打开装谷子的旧木箱时的味道。同是黑茶，湖南的千两茶、黑尖就好体会了。桐油的颜色，清澈微黄，味道呢，就像摘过一把翠绿的青松，摊开双手一闻，清香——松烟香。广西的六堡茶有着槟榔的香味，讨厌嚼槟榔时那满嘴泛红的镜头，但嚼过之后，苦尽甘来，且甜又香。

红茶的香味，绿茶的香味，白茶、黄茶……茶在人中，人在茶中，茶不醉人——悠哉，人在茶香中自醉。

有朋友自远方来，不亦乐乎。"凤临香蔻"和您一道听古韵，论茶艺，品香茗，悟人生。

静品云卢申时茶
追忆翠湖旧时光

    隔着被岁月打磨得光滑发亮的青石板路，登华街与一丘田巷默默地注视着对方，它们见证过这里曾经有一个叫望海茶馆的老字号的兴旺及人去宅空，又看到了一所叫云卢的茶苑在老民居小四合院开张。

    三月二十八日申时，云卢小木楼侧茶厅，随着主持人杨蓉如数家珍般地介绍此地此卢完毕，茶会在金牌茶艺讲师龙霓的引领下开始。

    第一款茶，云卢私房茶，位居翠湖畔的云卢茶苑，主人梁姐和紫者主人苏岚拟定了主题"春印翠湖 · 静谧安然"。茶席紧扣住翠湖荷叶田田的那景那情。印有一枝荷花立水面的浅灰色布衬底，两个荷叶青瓷盘居中，一溜青花杯横排，杯是一组，但形状跟图案都不同，或水草或鱼儿或蝌蚪，都安然地在荷叶下悠游。茶具秀，茶醇厚，又是美人主泡，众茶友点头赞，不知是说全都好还是哪一个好。

    线香袅袅烟直升，印证了在座人的心平气和。在静谧安然的气氛中，老昆明人张存鲜带领大家追忆翠湖旧时光。她说，老舍的一篇散文里写道，靛花巷虽不过是条"只有两三人家的小巷"，但巷名的雅美，令人欲望其陌。张存鲜还说，别看这条巷浅，只有四个门户，但在抗日战争时期，巷内三号曾是中央研究院的历史语言研究所，史语所来昆的两个部主任陈寅恪、赵元任和梁启超、王国维就是当年清华研究院的四大导师。小巷还住过西南联大的许多教授，老舍也住过这里，巷子里还常看见闻一多、朱自清、沈从文等文坛老将。那时，此巷在中国乃是声名鹊起。

    从靛花巷所在的青云街说到相邻的北门街，又想起建筑学家林徽因，她和丈夫梁思成1938年迁到昆明，就住过北门街、圆通山。搞建筑的也许特别留意建筑物，她写的《昆明即景 · 小楼》：那七下八临街的矮楼，半藏着，半挺着，立在街头；瓦覆着它，窗开一条缝；夕阳染红它，如写下古远的梦。当大家还沉浸在诗意中时，主持人在席间穿插了知识问答。一问：云南大学的哪幢楼是林徽因设计的？二问：天安门广场上她参与主要设计了什么？

    上第二款茶了，龙霓手执紫砂壶，边泡边讲解了勐海宝和祥的太极熟茶，这款茶色亮却不艳，味新且爽口，众夸好茶。

    主持人杨蓉曾是媒体人，主持词如条银链环环紧扣，行云流水般的串词，使茶会调配有度，节奏得当。在上第三款茶时，茶艺师龙霓重布了茶席，以白色作底，雅如雨打过的梨花，以青花点缀，素比蓝天倒映翠湖。滇红，滇红，滇中翠湖边的讲武堂走出过红军总司令朱德，钱局巷里驻过各路英豪曾昭抡、蔡希陶、缪云台等人。熊庆来曾任过云南大学校长，培育出华罗庚等大数学家数人。

茶在续话不断，翠湖的东西南北故事说不完。与会者在茶会尾声时，每人都为茶会留下一句感言，分别是茶如人生、追忆时光、享受静谧。感谢紫者·云卢，难忘申时茶会。

评论：

罗红里：好一个申时茶会，状物写景的质感，细致入微的叙说，娓娓道来的大师履迹，冉冉飘来的茶醺，直教人有身临其境之感。果然是雅境静品，然不免又使人分明听到了历史深处的文化涛音，足显作者学养之兼收并蓄，也如普洱溢出醇香。

背街淘宝记

　　星云湖畔的江城有条背街，在大街拐入巷内再左拐的僻静处。据说这条街有五百年的历史，它的寂静，木门木窗瓦顶，卸下门板就开店就做生意引发着现代人对老街的兴趣。老街的尽头还有一个文星阁，记录了当地人考翰林中举人的荣誉史。背街有个供销社，供销社是五十年代的产物，那时的供销社员工，可是国家干部，它肩负着国家的统购统销、专控物品的售卖，你的烟票酒票肥皂票，布票粮票白糖票，要经这里才能以票购物。如今，茫茫商海体制变迁，供销社已经不多了，背街的这一家，依然在超市商场群中，电视购网络购中坚持着，一息尚存。

　　二十多年前，社主任进了一批景德镇的碗碟，我在柜子的底层扒开灰尘找到它们，手拉的坯子彩色的图案，朴拙厚实颇具时代感。遗憾的是，全都残缺，挑不出一只完全的。但是这只中碗的图案，叶绿花粉红，或含苞或欲放或绽开，栩栩如生，让我欲罢不能，我还是花钱买下这只有瑕疵的碗。有碗得配盘，柜子角落的青花瓷盘倒无损伤，小买一摞，乐滋滋付款拿货。一眼瞥见柜台上算盘边摆着一只土陶碗，器型正好可以置紫砂壶，作陈列品嘛，年代可以让人随便猜。

　　"主任，拿点这种碗我挑挑。"

　　"得，这只是我用来舀化肥的。"

　　"管他呢，舀化肥的我也买。"

　　这位供销社主任心中一定在嘀咕：这是个什么鬼人，尽拣别人不要的买。是啊，我还想买那厚墩墩的瓦钵回去蒸神仙饭，还想买个瓦擦回家擦洋芋煎粑粑，还想买杆秤吊在墙上做饰品……供销社藏着大超市里买不着的东西。供销社记录下来新中国商业发展的一段历史。要寻历史痕迹，遇到这样的供销社千万别错过，再说，里面或许还有几十年的老瓷器可让人挑选回去增添茶室内容的喔。

雷汤彩云间

昆明北京路延长线上，夕照和晚霞映衬着彩云间的高楼，使其金碧辉煌很是惹眼。彝族姑娘小普就在这十八楼上，摆弄着酒水茶汤。明亮的高脚杯斟酒，精致的青花瓷分汤，在茶与酒两生花的此起彼落中，一种精品生活在静静地呈现。

凤临高香学茶艺

普学芳的茶汤之醉源于 2007 年，这位来自峨山的姑娘初习茶始于"凤临高香"。凤临高香的绿茶产于峨山的万亩茶园，园中原有百年老栗树，所以茶有一种沁人心脾的自然香味，峨山妹子酷爱家乡的一草一木，当然茶也在其中。怎么泡"高香茶韵"才能出韵味，什么样的水温才能使"峨山银毫"毫展汤绿水不老？小普和她茶艺队的六个姐妹每天都在实践中探讨着。泡好一碗茶，投茶量、水温、时间要把握。让客人接受一款茶，提壶沥水的姿势，端庄大方的礼仪，娓娓道来的解说，也是必练的基本功。在队长姚慧玲的带领下，每一个手势，从手肘到手腕到手指都得规范优美。每一篇解说词逐段逐句修正直抠到字。这样的一支队伍，怪不得在各类比赛中屡屡获胜。2008 年，山东曲阜祭孔大典，凤临高香组团参加。小普六姐妹，扛大包，拆封下货置席，个个女汉子般。围观的男人们说，这些边疆女子，不愧是干粗活的，力气有牛大。表演开始了，换上民族服装的女孩上场啦，边地女子，妙龄女郎，曼妙歌舞，把观众带进高山、茶林、清泉，带进如诗如画的世界。刚才说话的那群人不相信自己的眼睛，走到后台，打赌分辨。

茶艺表演的最终结果还是落在茶汤，醉了观众，也醉了自己。

葳盛茶业识老茶

不知不觉，在高香的香气氤氲中快两年了，小普从一杯茶中窥见了一片海。由表入里，在积累了一定的茶知识后，她渴望了解更多茶的本质。茶圈子中，都说张明春的老茶多。

小普跳槽了，跳到了老茶的巢里。

　　葳盛茶业的老总张明春，每天走进公司，点一支烟理理思绪，完了就开始泡茶。张老板特大气，很有年份、很上级别的茶他都舍得，并且亲自开撬。还说，你们找感觉，想了解，单个也可以泡喝。在葳盛的日日夜夜，小普的工作大多是壶不离手，杯不离口，喝多了，理论上我们年轻人还说不出来道道，但是，舌头、鼻子都有了无形的记忆，记住了干仓茶、湿仓茶、年份茶，甚至连存放的湿度都喝得出来。喝来喝去，不仅熟知，还能向客人介绍"哈尼公主""德昂族公主""德昂族王子"葳盛这几款主打茶的茶性，对张总的老茶，也从茶汤的好喝、不涩、厚重等一些粗浅的认识上升到能慢慢识别印级茶、号级茶。

　　人在老茶汤的浸泡中慢慢成熟了。

嘉木轩内当家人

　　昆明翠湖畔，青云街坡脚，有一个古色古香的宅院"嘉木轩"。门两侧有对联"嘉轩盏候玉川子，雅聚局约虎将军"。这里是卢汉将军的别馆。1915 年的护国起义前嘉木轩内发生过许多故事。在这样一座有历史有沉淀的宅院工作，在这样一所雕梁画栋，侧有影壁，壁外有竹，院中青砖铺地的境地伺茶，真是"佳茗宜作诗句赏，雅韵喜逢知音听"。小普对这个地方喜欢得不得了，已经有一身功夫的她被安排在雅茗间主泡。

　　一日，来了一位老客户，某公司老总，茶奉上第一杯后，他就说，同样的茶你泡出来的味道不一样。原来，嘉木轩的茶艺师都是统一培训的，一样的泡法，一样的水温，一样的流程，她们和小普是有区别的。这位老总非常喜欢小普泡的茶，临走，和嘉木轩的老总交流了品饮感受。

　　第二天，老总和小普谈话，想把品茗馆交给普学芳全权打理。啊，把这么重的担子……小普还在犹豫中，老总就在一天的班前会上突然宣布。赶着鸭子上架，不走也得走。小普忙碌起来，定制度，写方案，作策划，当起了管家婆。不得不说的是嘉木轩有间红酒屋，自己分内的事情必须样样知晓。小普从那时开始喝起红酒，感觉找不到时，下班后还出去买来喝，从酒盲开始，一步步向品酒师迈进。

　　嘉木轩一直以来藏龙卧虎，嘉木轩是培养有准备有雄心的人之地。普学芳在知识储备的同时，开始买茶藏茶了。

触虹接霞彩云间

　　彩云间十八楼，摸得着晚霞接得着彩虹，一个打工妹子在这里开会所了，乍一听，雷倒了所有认识她的人，可小普一萌必中，干脆一雷到底，取名"雷汤之家"。红酒间、雅茗阁、咖啡吧，间间各领风骚。小普的公众微信号叫精品生活，她旨在一种精品生活的培养。都市生活的人两点一线走惯了，能不能在下班回家的路上绕道彩云间，了解一下法国南部朗格多克大牌"美缇克"、世界各地价优物美的各类葡萄酒和个性专属定制美酒？再欣赏一下精品咖啡、个性茶艺器皿或者静酌一壶班章的老树茶，听一曲古琴，在"鸥鹭忘机"中把心静下来？

常来常往的客人都成了水友、汤友，这里也常搞点小派对，雅聚沙龙活动频频。美国人保罗和他的朋友住在雷汤之家楼上，得空就像走进自己开的工作室，开始他们只喝起泡红茶，接触普洱茶之后，从咂舌摇头到爱上这奇妙的液体。

雷汤之家的活动也走出户外，小普带着汤友江川酒庄游刚回来，又去车行天下搞了个"迷你摩托城市挑战赛·中秋狂欢酒会"。这个正儿八经的英国认证的品酒师，国家级的茶艺师，真能疯狂，你缺哪门，去雷汤之家，汤主小普会给你"讲课"，去汇聚精品，品味生活，新鲜资讯。小普就是要让更多人享受到精品生活的快乐；让更多的人多一些对生活的认识与享受。精品生活的质量，慢慢地从量的积累到产生质的飞跃。

陈学的"壶中乾坤"

继"古欢"陶韵展览后，我又一次来到小龙四方街"云瑞祥"。一场大雨阻挡不住陶友陶迷们一睹"微雕与建陶相融合"第一人陈学风采的渴望。

"云瑞祥"紫陶馆二楼，展示陈学的陶艺佳作，二十多位陶友们专注聆听陈学老师主讲陶壶的造型艺术，并零距离欣赏了他的"微雕"工艺。

陈学留着长发，颇有艺术家范儿。这位跳过舞蹈，当过钳工、学过首饰设计、制作过锡工艺品、会书法擅画画的工艺美术大师，2004 年师从建水全体陶艺人，全身心投入紫陶茶壶的设计与制作。十年陶艺路，他设计出了独具风格的"陈学的紫陶"。以缓慢而精进的态度，制作了为数不多的全手工壶，为此陈学获得了"向逢春杯"建水紫陶作品大赛一等奖，并在法国巴黎办过个展。

陈学从事过舞蹈艺术，他深谙韵律之美。他认为陶器的造型艺术，横看成岭侧成峰，同样也有韵律之美。他做陶注重每一个细节，把生活中的体验感受倾注进作品中，力求完美。他眼里的陶器，也是凝固的音乐、抒情的诗。

制作陶壶，讲究一个字"挺"：挺拔的精气神。活动中陈学的站姿，收腹挺胸提气，背不驼肩不塌，具有台风正的舞者神韵。从自己的肩讲到西施壶的肩，陈学把他的知识尽情倒出来，传授给爱壶之人："请看西施壶的壶把，它就像美女的削肩，但若往下全塌了，这壶就没有精气神了，实际上壶把从壶身一引出来，就是它的肩微微上扬，上扬后才下钩，这一点上扬若有若无，不细看看不出来。有了这一扬，壶也才能挺，才有挺拔之气，才能说是魂魄之壶。"

陈学擅长画画，会画画的人讲课让听者有直观感受。一块白板一支笔，几笔勾画一把壶，于是听者自然心领神会。

一场活动，陈学把他"壶"里的精髓无私地倒给我们。提及景德镇和宜兴，不孤芳自赏，要善取他山之石。相信有这样心胸的陶艺人，建水紫陶一定会大放异彩！

茶道花笑月为邻

——弘益中秋雅集记雅趣

中秋前夕，弘益中秋雅集。在委婉悠长的古琴声中，一位素装伺茶女用把银勺舀来净水，请嘉宾伸手冲洗。节奏随古琴节拍舒缓地动作，静一静，平息刚才赶来的急促，净一净，灰尘不只手上有，左侧一幅条幅，说的是洗手净心。

来得早不如来得巧，巧要机缘，我被安排在台上正中间的席位。盘脚席地而坐，让裙子如荷叶般散落铺开。这席真好，背景挂山水，席主貌如花，同席嘉宾儒雅风趣，当一款景迈山的生茶奉上这块围棋盘代替的茶桌，交流就从茶汤开始。品茶的过程很安静，用心品过，我和对面的先生还仿佛各执黑白子在"手谈"，而后轻声说道，好茶，味道正，汤微苦，但年份还不足。

席主杨瑾是个湖南妹子，闻讯赶来参加王迎新老师的茶道美学班。她说，几天的时间获益匪浅，迎新老师对茶性非常了解，能把每一款茶与节气联系起来，与茶席联系起来。

杨瑾在湖南的茶企工作，虽然她也懂茶，但向往云南，在这个茶的世界花的国度，跟着迎新老师汲取更多的茶道美学。她在弘益馆内，找到一个竹篮，她用篮盖盛盖碗做茶船，再用篮子插花，在绿叶的衬托下，两株黄色秋菊摆出最好的表情，茶道花笑月为邻。

月为邻是杨瑾的茶席主题，当我们仰望月亮的时候，月在高空，当我们在赏月之时，空间巨大无穷，距离给了欣赏的角度，产生了美感。但是月为邻多亲近啊，杨瑾已经为弘益请来了中秋之月，月就在隔壁，就在弘益的楼旁。月为邻居，多艺术的创意茶席主题。

同席王树友是位书法家，挥毫泼墨还做纸，签到处的条幅"洗手净心"字就是他写的，扬州八怪的金农体，再加上他的发挥，纸是他染的，版纳的树皮纸用熟茶汤浸染，古色古香。三位来自山东、湖南、云南的人共聚一席，轻声细语，从云南的普洱茶讲到湖南的茯砖、黑绢、千两茶，月亮都为邻了，人还能不近吗？

明儿就中秋了，来自长沙、郑州、重庆、曲靖的学员还围在王老师旁边侃侃而谈，迎新老师说："大伙儿用热爱作选择，为茶做投入，以后我们在不同的地方，在全国的每一个城市，我们都不陌生，因为都有我们的师姐师妹。"

迎新老师是严格的，她给学员的泡茶打了85分的平均分，她认为，茶汤是一个作品，席主面对嘉宾，不管他是资深茶人还是孩子，我们都要用自己的语言，把茶汤的意境传递。

弘益雅集，高雅庄重，让你产生一种敬畏、肃穆之感，轻走端坐，轻拿轻放，轻声细语，一切都表示了对茶的尊重，对泡茶者的尊重。不同于茶话会的茶会，清心怡情，悟茶道，观花笑，月亮为邻伴团圆，这样的中秋雅集汇集了天南地北的爱茶人，大家合影后，道分别，说得最多的一句话就是，谢谢弘益，让我们有幸遇到。

父母亲和我们在一起

昆湖相馆

❖ 敬爱的长者 ❖

❖ 可爱的孩子 ❖

阳光下曾经同步

第三篇　情愫

母亲心中的开门红

"开门红"这句老掉牙的话，母亲退休前说给自己听；我进工厂后，她又说给我听。

我参加工作后的第一个春节，工厂放五天假，我打算回家玩个痛快。可一进家门，母亲就问："几号收假？不能误了开门红。""妈，你是不是不愿我回来，一进家门就规定离家的时间？"我不理解妈的心情，喊出的声音又高又尖。妈小声解释："问准了，我好去打听班车的时间。你是上班的人，不能误了开门红啊。"

是啊，那年头上班人都知道，每逢过年、过节休假，上班的那天早上不能缺席，不能迟到，要保证小组、车间开门红考核的。

有一年回家过元旦，返厂那天恰逢父亲单位的班车另有任务。我对母亲说："天不遂人愿，明早没车，就耽搁一天吧。"母亲思前想后。下午三点就淘米，四点嚷着开饭。饭桌上妈满怀歉意地说："今天过新年，本该多弄几样好菜，但时间来不及，将就着吃点吧。"全家人都不懂母亲的意思，母亲忙着盛饭摆筷子，坚定地说了一句："吃完我送你去赶公共汽车。"饭后不得已上路，六十多岁的母亲走这么远的路，累得脸通红，母亲乐滋滋地抱着孙女，用手指指点着她的小脑门："好啦好啦，明早上班，你妈误不了啦。"到了站，母亲便转身去赶回程的八里路。母亲孤独的背影渐渐模糊在路的尽头，我觉得一股酸味从心底冲上鼻梁，我也是当妈的人了，怎么竟不明白母亲的一番苦心？

二十二年过去了，我从工人到干部走过一段漫长的路程。这期间，我每次回家都跟母亲谈工厂的改革，谈责任包干、计件工资制、弹性工作日等等。母亲不管这些，仍在每次收假的头晚，把小闹钟的发条上得紧紧的搁在我枕边，临睡还要我告诉父亲明早得惊醒一点，不能误了"上班人的开门红"。

"开门红"现在似乎不时兴了，但母亲已把它潜移默化地溶在我的血液中，无论上班、开会乃至约会，我都养成了守时的习惯。一件小事，激励着我一生，严于律己，积极上进。我自豪，我有一位多么好的母亲。

特殊班级

昆明二十九中曾在明朗水库边留下短暂的历史。深绿色的沙松树，翠绿色的青松，掩隐着三排红砖平房，1970年市教委为驻地空军的子女就地读书，迁来这所中学并迅速开课。

历史是会开玩笑的，由于"文革"停课，这会儿把跨度三个年级、大小三岁的人硬生生地塞进一个教室里，从年龄看，就有了哥姐弟妹之分，但称兄道弟的却喊不成，因身份也有跨度：一边是将军的儿子、大校的女儿等等（而且是五十年代授的军衔）；一边是农民的儿女，并且是山里的苗族、彝族，在复课闹革命的特殊年代，八竿子打不着的成了同学，中间当然有着不可逾越的鸿沟。

那叫上的什么课啊，这帮干部子女胆子大得出奇。记得教物理的老师，生小孩回来上课，头发掉了许多，被起了外号——"秃顶"。在她走上讲台时，一个男生往她的外衣兜里塞进一个小包，诡异地一笑。几分钟后，老师掏手帕，手才伸进去，尖叫着边甩手边跳，黑漆漆的蠕动着的蝌蚪被手带出来，撒满讲台。哄堂大笑中，老师是哭着走的。老师难教，学生的日子也不好过。农村同学蚕豆当主粮，吃了老放屁，臭味飘出；军队的子女有的把课本裹成卷，照着农村同学的头抽打，嘴里还骂道：放屁虫，叫你放屁叫你放屁。一个名叫韩朝魁的苗族同学，家在燕台山，早晨五点起床，生火做饭，吃了早点带上中午饭，背着找猪草的背箩和书包，六点出门，八点半踩着铃声进教室，他在作文里写道："得上中学了，多幸福啊！一时间家乡的山是青的，天是蓝的，一切多么美好。可是乱哄哄的教室，还让不让我们学习知识。"也有农村同学没有被欺负的。一个叫凤仙的，绣花围腰系紧细细的腰肢，斜戴着的撒梅族公鸡帽下一双水灵灵的大眼睛像明朗水库的水那样清澈，她也不敢多说话，用长长的

当年的同班部分同学合影

数十年后的同班部分同学合影

眼睫毛做帘子，遮住眼睛，悄悄地来，轻轻地走，因为总听见那些男生在说公鸡长公鸡短的。平民小女生怎么敢惹高干大男生呀！

不正规的上课还掺和着下乡劳动、围海造田等活动。在快告别学校时，高老师调到29中。高老师上几何课时，大眼睛小眼睛都直愣愣地看着讲台，并非是初生牛犊不怕虎，而是论资排辈看身份，因为高老师是保卫处长的夫人，怕给自己的父亲惹麻烦，谁也不敢扰乱课堂。所以，初中宣告毕业时，我们知道了什么是锐角、钝角，还记住了三角形的稳定性。

蛮荒、干涸的心田沙漠，需要知识的甘露。带着小学生的底子、初中生的牌子进工厂的我们知道渴了。图纸看不懂，比例不会算，开车床的，开镗床的，看着飞速旋转的主轴，脑子被绕成一团乱麻。做梦都梦见教室啊，我们高呼，还给我们课堂吧。

机会总会给有准备的人的。平地一声春雷，恢复高考啦！"眼镜"第一个考进西安交大，"兔子"第二年跟着进去成了校友，小燕、小殷、和平对口读了机械工大。成家没有成家的都在求学之路上艰难跋涉。

破茧成蝶，当我们读着李子的诗断言是抄来的时候，他却冒出来成了云南的知名作家，名字还在于坚的名诗《尚义街六号》中出现。"眼镜"小殷电气高工，"兔子"高校教师，所有的同学在工厂的有职称职务，在部队的干到正团级，混商海的车子房子票子重重叠叠，但是，所有的人，都取得一张烫金文凭。

"长风破浪会有时，直挂云帆济沧海。"特殊班级在昆明的同学，在中秋月圆时聚会在王立德同学所在的世博花园酒店，王总、刘总、崔所长、殷高工、众同学频频举杯，为当年的年幼无知，为后来的艰苦努力，为终于能为社会做事，谢太阳，谢月亮，谢老师，谢同学，谢明朗水库畔的三排红砖房。三巡酒一过，立马恢复同学少年面貌，外号、笑话满桌飞。还说起燕台山山下，农村同学开了农家乐，请大家去聚聚，说起各自的子女没有像父母浪费青春。最后，他们话题很集中，回忆起年轻时的一个人——"公鸡"。

美好的不仅是女同学，还有大展宏图、大施拳脚的美好事业。班长如此做了总结。

祝愿出书圆梦

带着南蛮风同仁的心意，带着昆明文友对个旧文友的敬仰，我们走进锡都，走进个旧市人民医院的37号病室。

网站上见过照片，所以直奔龙天尧面前。龙老师你好，我们代表昆明南蛮风文学网站，代表老站长李燃来看望你。龙天尧微笑着，握着的手微微发颤，我握着他的手明显感觉到他手的浮肿，抑制不住心情，我心抖手也抖。同行的孟跃刚赶紧搬来椅子，招呼大家坐下。

病室里还有两位看望的朋友，他们问：你们是怎么知道龙天尧的病情的？"龙天尧是南蛮风的老撰稿人了，是我们未见过面只见过文章的老朋友。读了他的《又见白鹤翩翩飞》，知道他生病了，老站长李燃就和同仁商量着，找个时间来看看他。后读了武俊的《谁能圆他的出书梦》，我们觉得再也不能等了，赶来个旧一定要为他出书尽点心意。""就是他

南蛮风文学网站昆明部分文友看望南蛮风文学网站的个旧文友龙天尧

写的《谁能圆他的出书梦》。"龙天尧把《个旧报》记者武俊和电视台的记者介绍给我们。文友的心都是相通的，写文章的人都有出书梦，为圆此梦，我们献爱心表示一点心意，武俊老师和电视台的武记者也在为龙天尧的第二本作品集问世做多方努力。

武俊问了我们南蛮风的情况，孟跃刚把我们网站的创建、栏目、会员的情况向个旧文友做了介绍。武俊是《个旧报》的副刊编辑，希望今后我们以文会友，经常交流。

龙天尧的精神状况很好，始终微笑着谈他的文章、他出第二本书的进展、《边关月圆》的封面设想。病床雪白的床单上摆着《边关月圆》的封面，一轮圆月高挂空中，月下，一名匍匐待战的士兵。

"《边关月圆》是写缉毒的，所以我选用这样一个封面。"

该书把《李乔——我的文学引路人》作为开篇，收进了他的《父亲》《迎春腊肉飘香》《十八岁的赞歌静悄悄地唱》《开远有多远》等几十篇作品，书中有他在文学成长路上和白桦、彭荆风、晓雪、毕淑敏等老师在一起的留影，有他和英雄徐洪刚的友谊，汇集进书中的几十篇作品，是他半生人的心血，是他用情用心用生命谱写出来的文学结晶。

龙天尧把他的散文集《秋语蝉歌》送给我们，我们送上南蛮风文友周茉专门送的两本祝福的书。谈话间龙收到短信，他非常高兴地把手机拿给我们看："是李燃发的，我的文章已经在网站上登了。"等到夏天，我的《边关月圆》出来，我再送给你们和南蛮风的朋友。

窗外，美丽的个旧湖——金湖，微波荡漾，湖畔翠柳轻摇，行人如织，车辆如梭。一切的一切，无不感受到生命的律动。阳光是美好的，生活是美好的，生命是珍贵的。

再捧起《边关月圆》的稿本，我默默地说："龙天尧，你要好好地活着，坚强地活着，多少人物等你去写，多少生活等你讴歌。"

"龙兄，能不能换个肾啊？"

"不换了，换肾解决不了一辈子，最多活五到八年的，那得要花费很多很多。"

"就这样治疗吧。"

龙撸起手袖，露出做透析的创口。

"活多久都是活，怎么活？主要的……"

沉默了一会，龙接着说，"人活活一种精神。"

人活活一种精神。忍受着病痛他这样说，面临死亡他这样说，我本来是以这句话为题的，但是，我写了半截写不下去。只想说，让我们大家再为他尽点力吧。祝愿龙天尧完成心愿，出书圆梦。

品尝生活

哇噻，一大锅冒着腾腾热气、飘着诱人香味的正宗昭通居家火锅端上桌面（不在现场的朋友请看图片），素来以实事求是著称的南蛮风人，不约而同的赞美之词涌出口，随即食欲控制了舌头，舌尖上的文化，在辞旧迎新的主题中开始啦！迎新年是形式，重要的还是珍惜人生，享受美味，品尝生活。

南蛮风文学网站四年来的 1835 篇文章就是品尝生活的积累，珍惜人生的写照。1712 篇评论是朋友们的关注与支持，也是南蛮风的写作动力。其中，南山、兴仁、南蛮学士、蛮

南蛮风文学网站文友聚会

布衣的评论更是字字珠玑，揭其本质，点中要穴，帮读者悟，助作者进。2012年，诗歌栏目诗词滚涌，独抒情怀的，一唱一和的，前赴后继的，好不热闹。蛮布衣抛下尖钩香饵线，钓回一尾紫金鳞。腆腹游侠吟："岁末未换旧装，秋暖直入冬残，一年当作半年过，南逸腆腹同欢。"南逸山人和："岁末疾换旧装，借问与谁同欢，恍惚之间一年过，将梦托付冬残。"借问与谁同欢？南蛮风人同欢。杯盏交错引出诵诗朗朗，歌声高亢。有才有情的人谁不喜欢。浪漫文人还请来了金沙江畔的美女，三位与宜宾一水相依的昭通女士，有着和四川人一样的雪白皮肤，和四川女子同样的贤惠和厨艺。她们像变戏法般，三下五下，几经拾掇，一层酥肉一层菜，一层蘑菇一层芋。金黄的是酥肉，碧绿的是青笋，雪白的是花菜。就跟南蛮人写的文章，有层次有铺垫，有点缀有收尾，点睛之笔便是表面的那层丸子翠中游，让人看了想吃，吃了不忘，忘不了再吃。

席罢，南逸山人掏出口琴，准确地说是六把口琴，外带扬声扩音器，琴响歌声起，女声小合唱《我的祖国》，男声小合唱《打靶归来》，男女声重唱《草原之夜》。《长征组歌》把气氛推向高潮，红军不怕远征难，老冯挥臂起头，孟兄浑厚的男高音和声唱二部，第三任站长赵国宝即兴起舞，招招式式还是那个文工团员范儿。云南人最熟最爱的《滇池圆舞曲》奏响，一对对相邀走进"舞池"，灯光摇曳，舞影婆娑，激情、欢乐记录了火树银花不夜天，弟兄姊妹舞翩跹的南蛮新年夜。

书归正传，文学网站毕竟是以写为主的，玩的就是一支笔。过去的一年，河边看柳的三篇文章收进了三篇名著里，有一篇为鲁迅的文集做了序。南蛮风作者龙天尧的《边关月圆》如愿出书，郑光谱的《哲理管窥录》也由昆明机床厂的同仁帮助出版。张存鲜写的《祝愿出书圆梦》和《竹风亭记》分别收进以上两本书中。李燃的《哲理管窥录的结构之我见》也收进《哲理管窥录》中。圆圆、周末的文章开拓了另一番天地，其他文友也是硕果累累。但是，新年新里程，新站长赵国宝可是军人出身，下了命令，每人一月一篇，两月一检，三月采风一回。计划打道云锡，与龙天尧等文友金湖畔谈文学。下昭通，登乌蒙山麓，拜访夏天明等老师，实地考察云南文学现象"昭通帮"的创作源泉。有生活才有积累，有遇见才有灵感。

2013年等着呢，品尝生活，是书写生活的一道大菜。

子珺问琴

淑女子珺，特欣赏《三国演义》中诸葛孔明拨琴时的气定神闲，特爱听七弦琴音的深沉悠远。不知是《酒狂》的激烈搅得她心动，还是《鸥鹭忘机》中那鹭鸟轻入平静湖面的场景，使她想一袭长裙拖地，在湖光山色中做一位静静抚琴的女子。于是，这位读高中的女孩，毅然走进昆明的一家琴行。

初上琴路遇名师

昆明龙井路上这家琴行，有个笑眯眯胖乎乎的琴老板，在帮子珺挑琴时，热心地说："姑娘，琴好还须老师好，我帮你找一个吧，金治中老师。"兴奋无比的子珺，抱着琴在琴行里等着金老师接见，也许是注定好事多磨吧，苦等了三天，才得以见着。金治中，滇派古琴创始人，滇徽琴社社长，虞山派在西南的大家。2000 年的时候，古琴在昆明真的是阳春白雪，懂打谱会弄琴的人甚少，对这个找上门执意学琴的学生，最终金老师还是收进门下。

一条路的开始，启蒙老师至关重要。金老师对学生是严教宽待。子珺学琴，恨不得一口吃成个胖子。课后加时猛练。三节课后就弹完散音，第四节课就学曲子《关山月》。"明月出天山，苍茫云海间，长风几万里，吹渡玉门关……"子珺爱不释手，虽然曲中间的一

子珺与老师

西山琴馆

段是很难的，她照自己的弹法一口气弹到底。上课的时候，金老师火了："一步一个脚印，懂吗？指法没有跨越的，虚不了，急不得。"金老师是地道的严师慈父，上课一丝不苟。下课，常请学生在家里喝茶，教学还不收学费。那就给老师送礼物吧，老师那是说什么也不要，子珺就买了《吴氏琴谱》《琴学文萃》等琴书，放在老师那里，供师生共用。老师的教诲，如涓涓细流，子珺汲取了民乐之王古琴的产生发展、它在琴棋书画中的地位等琴史知识。习得指法后，琴曲从《关山月》《仙翁操》《秋风词》一直弹到《渔樵问答》。转眼间春夏秋冬在七弦中溜过，子珺高中毕业，考进大学，古琴之路在这里暂告一段落。

科班之路大师传

修完四年的国际商务，正值国际贸易、电子商务的蓬勃发展期。子珺很快就上班了，但是工作对口不对路，似乎终日心无所托，细想下来，放不下的还是古琴。子珺是个提哪壶哪壶开的幸运儿，在中国音乐学院的朋友告诉她，该院的继续学院开设古琴专业了。这可是破天荒的第一次，子珺买张机票就南燕北飞了。拿子珺的话说：我在这条路上不是很坎坷，在京顺利找着吴文光老师，在别的音院老师 800 元一节课的情况下吴老师没有收一分钱学费，也没有接受一份礼物，为我作了考前辅导。

入学后，更幸运的是吴老师主教。吴文光教授是虞山吴派的传人，从小就得父亲吴景略的嫡传，他有着深厚的中国传统文化底蕴，极高的艺术禀赋以及家学渊源。这位学贯中西的大师，教课极其认真，具体到每一个细节。"同学，你弹的是叮、咚还是咚、叮，前后不能乱。""同一个音在同一条弦上重复，不允许只挑或只抹，必须挑抹连用或者挑钩连用。""指法，讲究角度，方向不许走一点点，手指在弦下面 45 度，上下震动的弦，音弹出来才是最完美的。"国宝级的大师，盯住学生的手指，最细小的地方都不忽略。吴老师引经据典，明代徐国赢所著《大还阁琴谱》，书中主要有 24 个字，对音义做了阐述。弹弦要净，音要清，每一个音出来都是有讲究的。如弹《广陵散》，怎样把音弹净，唯一的，练指，练指。功到自然成。那时才能做到弦与指和，指与音和，音与意和。嵇康的《广陵散》被称为千古绝响，那是他在生命的终结时，弹出最高境界的音与意和。

在中国，学习古琴能找着好老师那是很难的，能遇见吴文光老师，而且还得以师从四年，子珺真是三生有幸，跟着名门高师学到的岂止是会弹琴。古琴深似海，能悟出古曲中的真谛，有悟性的人都得要十年八载，做成琴人，形成琴风，那更是雄关漫道真如铁。虞山吴派是可以在古曲中塑造出人、描绘出景、烘托出志向的。吴老师讲课："《梧叶舞秋风》，梧桐树——凤凰所栖之树，文人遇坎坷，有志向的人怀才不遇。怎样弹出来？有的琴派就表现得很哀怨。我的父亲，吴景略先生弹此曲，重在'舞'字上。琴声有倾诉，有跌宕起伏，有激昂。表现出不惧难的气势，展现出夕阳西下一片金黄、风卷叶舞的美景。"吴文光老师弹《秋鸿》作示范，动作非常大，他把胸怀、志向融进琴里，听曲就有很宏大的感觉，再看他弹，顿时心潮澎湃。

"《仙翁操》怎么弹？不同的人就塑造出不同的仙翁。"

"《梅花三弄》得弹出梅花坚贞不屈、迎雪傲霜的风格……"

四年的时间，吴老师为学生们备好了知识的行囊，毕业考试后，雏鹰展翅将自寻天空自翱翔。

西山琴馆弹幽兰

鸿雁南归，子珺从北京回到昆明。离开翅膀的庇护，自己能不能单挑大梁？在彷徨犹豫的日子里，子珺一遍一遍地弹着《幽兰》。这首曲子，是她毕业考试的曲目，旋律如风送兰香，在山谷中回荡，悠远、静谧。琴音净，心也静了下来。

兰，花之君子，无欲无求，不以物喜不以己悲，在幽谷中独自散发着自己的清香。子珺也想在闹市中有自己的一个"幽谷"，把从16岁起喜爱的古琴弹下去，把从大师们门下学习到的知识技艺传给和自己一样爱古琴的人。子珺的母亲在书香门第为子珺置下一处房屋，这里风起琴音绕，月升竹影动。子珺在母亲亲自设计装修的古色古香的琴馆里长裙拖地，衣袂飘飘，看看这里，摸摸那里，高兴地说：妈妈，我把这取名西山琴馆。由吴文光老师题字的西山琴馆很快就高挂出来。

是翠竹疏处偶露佳人，是木窗帘卷送出琴声。第一位学生闻声寻到琴馆，子珺，昆明唯一的一位科班出身的古琴人，从此开始了古琴的传承。

子珺授课，讲意也讲谱，词的意思，曲的意境，明白融会贯通了，味才弹得出来。用块小黑板一笔一画讲谱："单人"代表食指，七，左手七弦。古琴简字谱，只取汉字的一部分，如卷字的下面，勾的外围，多字的一半，字中有字，字里套字，一个字，就知道左手按几弦，是泛音还是吟，右手弹几弦，是挑还是钩，是打还是剔。"小茵，伸手。"子珺掐住学生的指尖，"用这个部位。"这是细得不能再细的讲课，让学生不带走一点疑惑，明白无误。

子珺已经在教学的路上走了一程。做琴人，金治中老师、吴文光老师永远是榜样。树琴风，那得要多少积累和沉淀，甚至是几代人的努力。子珺原来喜欢《酒狂》《潇湘水吟》，弹着来劲，很爽，有激情。现在慢慢地喜欢道家、佛家的曲子，如《庄周梦蝶》、《古风操》《普庵咒》等。弹下来觉得很博大，弹着胸怀宽了，心也宁静。

古琴，影响着人的人生观，弹琴，使人静心平气质渐雅。出生书香门第的何子珺，如今驻扎在"书香门第"，开一个静雅的西山琴馆，种一蓬紫竹，育两盆兰花，六七张古琴墙上挂。和流水、神农、正和、焦尾、混沌这些古琴朝夕相守，和习琴弟子终日相伴。琴音——绵延徐逝，琴风——清、微、淡、远。

"老"字的回响——云集小会儿

时间的屏风隔开了岁月，有时多想听听"老"字的回响。似曾听见母亲从井里打起一桶水倒在木盆里的哗哗，又听见外婆从南强街的隔壁人家串门子归来，小脚的拐拐跛拉。

今天，应"云集小会儿"主办方邀请，我走进南强街刚修缮过的一座老院坝——北后街 28 号院。

进了大门，又进二门，就见老昆明特有的老天井，青石板铺的地面，青石板围的井栏，一根麻绳吊只小桶摆在井边上。进到里面，原来是一堵墙把院子隔成了院坝和天井两重天。正堂屋，木楼梯，东厢房，西厢房。站在三层小木楼上，闻到了木头的香味，听到了远古的回响。

今晚同来这所老房子的，有名副其实的三家老字号：福林堂、北门书屋、易武同庆号。

有百余年历史，乾隆元年创号于滇南重镇石屏的同庆号，是一个兼营多种商品的商号。随时代变迁，掌门人刘爷迁徙商号到易武，后专营普洱茶。盛极一时的同庆号，曾得到清

廷的赐匾及民间送的牌匾。时间走到了 2004 年，易武刘、高两大族的老辈人请家族后辈高丽莉站出来重振同庆号，在十年的复业振兴中，高丽莉唱响老字号，与会嘉宾品着十年的同庆号老茶，体会着岁月流转茶的滋味。

北门书屋位于翠湖边，是李公朴先生创办的。书屋在抗日战争时期为多少爱国志士输送了精神食粮，李公朴先生后惨遭国民党反动派杀害，但是，北门书屋的精神永在。现任总经理赵冬冬在讲述这段历史故事后表示，虽然北门书屋已搬至新闻路，但她一定会不负众望，把北门书屋的精神发扬光大。

福林堂派来了当下他们最老的员工余总登师傅。余师 13 岁进福林堂当学徒，练就一身识药配药的本事和济世救人的胸怀。他拿出福林堂当年开的药方子，讲规矩，讲医德，讲什么是地道药材。主持人几次请他坐下讲，他说，从当学徒就站着，站惯了。互动时来宾们问题不断，余师最后告诉大家，中华医药一定会得到很好的传承。福林堂现在还有七位六十多岁的老人留用，专为传承培养后续弟子献力。今天光华街上的福林堂，无愧于中华之瑰宝、昆明的名片。

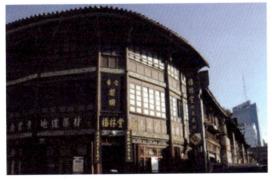

古色古香的四合院，抬头就能看见满天星斗，悠扬的古琴声不时在院落中回荡。一场茶余饭后的闲聊，一群人的思想碰撞，无论是同庆号茶文化的博大精深、北门书屋的厚重历史还是蕴藏着中华民族几千年智慧精华的中药文化，这些老字号的百年老店总是能给人一种莫名的依赖感以及信任感，就像一个古老的故事等待着人们去品味与鉴赏。

　　我曾经陪母亲来看重建的金马碧鸡坊，母亲抱怨：哪条街是哪条街啊，整得我们这些八十多岁的老昆明认不得昆明。母亲，我现在告诉您，您常走的南强街还有老街道，当年的老宅、院坝也保持性地修复，这里每期一会，邀请长春百货、亨德利钟表、艳芳照相馆、福林堂等来这里忆古抚今，在这里可以聆听"老"字的回响。

边逛边看

走马观花看山水

掌灯时分，来到被誉为东方大峡谷谷口的六库，夜幕罩住了群山，看不见山脉，也看不清江水。突然，右面的山腰上，闪烁出通红的怒江大峡谷五个大字，继而又闪烁成金黄的。从山肚子里蹦出循环闪烁的"怒江大峡谷"，更使人觉得怒江大峡谷神秘又神奇。

让怒江的神奇触动世界的心跳，让人心跳的当然首先是怒江的山水。顺路进谷，移步换景，只见一幅山水画浓墨重彩，另一幅山水画清淡素雅，再一幅山水画浑然天成。观山眼不涩，看水脖不酸。冬天的怒江水是清澈的，不同的深浅，使江水变幻成透明、蔚蓝、碧绿。江面也步步不同，有蔚蓝如大海，有碧绿似翡翠，有动如脱兔，奔如骏马，也有纹丝不动，平如明镜。偶尔江中突起一石，面对江岸，像神龟探头，又像鳄鱼问路，也不知道对面的大山会不会作个回答。

最奇的是石月亮乡的石月亮，白天看它，只见群峰中有一峰尖下端，有一个大大的圆，像面明镜，照出圆圆的蓝天，偶尔还有白云在明镜中飘出飘进。黑夜看它，群峰黑暗，当然的一轮满月。石月亮是怎么形成的？据说，以前，在天阴的日子，怒江的夜晚很黑很黑，看不见滑溜索过吊桥，更看不见走山路，一位怒族英雄张弩搭剑，说："山峰啊，你把光都挡完了，开个孔借点光吧。"一剑射出，电闪雷鸣，平静下来，只见圆圆的月亮就挂在怒江边。又一说：在晴朗的夜空，天上的月亮把倩影落在怒江里，左顾右盼好不得意，山神说，我们也弄个月亮和它做个伴吧，鬼斧神工，凿出一个石月亮。因为角度，石月亮的

影子倒不能落在江里，但是，月光从石孔里透过，果然可以在怒江的边上看见两个月亮相互媲美，这里因石月亮而得名。

进峡谷是逆水而上的，高黎贡山和碧罗雪山隔江相伴，它们遥望、观赏、争吵。有一处，它们认为各占的江面不公平，为此争吵不休。后来，山神出面调解，在江中又隆起一座小山，重新划分了江面，平息了争吵。小山上作为标志的一棵树亭亭玉立，据驴友说，十年前这棵树就这么高，如今一点不变。这一特殊风景被摄影、临摹，挂在峡谷大酒店的画廊里。最奇的景要数怒江第一湾，一条蓝色的缎带从山间飘来，平平静静，蔚蓝柔和，风儿吹过，蓝色缎带微微起了皱褶，这样柔美的江流，这样心平气和的江水，突然发了脾气一个急转，画了一个大大的 U 字，蓝色缎带又向山间飘去。这就是著名的怒江第一湾。我曾经到过团结乡的豹子箐，也去过会泽的大地缝，今天与东方大峡谷一比较，方才知道豹子箐只是豹子只身可跑的一条沟，大地缝乃是山崩地裂时两山间撕裂开的一条缝。怒江大峡谷啊，不愧为东方大峡谷，高速度的汽车进去从黑夜走到白天，出来得从白天走到黑夜，而且气候多变。我们沐浴了阳光，经受了雨雪，看见怒江雪可是福气。一位傈僳族兄弟说，怒江已经四年没有下雪了。一夜之间贡山县变白了，白雪覆盖了群山，不见石头不见树，看见的是大山的轮廓，伟岸壮观。江边，白雪为绿水镶嵌各种各样的花边，冰清玉洁这个词在这里得到最好的注解。

一路向深处走去，高黎贡山和碧罗雪山夹江绵延着自己的山脉，突然在进藏的茶马古道的四季桶村南面，它们俩却紧紧地挤到一起，两岸悬崖峭壁高耸，岩石直立入云，形成一座高 500 米、宽 200 米的巨大石门。怒江从中喷涌而出，一泻千里，石门关，"纳依强"神仙也难过的关，这一滇藏要隘气势磅礴，雄伟壮观。历史上咱们云南人多少次都是靠石门关守住滇西北大门的。

看怒江的山真的会让人心跳，看怒江的水，你会听到若隐若现的歌，那歌声有时像面鼓，敲打着你的灵魂；有时像轻轻拨动的弦，让你得用耳用心用力伸长脖子去倾听。到了滇西北边缘的"秋那桶"，才恍然大悟，那歌声是从雪地高原唱响，怒江水伴奏，高黎贡山和声，是大自然的和谐之音。写到这里，我明白，肚子里的词已经不够描绘怒江的美丽，我的笔怎么也难画出怒江的神韵，只有衷心祝愿，天赐的大自然别遭到破坏，万物有灵，人与自然和谐，保住那方净土，人类才能永远静听到那美妙的天籁之音。

并非传说飞来石

如果这块石头飞来得很早很早，那就是一个神话一个传说。可是中国偏偏已经进入了实事求是的年代，而且电信、摄影等等高科技手段已经广泛运用，这块石头却飞来了，但是，它飞的那个地方，既不在边远的山沟，也不在愚昧的村寨，它飞到了贡瓦公路旁边的福贡县匹河乡民族中学，一个在此地非常有文化的地方，紧挨着老师宿舍落下去，成了有文化的人也想不通的高科技时代的一个难解之谜。

1983 年 3 月 19 日凌晨 2 时 30 分，漫漫黑夜笼罩着大地，没有一丝前兆，没有一个人看见，不知道是从贡瓦公路的西面高山，还是从怒江的对岸，还是从天而降，熟睡着的老师们听见一声巨响，惊恐地跑出屋外，只见一块硕大的石头已经屹立在本校的那块 80 平方米的扁形磐石上。乖乖，紧紧地擦瓦檐而下，靠墙而立，没有造成对人对物的任何损伤，惊魂未定的人们庆幸之后一直议论猜测直到天明。

石头从哪儿来？问谁都不知道。为什么非要来到这里？那更没有人知道。谜，只有问飘荡在怒江上空的白云，问流淌的江水，问和碧罗雪山相依相融的山神大爷。大爷说，很古老了很古老，许多年前，有一对怒族青年，男的叫阿嗵，女的叫阿丹，在杜鹃花开满山冈的时候，他们在采药时相遇了，阿丹的眼睛像怒江水一般清澈，笑起来像杜鹃花

飞来石

一样好看。家里祖祖辈辈都是采药人的阿嗵知道的药材可多了，他教阿丹什么中药长在石缝里，什么中药长在悬崖上，黄芩提气，当归补血，采的药装满背篓，俩人说的话也装满背篓。当杜鹃花落三茬又开三茬的时候，阿嗵领着阿丹来到爹娘前，双双跪下，阿嗵说：爹，娘，请答应我娶阿丹姑娘做妻子吧。阿嗵的爹娘望着这么好的姑娘禁不住眉开眼笑。爹说：嗵他娘，准备彩礼，挑个好日子我们就去提亲吧。殊不知，天有不测风云，一位山官看中了阿丹，硬逼着阿丹的爹娘答应了亲事。阿丹哭肿了双眼，碧罗雪山啊，你帮我做证吧，我爱的人是阿嗵啊，怒江水啊，你把我的心事告诉怒江人啊，帮帮我吧。已经收了彩礼的阿丹爹娘整天愁眉不展，婚哪退得掉，山官谁敢惹，临近婚期的一个夜晚，阿嗵带着阿丹悄悄私奔了。不幸的是，那天夜晚偏偏风大雨急，本来就不好走的山路更加路烂坡滑，啊呀，阿丹踩的一块石头滑落了，人随石滚下怒江。阿丹，阿丹，一把没抓着人的阿嗵心急如焚，大峡谷回荡着他撕心裂肺的喊声。走啊找啊，不知道过了多少年，筋疲力尽的阿嗵化作一块磐石守在怒江边。

阿丹姑娘没有离开怒江，她顺着怒江飘，徘徊在峡谷间，不知道过了多少年，她终于认出那块磐石，原来心爱的阿嗵还是等在怒江边。

阿丹姑娘恳求上天：天啊，求求你把我也变成一块石头吧。也是在一个夜晚，他们曾经约好私奔的凌晨那个时刻，阿丹纵身一跳，投进情郎的怀抱。

这两块相依相偎的大石头，被怒族人称为夫妻石，并流传下铁石情缘的佳话。

回到现实，这么大的石头飞来，怎么飞？从山上滚下来的？她又怎么能腾空落在大石上？从怒江对岸飞过来？怕是要拿火箭送。空中直降？她到底是不是陨石？谜只是一个，猜测有很多个，答案呢，好像还没有。只能说，这就是怒江特有的地质结构演绎出来的神话吧。到过怒江或没有到过怒江的朋友，我附上照片，请你目睹，而且听说，直到天荒地老，那夫妻石将永远石在情在。

并非传说飞来石，有石做证。

人神共居丙中洛

此时，我站在丙中洛的石碑前，远远地望着江对面的小村子，数一数，住着 24 户人家，也就是有 24 间民房。但是小村子还有一间最大的房子，高高地竖立着一个十字架。此情此

丙中洛重丁村法式结构基督教堂

景让我想起我的一个经常面对十字架做祷告的朋友，于是，我就用手机断断续续发出了这封信。

爱心你好：

在一次晚宴后，你送给每一位朋友一本圣经，我才知道你的信仰。很遗憾你没有同来，我就把我的所见所闻所感第一时间告诉你。丙中洛是怒江大峡谷里罕见的开阔地和冲击坝，这里住着6000人，今天我们第一批来到这里，我们就是6001到6007个。这里1600多人里，有藏族、怒族、傈僳族、独龙族、汉族、白族、纳西族。分别信仰着藏传佛教、天主教、基督教和万物有灵的原始宗教。是一个多元民族文化相融、多种宗教并存的神人合居的地方。在十座有名有姓的神山的围护下，这里是那样地静谧，山和水，花和草，神和人，各司其职，又相互和谐。现在，我告诉你有一个村子叫扎那桶村，是怒江边上的一个小岛，20多户人家，背靠神山，面对怒江，有田有地，村子的四周全是桃树。这里极其静和净，基本看不见人，大概是神仙住在这里。可以想象得出，春天里，青山绿水做衬托，粉红色的桃花肆意开放，这个又美又静的世外桃源——桃花岛，胜过金庸笔下桃谷六仙居住的桃花谷。据说，扎那桶村过去曾经有麻风病人在这里居住，他们自耕自吃，政府给接了电线，教会的人也常来送药，授文化，做祈祷。随着怒江水的流淌，病人好了的重返人间，不好的升了天堂。留下了一个看着似画、进去如梦的桃花岛。

你随着我的脚步，我再带你去雾里村。这是一个完完整整怒族风格的民居，它属于秋那桶村的一部分。这个峡谷深处的村子偏偏拥有一大片土地，足够奢侈的土地使人们丰衣足食，灵魂也有了安息之地。据说，每天下午四点，雾气不知道是从天飘下还是从地上升腾，村子便在云里雾里。这个基本与世隔绝的村子，它的宁静、清新，太不像现时代还尚存的地方，无论你站在村外，或是走进村里，内心即刻平静，什么都市的繁华，名利的追逐，让人觉得毫无意义。雾里村，一个净化心灵的天堂。

怒江大峡谷虽然深和远，但是，许多年前，神的使者就来到这里。一位法国多姆山省人来到重丁村，在这里建堂传教。重丁教堂是法国式结构，两旁是住楼，中间是礼拜堂，还有两座钟楼，非常洋气的白色建筑。那时的怒江人不知道法国在哪里，也不知道昆明在哪里，不知道法国人从哪里来，更不知道是怎么来的。但是，他们接受了传教士带来的文化、栗子树、葡萄藤和厕所。从此当地人学会了上厕所，还学会了复杂的烹饪。和气派的重丁教堂相比，都那桥村的教堂就是很简单的。与西藏接壤的都那桥村是云南最边远的村，原来只有三家人，陆陆续续地增加到20多户人家，村里24岁的小伙子阿提，不仅不会说汉话，连汉话也听不懂。他腼腆地微笑着，听他的教友小花姑娘给翻译。阿提的姐姐听说有朋友远道而来，早早地就烧起火塘，杀鸡淘米。其实那里呀什么都缺，家里仅有铺盖、煮饭家什，其他就没有了，包括作料。那只嫩嫩的山鸡，就是连酱油都没有，放了一点蒜苗，炒得白生生的。但是那里不缺信仰，20户人家，百余个人口，他们却有一个教堂。老老小小的傈僳族同胞，背着彩色的民族包包，做完礼拜鱼贯出来。这个教堂是一间石棉瓦铺的白色房子，如果没有那个木十字架，猜不出那会是一个教堂的。一条条的木板，搭成可坐人的矮条凳，一张木桌做讲坛，墙上钉一块黑板，黑板上用傈僳族文字写着一首感恩节唱的歌。于明光传教士，每个礼拜，从双拉自费坐 15 元的班车进来传教。他说他传教已经 20 年了。问他：苦不苦？他笑了。那你就是为信仰吗？"如果美丽有颜色，你们已经看到了。"于传教回答了一句我们似懂非懂的话。

爱心妹妹，在这里，天是那样地湛蓝，蓝得让你相信，蓝天之上一定是美好的天堂。水是那样地清澈，清得让人确信，人心如水，没有邪念，人人心心相印。景色美丽得会让老虎迷路（有孜当村为证。"孜当"，怒族语，老虎迷路的地方）。嘎娃嘎普峰、丽当崖、正桶都吉江才、日宗山等等十座神山守护着这片净土，宗教和谐，民族和谐，人与自然和谐，人与神同居就是这里的真实写照，也是永远的追求。

新婚庆典千里外

如果不是把怒江听成路江，懵懵懂懂地就跟着朋友上路，今生今世我大概去不了我心目中认为很遥远很遥远的地方——怒江。往返将近两千里，此行的主要目的是跟随朋友刘老师去参加他的一位学生——小鹿的婚礼。

三年前，某高校迎接新生进校，刘老师的眼睛久久地停留在小鹿的录取表上，这孩子没有爹娘，只有一个姐姐……从第一学期起，刘老师就关注着小鹿的成长。光阴荏苒，小鹿就要毕业了，正在实习的小鹿给刘老师发来了喜帖……耸立的山峰中段，建有一座基督教锡安堂，今日鲜花、气球、彩旗、红对联、五彩的民族服装，一切的一切喜气洋洋。锡安堂在为教会养大的孤儿，现在是法律专业的大学生操办婚礼。锡安堂一侧的露天会场，坐着等候新娘的男方家人，数不清有多少人佩戴着胸花（胸花，标志着是新郎家人），身着傈僳族节日盛装的女子合唱队已经在彩门前进行了多次彩排。新娘要从福贡县赶到贡山县，路上有三个乡在赶集，恐怕穿过集市有一定难度。等候中，我们从昆明来的客人受到特殊待遇，怕我们饿着，为我们上了糯苞谷煎饼，还附上盐和白糖。时至中午，终于，人群欢腾起来了，新娘到啦！莫不是在拍电影吧？一切井然有序。合唱队迅速在右边列队，新郎在左边为首，佩戴胸花的男方家人依次站好。长老把手一挥，合唱队清脆嘹亮的傈僳

与新郎、新娘合影

族语的欢迎曲顿时唱响。在伴郎的引导下，身穿白底红丝绒背心、红丝绒长裙、头戴红花的新娘在彩门中间闪亮登场，新郎赶紧伸手相握。相亲相爱百年永偕，宜家宜室一世平安。天喜人悦。彩门的对联和横批表达了对一对新人的祝福。女方家人顺序和男方家人握手，然后依次坐到长凳围起的长方形贵宾席上。稍事休息，婚礼马上开始。

教堂内摆满鲜花，台上十字架下有一个大红的"囍"字，左边写着"百年佳偶神恩大"，右边写着"一世好合主恩深"，横批"天作之合"。一位傈僳族主事用傈僳族语宣布，婚礼开始。合唱队的指挥——"长老"打起拍子，全场起立，用傈僳族语唱起"魂断蓝桥"的插曲——"友谊地久天长"。令人惊奇，全场都会唱。我们深受感染，跟着旋律拍手和声。音乐是没有国界的，美好的祝福是人类共有的，在这偏僻边远的怒江，感受颇深。待合唱队的咏叹调、舞蹈都表演完了之后，牧师上台为一对新人主婚。牧师姓丰，是贡山县唯一的牧师，他穿着庄严的黑色的牧师长袍，为主婚特地在脖子上挂一条红色绸带。这时，金色的阳光从窗子射进来，丰牧师披一身金辉，显得更加神圣庄严，他手捧圣经，绘声绘色地很激情地很流利地用傈僳族语为新人讲了一个家庭的起源和一桩婚姻的开始。很偶然，丰牧师看见了坐在第一排目瞪口呆的昆明客人，歉疚地笑笑，用普通话说，因为时间关系，我就不能一一翻译了。他把新郎新娘的手合在一起，再把自己的手压在上面，为新人祝福。上帝创造了人类，他不仅要你们承受苦难，更要你们幸福生活。整个婚礼，神圣文明，没有格调低下的调侃，没有嬉笑起哄，台上的庄严虔诚，台下的热情专注，一对新人，接受了神的使者丰牧师的祝福。全场起立，一一地在胸前画着十字。在优美的赞美诗中，小鹿和晓依，结束了恋爱旅程，正式成为配偶，世界上又多了一个幸福的家庭。

这是一个大融合的婚礼，既是西方的，又带有东方色彩。在十字架下，贴着大红的"囍"字，既是西方的教堂式婚礼，全场唱的歌曲都是西方的，但没有用英语，整个仪式全部用傈僳族语言演唱。多元文化相依相融，虽不能把这场婚礼归类定格，但可以说明一点，民族的也是世界的，美好的文明便可以是全人类的。

婚宴则别开生面，只见一排脸盆倒满热水，客人入席前先净手，我用新毛巾擦着手，和身边的一位傈僳族大姐说："大姐，你们太讲究了，洗手这么认真。""手抓的，要用……"她说了一句倒装句，我一头雾水还是不明白，开席后才明白。每桌发十个杯子，十双筷子。一个硕大的簸箕端上桌，白米饭打底，油炸鱼、黄焖鸡、红烧肉、花生米、老火腿、炖鸡蛋。先用筷子把自己要吃的菜夹过来，左手捧，右手抓，先抓白饭，再抓鱼和肉，左手合拢一捏，就可以送到嘴里。味道又香又鲜，感觉又稀奇又新鲜，有专人

傈僳族婚宴手抓饭

提壶巡回往杯子里倒满肉汤，边抓边喝边吃，觉得哪道菜最好吃，或者哪道菜吃得最快，就有人来问用不用加菜？"手抓饭"宴席，省时省力省餐具，又具民族特色。

参加过许多婚礼，吃过许多婚宴，此回千里之外赶赴的婚礼使我终生难忘。闲暇时还经常寻思些问题：那些巨富大富的奢侈挥霍；一笔学费对学子的命运影响；刘老师时时关怀帮助贫困生的热情和义举，使我感动。人与人之间差距怎么就这么大，用文字是难以表

达的！

峡谷深处遇着伴

那一日从丙中洛出来，原来计划要去三江并流的独龙江，去看传说中的神田。据说上午去看神田，水还是那片水，水里什么也没有，下午四五点钟去看，水里就有了田，而且田里还长着稻子，天天如此。不料，天气骤变，天空中飘着凉丝丝的东西，天色灰暗下来，打电话一问，说风雪垭口那里已经下雪啦，只有迅速返回贡山县城。

在峡谷中小溪边

贡山县是东方大峡谷最深处的一个县，小鹿的姐姐家就在县城边上，有幸受邀，我们来到小鹿的姐姐家。凛冽的寒风吹得木门上的门环发出金属的声响，屋内早升了两个火盆，女主人麻利地在桌上分发一只只瓷碗。小鹿的姐夫，我们也管他叫姐夫，提壶，一一斟满酥油茶。"暖和的，喝了就。"姐夫爱说倒装句，总是谓语前置。冻僵的手赶紧捧起碗，现打现冲的酥油茶滚烫喷香，驱去了心里没有去成神田的懊恼，炭火燃烧，燃烧得心旷神怡。就这样，我们算是深入怒江的人家，团团围坐在小木屋里，像一家人般拉起家常。

和许多峡谷人家一样，姐夫家也是从别的县搬进峡谷的，五十年代父辈就离乡进谷，用怒江水养大了四个儿女。和怒江生生相息，生活生命紧紧相连。姐夫的谈话当然就离不开怒江了：

"你们四兄妹都在怒江吗？"

"嘿。小妹你们见过。"

"对对，想起来了，婚礼上做接待的，圆圆苹果脸的，对，叫小华，而且她挺伶牙俐齿的。"

"嗯，小妹在县政府工作？"

"是，是。"

我们问过她：你也信基督吗？她笑笑说：我是中共党员。于是，我们把目光投向新郎及教会的人。

"各信各的。"小华笑笑说。

姐夫举着拳头，像宣誓般，自豪地说："我们四兄妹都是中共党员。"

刚从那个万物有灵、神人合一的丙中洛出来，我们确实有点惊讶地互相看看，会心地笑了。并开玩笑说，我们现在可以开一个党小组扩大会议了。

"那我们就边开会边喝酒吧。"姐夫也幽默地说。

峡啦，峡啦，峡啦酒端进来了，满屋立刻飘香，赶紧举杯痛饮，喝一口暖到胃，再喝一口冲到头。

"这么好喝的酒是怎么做的？"

"我们贡山的怒族的绝招。峡啦是鸡肉炒的酒，把鸡肉切成块，在锅中放入酥油或漆油，油热倒进鸡，把肉炒得又黄又脆，这时加烧酒焖片刻即成，峡啦是怒族人最爱喝的一种酒。"

为我们的到来，门口支起大锅，专门烧大火炒鸡焖酒的。酒过三巡，话便多了起来。

"姐夫呀，从表面看，可以看出怒江没有轻重工业，没有加工业，可耕面积也很少，吃穿用，许多都是靠大货车拉进来的，你们基本从事什么职业？"

"嗯，我可是手艺人。原来贡山有个农具厂，我师傅厉害得很，会开车床，会钳工，会翻砂浇铸。"谈起师傅，姐夫一脸钦佩，他放下筷子比画着说，"学技术得师傅喜欢，烟不有，我装上，茶不有，我倒上，跟前跟后，师傅耐心教，我勤学苦练，贡山县，现在我也算个手艺人。我开着一个铁匠作坊，火塘的三角支架，贡山县用着的基本是我的作坊生产的，砍刀弯刀也是我打的，将来我还想买台车床，修修配配的事情怒江人就不用往峡谷外跑。"

"好想法啊，遇着技术上要学习要实习的事情就跟我们联系，我们昆明来的两个伴就在过大机床厂，我们一定尽力。"

姐夫很健谈，举手投足间，流露出潇洒和豪爽。

"姐夫你一定会跳舞的？"

"跳舞？会的，怒族的舞蹈，昨天晚上家门口，围着篝火庆小弟新婚，我们的伴一直跳到深夜。""伴"——叫得多好，姐夫一直用这个称呼，喝酒有酒伴，跳舞有舞伴，出门有旅伴，人与人相互依靠，共享快乐。哪像我们都市人，张口闭口讲朋友，我朋友一大款，我朋友王总，我朋友李局……实际上朋友间的情深情浅，距离远近，不好衡量。

"姐夫你也是我们的伴，到昆明，我们做伴，来怒江，你和我哥几个做伴。"

姐夫哈哈哈，笑声朗朗。"你哥几个。是啊，你们要是不忙着走，就见见我的哥几个。我大哥，我大哥不像我粗，他在贡山文联，是个画家。"

"他主要画什么画？"

"画怒江嘛，他生活在怒江。怒江活在他心中，他画的怒江山啊、水啊，统统像真的，是流动的、鲜活的，有震撼心灵、让血流加快的艺术感染力。"

"啊，多想看看他的画呀。日后一定要找机会，相信我们和大哥一定有缘的。"

"对对，得有缘分。广东的深圳的有些老板，出很高的价钱买我大哥的画，他都不卖，他说，画要留给有缘人。"

"是是，但愿我们能和大哥有缘。"峡啦峡啦，众人高举酒杯。

姐夫说："我的心愿全在酒中。""谢谢。"大家齐声道谢。

我说："今天我们已经是伴了，将来永远是伴。"

刘老师说："姐夫一家，还有在座的怒江的伴到昆明绝不能忘了我们。"

一日相识，终身为伴。峡谷深处，木屋里，红红炭火，映照着这一群怒族、傈僳族、汉族兄弟姐妹激动的身影。特殊的环境，唤醒了人心灵中的许多东西，特别是对真情的渴望，不知道是谁带头唱起来——美酒飘香歌声飞，朋友啊请你干一杯……歌是这些"伴"用几种语言一起唱的，饱含情谊的歌声冲出小屋，冲向江面，回荡在峡谷间，它将伴着我们回昆明，并陪伴着我们的人生直到永远永远。

我在双廊写封信

双廊玉几岛，入岛的小渔村口有一棵大树，亭亭盖盖庇荫着当地人卖洋芋粑粑、木瓜糖水、米凉虾之类的小吃。树对直过去就是一条直街，我们逛了右边头几间，见着一家书店"杂字时光"。杨蓉说："这家店是一个叫女贼的开的，在国内很有名气，我几年前就听说，今天恰好遇上了。"

店内很有特点，有的书只能看不能买，因为书店除卖书，还做旅游单行本的编辑发行。在跟店员谈起双廊的美好风光时，那姑娘说：你可以在我们这里写封信，把你的感受说出去。是啊，感受可是稍纵即逝的，来无踪去就无影啦。写给谁呢？写给我两岁的孙子吧。我要了一个手造纸的信封，一张湖蓝色的信纸，19 元的成本，这是我写过的最贵的一封信，也是我孙子人生之路收到的第一封信。

写信

亲爱的宝宝你好：

今天是三八妇女节，60 岁的外婆仍然像火红的杜鹃花一样灿烂，在双廊，你一岁多擦肩而过的地方，今天我来了，我帮你闻了杜鹃花的芳香，像你一样手伸进水里搅搅，触摸了玉几岛畔海水的清凉。到了你所说的月亮奶奶的月亮宫，可惜月亮宫被一个金黄色大铜锁紧锁着，月亮奶奶——女神杨丽萍出门去了。月亮宫的近邻是白族设计家赵青的青庐，在赵青的青庐领略了艺术家的别样

外孙

风格。创意是需要底蕴的，望你从小就爱读书，读书是获取知识的第一步阶梯。

青庐，阳光斜射，坐在旧渔船的船帮做成的木靠椅上，遥眺洱海，野鸭子一惊一乍地在水上掠过。屋里香炉、绣花鞋、石桌、木凳……宁静中禅意无限。

古琴声低吟着，一曲一曲，我觉得那是你的妈妈在遥远的昆明抚琴，我想告诉她，移步这里，《鸥鹭忘机》最适合在此地弹奏，入心入情。

快长吧，宝宝，下次再来双廊，一定有外婆牵着你的小手，漫步海边的背影。

外婆：张存鲜

这一晚上，我们住在一家吹海风听海浪的白族客栈，总在想洱海黄昏时分的落日。那一刻，太阳落下去了，但是日头走，光芒不急着走，把那个金色一线地洒过来，从海面延伸到岸边，把最后的温暖稀释后的美丽披在我们身上。

风景相同人的感受不同。此时此景与多年以后来看，感悟也会不同，我从笔记本撕下一张纸，写下这段话，一并留给我的孙子吧。

不是把千山万水留给后代
不是把深宅大院留与子孙
留给他人文情怀
留给他美好的心情
在一棵花团锦簇的李子树下
在这个古渔村的白族小院里
花枝上吊着摇曳的灯光
我们吃着猪肝鲊蒸豆腐腊肉炒香菇尝着小院青菜汤
举杯金黄的梅子酒饮过
诞生了一个题目与写给孙子的一封信命名
展开大理的一花一木，一水一月

织出一片温馨

从小我就得了个"假小子"的雅号，长大了依然野野的，成年女性爱干的活我大都不爱干。还不时对那些成天手腕上挂个小包、毛线针儿不离手的小媳妇，投去疑惑的眼光。

成家后依然我行我素，清晨打球黄昏散步，晚上读书爬格子。一家人各行其是，日子倒也过得马虎，可有一件事却令我非常尴尬。

一天回家，丈夫正对着镜子试一件图案、式样都新颖大方的手编毛衣。我打趣地说："唷，穿着新毛衣，还真有点外国影星的派头呢，该不是情侣衫吧？"丈夫轻轻给我一拳："你还好意思说，我穿着那些半截子羊毛衫干活，

与老公、女儿合影

组上的女工都喊我童子军。车间里的李师看不过意，才帮我织的。"

打那后，我总觉得欠着这个家庭里一点什么。"织就织吧。"我庄严地宣布，让丈夫跟在身后拎着包，购回纯毛、混纺的棒针线、中粗线、开斯米满满一大包。每天下班后，端坐在沙发上，钩啊，织啊，俨然一副乖巧的小媳妇样儿。不知我这聪明人的聪明劲咋就使不到那毛线针上。织出丈夫的毛衣只合女儿穿，织出女儿的毛背心，我套上，即使怀个老二穿着也绰绰有余。终日忙碌，总也不见有合适的毛衣套在家人身上。去年春节大扫除，丈夫从柜子里、沙发背后搜罗出一片红色的领子、一支绿色的袖子、半件米色的背心，大大小小的半成品堆满一纸箱。丈夫笑着说："别织了，你有这份心就足够了。""啊，这哪成。"我又买回《上海棒针编织精选》《日本毛衣新款式》，用理论指导着实践。

每天晚上，在柔和的灯光下，丈夫帮我拆掉那些半成品，洗净烫平绕成团，我锲而不舍地织啊，钩啊。小屋里流着一股暖暖的气流，丈夫说，那是我织出的一片温馨。

后 怕

一

　　和惠娟约好，两母亲三孩子一块儿去爬峨眉山。在塘子巷会合处，惠娟的丈夫怎么也不放心女流之辈做事：小惠，你带着孩子过个马路给我看看。惠娟把背包交给我，右手牵着八岁的女儿燕燕，左手牵着七岁的儿子拉拉认真地庄严地走向马路对面。眼睛向左看，眼睛向右看，她丈夫吼叫着，挥舞着双臂指挥着，操练了四五个来回，其夫君才说："去吧。"手指昆明火车站。

　　在报国寺里，我买了一根拐棍，挑着包，一干人拉拉扯扯、欢欢喜喜顺序上山。这里似乎不是在进老林爬高山，没有一丝寂静，抬滑竿、

女儿海礁

背背箩、提灯油的，一步一合十的，几步按一下快门的，走马观花的，熙来攘往如赶街子一般。傍晚时分，不知不觉金顶在望，3000多米的高山，好像不是很难攀登。我和惠相视一笑，肚里都知道得益于工厂刚举行完的篮球联赛，我和惠娟都是打前锋的，在球场上整整跑了一个月，体力腿脚算是才练过的，所以一天就爬到山顶。

　　峨眉之巅金顶，诵经声、撞钟声使它更具神秘神圣感。朝圣者听暮钟睡觉，随晨钟起床，聚集在金顶观日出处，虔诚地望着东方。可惜，云太厚，雾太浓，最终也没有看到传说中的峨眉日出，待天色亮些，人们纷纷翻过栏杆，贴着山崖去拍照，这山崖凹进去一块，刚够踩脚站人，三个孩子也挤进那块凹地里。激动，兴奋，笑嘻嘻地等着闪光灯一亮。突然，云儿踩着拉拉的脚，姐弟扭打起来，天啊，我七岁的女儿站在最边上，几个趔趄，她的手攥住了一把树根……

起风了，雾散了，白云似帐，一道一屏，一升一腾如秀美女子的蛾眉穿云破雾露出来了，其美丽，其真实只有身临其境，才能享受她的美妙。没有观上日出，得以欣赏蛾眉也不枉此行。下山了，应验了那句俗话，上山容易下山难，才到洗象池，我的脚完全跛了，膝盖不会弯，小腿不能屈，全靠手拄拐杖，把脚放下一级一级的台阶。我掉队了，女儿在哪里？穿着一双塑料凉鞋，背着全部行李的女儿，已经走出若干里，找到旅社了。

数十年过去了，我不能想象当时的粗心大意。狭窄的山路，如果女儿被挤下山箐沟怎么办？金顶上的茅厕，两块木板搭出去，又粘又滑，一堵堵的雾气，云朵从木板缝隙中冒出来，把蹲坑者云蒸雾罩地拢住，解了大便下去，不知落下几千丈，一点回声都没有。我后怕啊，我当时为什么不拉着她的手，她要是滑下去怎么办？我为什么允许她翻过栏杆去照相？若那时她被挤下去了，我还有女儿吗？难以想象，我一个人怎么回昆明来。多少年过去了，只要想起，我还是感到后怕啊，后怕。

<h1 style="text-align:center">二</h1>

搬进新家，最惬意的是客厅里的落地玻璃窗，清晨起床拉开窗帘，小花园一览无遗，高高的榕树，低矮的棕榈树，蓬松的竹子，绿茵茵的草坪，凭窗眺望，养心养眼睛。

搬家换房也为母亲，妈妈老了，腿脚不灵，一起一坐都要人拉着，户外活动那就很艰难了，有了这扇大玻璃多好啊。窗前放把藤椅，老妈坐在窗前赏景观色，消磨时光。坐久了，手拉栏杆站起来，稍微活动一下，又跌进藤椅。这样，我们上班时，老妈也不觉得闷得慌。每天下班，提着水果蔬菜走进院子，第一眼往自己家窗户望去，老妈也眼巴巴地望着呢，见了，欣然一笑，小保姆在旁边摇手，狗儿妞妞使劲摇尾巴，天伦之乐曲在锅碗瓢盆中唱响了。煮熟了，吃完了，平常人家基本是跟着电视剧哭、笑，小孩被电视剧领大，大人被电视剧哄老，老人在电视剧中打盹，听热闹。熬到眼睛撑不住，一家人洗洗涮涮睡觉。

那一晚，总觉得屋里有一股煳味，检查厨房、书房、卧室。大柜子小柜子乒乒乓乓打开关起再打开，折腾了多少遍都查不着出处，怪，怪，真奇怪，味道确实有，但是请侦察兵来怕也没有作用。最后，我们下结论，是别家飘来的味道。关灯睡觉。

邻家的灯光隐隐地从落地窗中透进，晚归的女儿回家，未开灯发现顶柜有火光蹿动，急忙开灯，顶柜的缝里烟雾已溢出，她火速搬把椅子垫着，一把拉开，一床新被子，红光闪闪，已经在冒火苗了。小保姆提桶我泼水，一场大祸消灭在蔓延之初。

作为房主人，我们从来不知道顶柜内有一盏灯，而且还安着100瓦的大灯泡，踮着脚尖往里塞棉被、过冬衣服，也没有发现什么灯泡，该开关和走廊灯同开，鬼才知道烧了多少个小时，高度聚焦变成暗火，又变成明火。还好那扇落地玻璃窗可以透进灯光，还好第六感官总觉得要出事要出事，我们此起彼伏地爬起睡下去再爬起来，如果一家人都睡着了，那一夜，全家人将在烈火中永生。心有余悸，多年还在后怕……

还人情

人情，是人与人之间的情谊。"之间"那就有一截子距离空间，缩短距离填补空间用什么呀，用根红线吧。一头拴这边，一头拴那边，两头攥紧不放，情谊就维系下来；或者架座七彩长桥吧，揣着心意，带着问候，你走过来我走过去，来来往往，情谊无限。

那一日，跟着贺大姐去走亲戚，还人情的她那一天安排得满满的。早上给外甥送去生日贺礼，中午二婶的生日，要赶上午饭，送到寿礼，顺便村东头陈家在公房里摆的三天喜宴，也得去打个照面，千欠万欠，人情不能欠，呈上红包，送上祝福，这些都料理完了，轻轻松松就去赴婆家二叔的 60 大寿宴。

汽车在弯弯曲曲的公路上跑着，依山傍水，几十公里走下来，观景赏色倒也不寂寞。车子拐进一个偏僻小镇 —— 双河

昭通朋友慧茗芷兰与孙子

镇，空中飘着像雨像雾凉冰冰的丝丝，但人们三三两两、忙忙碌碌走来走去，看得出镇上有喜事。趁问路的空儿，四面观察，看见绿油油的田地中间，有一个月牙形的鱼塘，有人正撒开一张圆形大网，欢快的笑声随网落下升起。贺大姐的二叔姓吴，从外地到此落脚行医几十年，人品好，医术高，早就成为一个镇众人的二叔。多年行医攒下积蓄，为子女们开了小超市，还种着田养着鱼。刚才那张网要是让吴二叔来撒，对着双河镇一网下去，那这一个网罩到的不是亲戚就是朋友，不是朋友就是熟人。像这样的乡间绅士，送人情的还

人情的自然就络绎不绝。我是唯一的一个外乡人，沾光者，被安排在铁皮烟囱旁，烟囱散热，是最暖和的地方。方桌正中火炉加个铁盖，倒上板栗、洋芋烤起。我随和地文静地听着他们拉家常，其实不文静也不行，插不上话啊，只有慢慢地享受火烤食品。开席了，我有幸坐在老寿星旁边，寿星在频频举杯的空档，老往我碗里夹鸡块和天麻，并劝菜："天麻是我家后山种的，鸡是用苞谷喂的，天麻炖土鸡，冬天吃进补。"盛情难却，我像吃芋头般吃了几碗天麻。大概心理起作用了，我说："二叔，好像我的头也不晕了，脑血管也不疼了。"有史以来吃得最多的一次天麻，要管几个冬天了呀。因携带朋友赴宴，贺大姐送的红包又加厚了许多。虽然主人们都说，省城的客人来到这里，太不容易了，他们很高兴。但我知道，我在这里是领了一份情的。

眼下在昭通，"还人情"是一个流行的做法，娃儿考取大学、生日、红白喜事、杀猪都要请客。请客，回请，循环往返，人情永远不断。当然，这也会有时带来经济负担过重的一面，可是昭通人更看重"情"的沟通。

在都市，哪怕邻居敲门都要从猫眼往外窥视(防贼)。可在网上却跟什么虚拟的大漠孤烟、笑傲江湖网友聊个不休（孤独）。有时去过火把节、泼水节，都感慨少数民族集体活动多，欢欢乐乐，汉族玩场少，如今又羡慕昭通的汉族生活你来我往情谊在流动中。

从昭通归来，感叹偏僻之地人的情怀，虽然人情也要靠物质维系，但他们更看重"情"，莫道人情比纸薄，乌蒙山脚下，怎一个情字了得。

早点篮球队

晨曦微露，早点篮球队就吹响比赛的哨音。比赛不计时间，二十个球定输赢。输了咋办？早点篮球队嘛自然是输家请赢家吃早点。其实从未兑现过，打得赢就打，打不赢就跑，请早点那是讲成的笑话，重要的是乐在那奋力拼抢的锻炼之中。

早点篮球队在昆明机床厂小有名气，一是因尽是些拖家带口的中年人干着年轻人的事，稀奇；二是一千多个清晨，空荡荡的四大块球场，只有他们在闹腾。

球队是个松散型的组织，之所以松而不散，全靠队长洪国忠负责任。别小看老洪，年轻时是昆机足球队的中卫，像容志行般在球场上穿针引线发挥核心作用，那个守在球门边怀抱鲜花的女孩，还总忆起他当年的雄风，在厂报上甜甜地来了篇文章——《我的丈夫满

早点篮球队合影

场飞》。下班后，老洪有事没事，总在厂生活区菜街子转一圈，见到队员就说："明早来早些。"

　　清晨，一身短打运动装的队员陆续跑步前来，老洪一看人齐了，就用手在空中画道漂亮的弧线，分定甲乙队，这拨中年男女，可谓训练有素，长传、快攻、倒手、交中投，默契得天衣无缝。可妙就妙在知己知彼，常使赛场风云变幻，赛势急转直下。中锋小刘就一个动作：转体投篮，一盖帽就着；封"大江"就不容易啦，神仙都怕左撇子；小波虽然经常要瞄眼看场外的儿子何时背书包走过，但投起篮来，几乎百发百中。有时早点队心痒痒的，就约其他球队来打，打赢了热处理车间队、大学生联队，还狂得把眼光盯出了厂外。

　　三年来，早点篮球队的队员，身体练得棒棒的，出勤率特高。蹲办公室的，一天到晚精神焕发；苦工时开机床的，那选奖金也厚得可以。尝到打篮球的甜头后，早点队的队员对篮球更是爱不释手，烦恼了，失落了，命中几个空心篮，就像把球儿投进心中，挤出烦恼，充实了许多。伤风感冒，球场上使劲儿一跑，小病就痊愈了。最苦的是下雨球场湿，几天不得打球，这拨人就病恹恹的，如失恋一般。

　　打球好哇。原来清晨中年人负担最重，管孩子起床，煮早点做家务，难得有时间运动。早点队员自己放开自己的手脚，球也打啦，孩子照样上学，来不及做早点，买了吃肚子照样饱。

　　到球场去吧，跑出一身臭汗，注入全身活力，回家一洗一换，精神抖擞，迎着朝阳上班去。住在郊区的中年人得天独厚拥有这个福气。

待到金秋收获时

　　九月，叶黄叶红，已经有了秋的意境，还有一种在金秋十月开镰前的愉悦。农夫在磨镰扎筐，拾掇谷仓。南蛮风二亩地的耕耘者们构思着，编织着，写作着，也在等待自己的收获季节。

　　九月是静静的，静寂孤独令诗人诗如泉涌，孺牛的诗两首《秋 / 女歌手》喷薄而出，深沉感人。寂静中炎凉推出"银色的月光下，父亲静静地独自站在堤上"，月光下父女的心灵相通不需要一丁点声响，这就是炎凉的《那个月光如水的夜晚》的魅力。皑皑白雪静悄悄

喜获丰收

地下了一夜，给万物披上素装，两把椅子被白雪覆盖得只剩下轮廓，椅子的主人虽已逝，但他的人气还在，灵魂还在，这就是南山的《两把椅子》震撼心灵的力量。月初段铤兄在社会时评上接连推出《祭祀不文明鬼魂也害羞》《让一批公务员提前退休亦是解决高校毕业生就业的途径》两篇社会时评。时评，时评，有事就评。段兄这点做得不错。

　　张存鲜的《武装泅渡一小兵》《半山邻里》两篇散文，一篇写 70 年代的青年，一篇写现在的青年，对照着看，各时代青年的活法和价值观念是那么地不一样，引起我们的思考。星云又在《昆明忆旧》上添上《洗澡》《蟋蟀与牛屎公公》，两篇文章不仅妙趣横生，还让昆明人忆起自己的童年时代。圆圆的一篇短文为九月画上句号，听了一个小故事，灵感一动就撰文成篇，精神可嘉。正如郑光甫先生所说，文章要尽量写得完美，但要等到构思得天衣无缝，写到白璧无瑕才罢休，那就连一篇百字短文也写不出来。9 月发表他的《斋名蕴深意》等几篇（哲理管窥录）说理散文就是很好的例子。兴仁兄身体在逐渐康复，为花灯大师写了《袁留安唱灯》后，接任了《云南社区》报的编辑，告诉文友需要反映社区生活、

市井人家的文章。

至九月，南蛮风文学网站成立半年了，从在百度上输进南蛮风找不着，到现在一点击就出来，位列前茅。百度快照摄下南蛮风的栏目，圆圆的《卢武铉之死》、小孟的《七张保单》为南蛮风打开的首页，并和广西平乐的南蛮风同处一页。平乐的南蛮风在原创文学的第七篇，以"惊人相同的南蛮风同道"为题目，收进南山侠写的我网站的发刊词。平乐南蛮风网站的同仁，在办网站的深度和广度上是颇下功夫的，他们对独具魅力的平乐南蛮文化——古船家文化、古军政文化、古商道文化、古饮食文化都进行着挖掘和创作。我们要虚心地向同道学习，取他山之石……

说千道万，文学那是靠写出来的，只有笔耕不辍并虚心听取意见，南蛮风两亩地的庄稼长势才会越来越好，众文友齐努力，待金秋十月收割时，自己弄个钵满、筐满、仓满。对世界，争取能看一眼百树回眸，喊一声四面回音，有点"江湖地位"。

又到禄充

　　风停了，浪息了，湖面如镜，迎着西边绯红的晚霞，向湖中游去。湖水似绸缎，凉凉地光滑地拂过肌肤，直舒心底。这一湖水，唤醒一段记忆。

　　十多年前，《时代风采》杂志在澄江开笔会，省总工会宣传部部长刘幼龙请来了省内的文学界高人，有中国文联副主席晓雪、小说家高美清、在报纸杂志常见到名字的计用辐、孙伟等等。笔会中，晓雪老师的讲座《诗歌的朦胧美》又翻开了文学的新一页。会后，我还调皮地问晓雪老师：三门柜蒙上面纱，是不是也属于朦胧美？但是，好心情仅仅持续了一天，当看到高美清老师从大包里拿出一本本杂志，上面都有她发表的小说、散文，我被刺激了，为自己写不出文学作品哭成个泪人，枕巾被擦湿了扔在地板上。高老师左劝右说，并断言，我今后一定能行的才哄住我的泪水。

　　为了写作，我就非常注意观察，那时的禄充，安静朴实。土坯筑墙青瓦盖顶，村旁水畔大榕树遮天盖地。成排的鱼篓晾在岸上，水中鱼篓摆开阵势，渔民们就等着迎浪而上的抗浪鱼自投罗网。抗浪鱼也叫糠浪鱼，爱洁净，在极清的水里成长，所以它是抚仙湖的特产。肉鲜甜无小刺，当时三元一公斤，现在三千元也难买到。

　　时过境迁，当年的渔村已被经济浪潮冲刷得踪影全无，旅社酒店烧烤摊，K歌正在唱"你说人生如意不如意"，我说真不如意，这潭碧水不知还能保持几年。

《时代风采》杂志总编刘幼龙与澄江笔会会员

晓雪老师、高美清老师和小作者

静静的波息湾

尖山下面还有一座山延伸至湖中，山的环抱形成了一个湾，挡住了风，湾以她博大的胸怀迎接着涌来的波涛，面对似母亲般安详的湖湾，再大的波浪到了这儿都没有脾气了，伏下头静静地入湾，因此，这里得名波息湾。

清晨，波息湾听着鸟儿的啁啾醒来，还没来得及让身旁的尖山在自己明镜般的湖面欣赏倒影，就被晨泳的健儿们划动出波纹。这是一个企业的游泳队，六年来他们从夏游到冬，从冬游到春，每月来一次，每次五六天，共同的爱好，凝聚着这支松而不散的队伍。快乐生活、身体健康是追求的目标。

波息湾成就了他们，女士腰变细腿笔直，大多数都能穿着紧身的水鬼服，既养生避晒又养眼，男士体魄健壮皮肤呈太阳色。健康的人与美丽的湾相互映衬，水美景美，人更美。

禄充的树

夫妻树

很多年以前，来来往往的鸟儿从湖畔飞过，不知是哪一队鸟儿飞回笔架山的时候，衔着的种子掉了，禄充村外冒出了两株小苗，经过了 1351 年的雨露滋润，这一对青梅竹马的清香木树，已经长到十五米高，夫妻两树合力撑开枝干，一把翠绿的、直径二十五米的大伞遮天盖地，庇护着当地的父老乡亲。树荫下，也是青梅竹马的渔家儿女在这儿憧憬小家庭的未来，小媳妇在树下绣花缝衣做针线，老人们在这唠家常嗑瓜子。世世代代的渔家与这对夫妻树相依相伴。

今早，一对远道而来的夫妻站在树下请我给他们拍照，他们想像夫妻树一样，一生一世相守，永不分开。

弯腰树

弯腰树百年不倒不是神话，抚仙湖畔有多少棵与直立的挺拔的树相反的，已经弯腰或者已经趴在地下的树，它们别出一景，孤傲坚强地活着。

只有这些树自己知道，它们经历过怎样的摧残与考验。这一棵树是在一次山洪暴发中，滚滚洪水把树连根拔出，并冲刷了周围的泥土，扑倒在地的树啊，生的渴望高于一切。待大地恢复正常之后，它一点点地把须根又扎进土壤里，虽然它再也不能站起来，但是横着生长也是一种生命，它也叶绿芽发。迎接寒来暑往，沐浴阳光雨露，活着，就值得讴歌，多么坚强的生命。

最后的鱼篓

沿着禄充的山边湖畔一路觅去，想寻着一点糠浪鱼的蛛丝马迹，鱼肯定是见不着了，但和它有关的物与事呢？

在一个拐弯处，一堆鱼篓斜靠在岩石上，焦黑破旧，一只倒地的已被踩得肢裂体断，悲壮之美怎写就，残缺映夕阳。

禄充是糠浪鱼的故乡，这个鱼中贵族生活在全国数第一的深水湖里，享受着清澈净洁的一类水质。早年，这里浪涌鱼欢，车水的壮汉，晾晒的鱼篓，挑鱼担虾的商贩，一派闹腾的渔村景象。如今，只有一块木牌挂在横生的榕树干上，上面刻着"车水捕鱼区"。车水捕鱼是一种独特的捕鱼方法，渔民们先在水中放下带倒挂刺的大口小眼的鱼篓，在自家的水沟里踩转水车，用山肚子里淌出的山泉水引来糠浪鱼。糠浪鱼虽然娇贵，但却有着迎浪而上不怕死的精神，所以它也叫抗浪鱼，当它们前赴后继扑向浪涛时，没想到却是自投罗网的不归路。于是，才有了铜罗锅煮鱼的美味，鸡蛋裹面油炸鱼的喷香，澄江特产的佳话。

现在，车水的鱼沟还在岸边星罗棋布，当年生产队长划分的自留洞的大笔挥毫还赫然醒目，什么鲁家洞、小陈洞、库丹洞，豁敞的洞口不甘心地还在述说着昔日辉煌。但是，物是人非，澄江水已不像当年那样湖满水漫，山肚子也再没有山泉汩汩流出，洞是空的，沟是干的，连一丝油腥气都不容忍的抗浪鱼几乎完全绝迹了。

难道让我们的子孙只能听到一个抗浪鱼的传说？难道让车水捕鱼区仅仅成为一个景点？据说，现在在抚仙湖里捞到糠浪鱼，有关部门在回收做专门的研究，抚仙湖保护的措施也在日趋完善。一个美丽的湖泊和湖中的鱼儿定会昔日风采再现。

自动扶梯前的定格

自动扶梯像一只巨大的螃蟹，伸手张脚地盘踞在昆交会室外展场，安装调试好后，篷布一揭，犹如新娘被掀开盖头，听到的都是啧啧的赞叹："漂亮啊，了不起啊。"投向扶梯的都是惊奇欣赏的目光。自动扶梯听多了就有点心烦：雷同的太多了，能不能来点新鲜的，没想到雷同不仅是语言，来看它的人，还有在同一时间里"身份"是雷同的。

自动扶梯前留影

"请手扶扶手，脚不能踩到黄线。"解说员对每一个亲自登梯的人解说着注意事项。自动扶梯心烦归心烦，还是认真地履行着职责，把客人从这边升上去，那边送下来。不知接送了多少客人啊，来来往往如过眼云烟。但是在中午短短的半个小时内，自动扶梯接待了三位老人，他们的身份惊人地雷同，在自动扶梯前上演了一场命运浓缩剧。

工作人员突然忙碌起来，用抹布把扶梯的扶手擦了又擦，并在扶梯前排好两列横队。哈哈哈，在爽朗的笑声中，范老健步走过来，头发花白，身体硬朗，神采奕奕。"同志们好！""老书记好！"握手，拥抱，久别重逢的亲人，思恋之情溢于言表。随后，范老用看爱子的目光，把自动扶梯前后左右地打量过来。拨开要搀扶的手，自己迈上扶梯，像登飞机般挥着手，到了最高平台身后尾随的人已经围成一个半圆。同志们，这是我们云南人自己造的第一台扶梯，今后的大商场、大酒楼都要安装上这种梯子，省时省力，多现代啊！这台扶梯是造了几十年大机床的工厂生产出来的，质量是它的生命……闪光灯、话筒在范老面前闪成一片。这位50年代末期就在该厂任党委书记，现在是省市政府的工业顾问，讲话后被簇拥着去留言。

又一位老人走来了，他和工作人员熟悉得很，递烟，握手，拍肩膀。"李书记肚子又大了嘛，像反扣着的炒菜锅。""哪里，哪里，工作忙运动少弄的嘛。""李书记，不能踩着黄线，得踩中间。""哎呀呀，给是踩着就会摞大跤？"毫无架子的李书记，60年代曾是一个基层党支部书记，"文革"被整后一直在绿化组做花工。是范老回厂巡视、调研后向市里推荐，如今，任一个中型企业的党委书记。带着荣归故里的心情，看着自己家里的东西，摸摸这，摸摸那，侃侃而谈。他说："回家的感觉真好。"

在自动扶梯背面，静静地站着一个老人，其实他在范老来时已经来了，只是谁也没有注意他。时值中午，骄阳似火，他脚像生根似的站着，还是带着那顶几十年一贯制的蓝帽子（这顶帽子"文革"时有好几种人看见会发抖），还是提着那个黑色公文包，在足球场开大会时横掼在主席台上的那一个。这位陈书记和前面的李书记同时进厂，只是他任党委书记的时间是——叱咤风云的"文革"时代。他站在那儿一动不动的到底在想什么？自动扶梯听见了他的喃喃自语：这些零件是我领导生产的镗床、铣床生产出来的，你们都是我的儿子孙子呵！唉，难道我没有功劳，苦劳也没有吗？

自动扶梯旁又热闹起来了，李书记搀扶着范老从休息室出来了，他们要再看看本厂的庞然大物。突然，三双眼睛对视了，令人窒息的局面。熟（仇）人相见，分外眼红。历史闪电般从脑海掠过，范老"文革"期间备受折磨，李、陈之间是革命与被革命的对方。往事不堪回首，局面僵持着，其余的人不敢说也不敢动。还是范老大度地伸出手，李、陈也条件反射般地伸出手，来自同一个工厂，在不同的年代都任过书记的三位老人，在曾经为之奋斗过的工厂的产品前，是作为历史的见证，还是作为工厂发展的见证，总之，戏剧性地相遇，三只手紧紧握在一起。

一位年轻记者跑来，摁下了快门。1997年8月8日中午，这三位极不愿意合影的人，被不明就里的记者，定格在自动扶梯前面。

父亲的心愿

　　父亲的心愿藏在心底，不爱说话的父亲绝不会用语言把它表达出来的。听惯了母亲的絮絮叨叨，看着像大山一样沉默的老父，总觉得他对我期望满满，可他对我的期盼，具体一点，究竟是什么呢？

　　20世纪70年代，那是一个缺书少文化的年代，可我还是千方百计地找到书读。每周末回家，一到掌灯时分，我就从背包里取出书来，躲进里屋静静地读。父亲总会在这时给我端来一杯水，轻轻地放在桌上，脚步轻轻地退出去，我每次都看到父亲那不易察觉的微笑。哦，父亲这是希望我多读书，盼着我成为一个文化人呢。

　　父亲只有小学文化程度，他当过军人服务社的采购员，工作中吃够了文化低的苦头。批到了紧俏物资白酒，被他错看成白糖，结果先进货白糖，手中的那张白酒单子因为货紧，排几个月队后才得到兑现。至于换算，更是他的难题，常见他捏支铅笔在烟壳纸上算到深夜。所以，他悄悄地把一个大学梦寄托在儿女身上。

　　国家恢复高考了，可是我恰恰那时结婚了，错过了太阳。云大夜大招生了，可是女儿出生了，我又错过了月亮。我不会雨水、彩虹统统错过吧？没想到后来国家搞了个自学成才高考，自学为主，集中考试，给我们这一代人一个补文凭的机会。我报考了云南大学开考的哲学专业。在我买教材找资料的日子里，父亲比我还忙碌，我心里想：我爹，你字都不识几个，哲学，你弄得清吗？

　　一天下班，父亲在厂大门口等着我，他沉甸甸地提着一大兜子书，兴奋地说：你要的书我给你找到了。书摊在桌子上，《哲学原理》《中国古代哲学史》《西方哲学史》。什么黑格尔、孟德斯鸠、费尔巴哈、老子、庄子摆了一大片。

　　"爸爸，您在哪里找的呀？"

　　"云大，你堂哥那里。"

　　"喔，找到那里，您真是曲线救国呀。"

　　我的堂哥罗桂金在云大是个教授，可他是个物理学教授，父亲等于是麻烦人家了。

　　"不麻烦，他家里有现成的。"

"不能吧，我认真地读过《云南日报》的一个整版《物理之光》，报道的堂哥就是一个纯物理学究。"父亲说，堂哥的女儿晓波，在省外读大学，大概爱读这些书吧。

我从感觉哲学的晦涩艰深开始，整天唯物、唯心、辩证法搅脑筋，每天黄昏在植物园迈方步，小路都踩宽了，直到一本《哲学原理》被我拦腰读成两截的时候，我算是慢慢地入门了。当年"五大"的考试，自学考试被认为是最难的，许多人的《大学语文》《西方哲学史》都在 58、59 分徘徊。考多少次都迈不过及格这个坎。我每次都是考几门过几门，还有好几门 80 几分，还有一门 92 分的。父亲的心愿与我的心愿合一，成了我学习的动力。清晨六点，在起床的同时我按响录音机，洗漱、煮早点都听着课程录音，周末，骑着自行车到补习班上课。父母接走了女儿给我腾时间读书。我在三年的时间里完成了哲学专业的考试，取得了云南大学颁发的毕业证书。

我揣着大红面的毕业证回家去，把这个喜讯告诉父亲，他用双手反复地抚摸着证书，说了好几遍：我家终于出了一个大学生。那天父亲非常激动，自己在厨房炸了牛干巴、花生米，还请了邻居王叔叔、唐阿姨，一起喝酒庆贺。

父亲的心愿是我一生工作学习的动力。我在取得文凭后，拟定学习写作的计划，从新闻稿写起，慢慢地写文学作品，每一篇稿子变成铅字后都让我激动不已，在爬格子的酸甜苦辣中，我把父亲的心愿创作成一篇篇文章，越来越厚的剪贴簿是我对父亲心愿的回应。

陪伴母亲

今年春节，昆明的天气冷飕飕的，因父亲不久前去世，家里也有股冷飕飕的感觉。为了母亲没有孤寂之感，我们谢绝了亲朋好友的邀请，五天假期，都和母亲相守在一起。

清晨，丈夫早早地点燃炉子，让母亲一起床就可以暖烘烘地坐在通红的火炉旁。围着炉子，我随手打着毛线，仔细地端详着母亲。母亲把火钳架在炉子上，双手迟缓地翻烧着饵块。这双手布满老年斑，十个指关节肿大粗糙，长期劳作，手巴掌变得像两把蒲扇。这是母亲的手吗？我印象中的那双手是很光滑的，手背隆起如白面馒头般，指尖尖溜溜的，指头浑圆。母亲常在灯下搂着我，教我结纺纱女工最会结的蚊子疙瘩。现在，母亲老了，满脸的皱纹深埋着一生的辛劳和因父亲去世的哀伤。她用仅有的两枚牙齿艰难地咀嚼着饵块，不紧不慢地和我们聊天。

母亲肚里的话如同我手中的毛线，长长的，总也扯不完。叨叨地讲述了许多往事。

"那时候上夜班，夜班饭只卖两个馒头，每次我都用围裙包着赶回家，把你姐弟俩从被窝中拖出来，看着你们惺忪着眼睛热乎乎地吃完了。我赶紧几口喝干了口缸里的菜汤，系上围裙又往车间里跑。靠那点汤，一晚上要在四台纺纱机中走十几里路呢。"

母亲的回忆增添了许多我们对母亲的敬爱。

谈话的间隙，母亲爱用已经混浊的眼光定定地看着我，目光饱含着慈爱和期望。不知为什么，我从不敢正面迎接这目光，一发现母亲看着我，就赶紧打岔。一次母亲看着我说："一转眼，全变啦。小时候盼着你长大，现在又盼着你不要老。"母亲是笑着说这话的，可我听了直想哭，我在心里说："妈，我不会老，就像您在我心中永远年青一样，我在你面前也永远是个孩子。"

年三十做好的大碗大锅的肉和菜总也吃不完。黄焖鸡热到最后骨肉分离变成扒鸡，红烧肉熬成肉冻。母亲说："吃，我不讲究，只图一家人团团圆圆地围坐在一起。"是啊，坐在一起，有聊不完的话题，母亲叨叨我们童年的淘气事，我们给母亲讲各种社会见闻。母亲讲，我们讲，感情交融的旋律，围着火炉旋转。

夜深了，我们舍不得丢下电视节目，母亲却舍不得丢下我们独自去睡。她靠在沙发上眯着眼打盹，劝她去睡觉，她摇头："觉嘛，天天都可以睡；你们呢，不是天天都可以围在我身边的。"

母亲白天黑夜地挂念着我们。我们呢，工作繁忙或者日子过得顺当就很少想起母亲。围着火炉，我悟出了许许多多道理。以后春节来临，不论多远，不管多忙，为了母亲，我都要回家去过年。

初到太湖

清晨在无锡站下火车，就领略了江南的梅雨季节。雨丝，细细地密密地不慌不忙地下着，像是在编织一张覆盖江南的大网。雨中，忙忙碌碌的无锡人手提圆形竹篮子，或提着两个圆形木圈做提手的长布袋，撑着黄色油布雨伞，从一座很古老的青石板拱桥上来来往往。桥对面有一小码头，泊着三三两两的乌篷船，船家在船头搭一块木板到岸边，"滑得嘞，侬走好……"伸手扶把上船人。客人差不离了，起锚，摇桨，开船。从这里，木桨荡开水路，摇进景色秀美的太湖。

横跨太湖两岸有一座长桥叫宝界桥，桥头有村庄名宝界村，公公家世世代代就生活在这里。刚进村子，遇一老人买菜回来，只见丈夫急步上前：阿娘。哦，这位穿着干干净净蓝布衫、脸色红白细腻的老人就是我的婆婆。妈妈，我赶紧行礼。丈夫亲亲热热搂着阿娘走进家门，清瘦高大的公公闻声从躺椅上站起来。他们在昆明工作几十年了，现在回老家赋闲。江南的家完全跟电影里看过的一样，推开房门进堂屋，掀开布帘入卧室，凭窗眺望小天井。坐竹凳，躺竹椅，出门背竹箩，挎竹篮。家里从洗菜洗脸到洗澡，大大小小各种号码的木盆，很重啊，端都端不动。镂空雕花的衣柜、绣床，天井里还有用手一压就哗哗淌水的自来地下水。江南家的风格跟云南的完全不一样，我一个云南人在这里度过了我的蜜月。

太湖的早晨是梦幻的，待薄雾飘散，面纱撩开，太湖如仙女款款出来，如诗如画如歌，陶醉得不知人在湖中，还是湖在人中。我没有放过一个清晨，模仿江南人挎个竹篮子，沿潭边小路悠悠走到湖边，湖边有许多石头，经过多少年的敲打，无棱无角，圆滑得如美女的肩头。我用木棒槌一下一下地敲打着衣物，响声在湖中恣肆飘拂。思绪悠悠，想起早春二月，想起舞台姐妹，想起鲁镇的祥林嫂，江南的浣纱女。凡是和这特定环境相联相关的无不一一想起。离湖边不远处，有一蓬柳树，当我洗衣服时，新郎腰上拴一个阿娘缝的纱布袋，游到柳树下，水性极好的他，一个猛子扎下去，半天不露头。待敲完洗完，"回家喽！"随声柳树下游过来的人，腰间已挂满沉甸甸一纱袋的太湖虾。一周下来，我洗遍家里的所有衣物，而每天晚餐桌上，都有一碗新鲜鲜香喷喷的盐水虾。

宝界村的后面是连绵的小丘陵，午饭后在毛毛雨中散步有别样的风景。惊喜雨后春笋破土而出，尖尖的细细的竹笋东一根西一根，是皇天后土送的新婚礼物。踩一脚黄土，摘两个手帕笋子，回去交给阿娘，上等的腊肉炖竹笋。

太湖的黄昏烟波浩渺，是一幅变幻流动着的国画，和天上的云搭配，水天一线；与远处的小船组合，渔舟唱晚；为晚归的鹅群鸭群作背景，牧童晚归。牧鹅人手执一根长竿，哨上拴一条迎风飘扬的花布，摇摇摆摆的鸭群，呱呱呱地叫着，惊天动地地回家。最漂亮的是小鸭群，清一色地排着外八字，挺着稚嫩的小胸脯，是生命的律动，是金色的摇晃，看得人眼花缭乱，喜得人心花怒放。

太湖的景美水美，堪称人杰地灵，多少文人骚客留下墨迹。无锡名园（蠡园）中，依湖伴水建有一条碑刻长廊，苏东坡的："春未老，风细柳斜斜，试上超然台上看，半壕春水一城花。烟雨暗千家。"李清照的"湖上风来波浩渺，秋已暮，红稀香少。水光山色与人亲，无穷好。"辛弃疾的"茅檐低小，溪上青青草。醉里吴音相媚好，白发谁家翁媪？"我在走廊消磨了许多时光，高声吟诵，流连忘返。

从初到太湖的那一年起，已经过了 32 个梅雨季节。宝界桥的左侧盖起了影视城——宋城。宝界村的旧民居已经不见踪影，只有宝界桥还在，太湖水依旧。太湖蜜月已成故事，但笑谈人生时，我说："人生无遗憾，因为，阳光下我们曾经共同拥有，梅雨中我们曾经同步。""曾经"是医治命运伤痛最好的一服药。

遐　想

　　人间有喜事，上天一定会知道，要不然怎么今天，天蓝蓝得如蓝缎子，阳光耀眼如金子，冬日的枯草因镀金变得暖融融金灿灿，青菜、牛皮菜、萝卜缨子经光线折射，更加绿莹莹，鲜活鲜亮。天气好，日子好，好日子让摆喜酒的和喝喜酒的心情格外好。"摆酒喽！"一声浑厚的男中音从小院传出，喧闹声顿时响起，八大碗用木托盘一盘托出，农村风格的宣威特色的酒宴开始啦。

　　新娘是秀儿，她也开着茶庄，同为茶人，又是好友，在她结婚前，我主动提出，我不喝你在昆明的喜酒，随你回宣威娘家喝回门酒。按风俗，在昆明婚礼后的第三天，秀儿回娘家摆回门酒，我们一群昆明的朋友尾随到她娘家做回门客。

　　引发遐想的倒不是酒宴，而是新娘子家的小院子。小院子门前左边种着小树，右边垛着石臼，两间房带小楼的做卧室，一间做厨房，茅草搭的棚子堆着焦炭，小院子的另一侧一间狗窝，一间猪舍，一间牛厩。大黄牛瞪着大眼，打量着来来往往的人，小狗青青不摇尾巴警惕地看着院门，我脑子里深深地映进了一幅小院子的画像。酒过三巡，我溜到院后，仰卧在松软的苞谷秆堆上，任和风轻拂脸颊，思绪随白云飞上蓝天。

　　如果这个小院是我的，或者说我拥有这个小院，我就要按我的意愿把它构造成另外一番意境。一间卧室，在后墙上开一扇大大的落地窗，从旭日东升一直晒到日落西山，铺上实木地板，挂上老冯写的字，克忠的国画，明亮的房间里一列书架，一张书桌，一架古琴，午后，依窗伴桌，捧书握笔，远的读《论语》，近的读郭敬明的《折纸时代》，外的再读左拉的《情殇》短篇，中国的翻读《红楼梦》《曾国藩》《胡雪岩》。待眼涩腰酸，移步琴桌，一曲《关山月》"明月出天山，苍茫云海间，长风几万里，吹度玉门关"，一段《阳关三叠》"劝君更尽一杯酒，西出阳关无故人"。霜夜与霜晨，皆酒皆酒，未饮心也先醇……把对朋友的思念，用深沉悠远的七弦琴音传送。

　　抬眼看，屋内只剩一缕阳光，西山顶上已经晚霞满天，这才挂琴合书。

　　另一间屋子，我保留着原来小小的木格窗，稀罕它的黄土筑墙茅盖屋，屋顶裱上蓝底白花的土布，地上，不要地板地砖，连水泥也不要，中央挖个火塘，横梁上吊一根铁链，挂一把烟熏火燎黑漆漆的铁壶，黄昏时分，拨亮火塘，踩着咯吱咯吱响的木楼梯，从小楼上提一竹篮自己种的洋芋红薯，倒在火塘旁烤上，村子里的嫂子、老爹们陆续串门来了，我用小瓦罐烤香茶叶，冲进滚烫的开水，嗞嗞的响声中，茶的香味弥漫满屋。再从柱子上取下宣威老火腿，拔出户撒刀，有几人割几块，烤得香喷喷、油亮亮，撕火腿，喝烫茶，吃烧洋芋，听老爹讲卓琳的父亲当年闹革命的故事，讲东山的起义，滇军的驻扎。也听嫂子们侃宣威的特产，风土世故……

　　院子里的大水缸得配上小木桶和葫芦瓢，再旁边放一块青石板，我要用最原始的方法洗衣服，牛仔裤平铺在青石板上，泼一瓢清水，打一遍肥皂，板刷一刷刷从裤子上走过。刷声如音乐，乐在其中，其乐无穷。当然，猪是养不了啦，找个好人家，就把它"嫁"了吧！牛也得送人，我一不犁田，二不能起夜喂料，只能放弃。狗儿青青得留下，我还要把我昆明的丑丑牵下来与青青为伍，与我做伴。一间狗窝、一间猪舍、一间牛厩打通合三为一，抹泥铺砖，弄得宽敞敞、明亮亮，每逢周末，村子里的孩子都可以到这里来，我教他们普通话，辅导写作文，把我的红双喜乒乓球桌搬来支起，孩子们课后还可以接受我的业余教导。

　　要过年了，南蛮风的朋友们，你们下来吃年饭吧！猪是邻家王老爹帮养的，吃五谷杂粮喝山泉水长大的生态猪，青菜到地里现摘，萝卜在山坡上现拔，鸡可要腿脚快的人漫山遍野追着逮。不过，来的时候，别忘了给我的那些农村孩子带几本书，还有文具哦。

联　想

一阵风儿从山坡上掠过，风儿看清了山坡上有几个院落，一群鸟儿停在山顶的树梢上，鸟儿数清了这里田少人多。很多年前，秀儿的父亲赶着牛车经过这里，在问路的同时发现坡上有一片可人的青草，他卸下车辕，让心爱的黄牛尽情地啃嚼，没有想到，牛吃饱了，却怎么也不让主人往车上套。"你找死啊。"骂得唾沫横飞，黄牛丝毫不动，扬鞭挥打："走，走啊，你这畜生。"四只牛蹄像种在地里，不挪动半步。难道说表弟没有寻着，就在这里落脚不成？于是，从更深的深山里，从更陡的山坡上走来的年轻的山里人，就和他的黄牛在这里生了根，山坡上多了一座小院，来宾乡又多了一家外来户。

外来户家生了一个逗人喜爱的妞妞叫秀儿，她嘴唇薄薄，头发乌黑，皮肤白生生细嫩嫩。秀儿爹对秀儿她娘说："这样惹人怜爱的孩子，不能和我们一样没有文化。""哎，我也心想着要送她去上学。"秀儿她娘回答道。于是，爹用卖苞谷的钱为妞妞交了学费，娘拿卖鸡蛋的钱给妞妞扯了新布缝书包。这家外乡人，用本地人挤出来拨给他家的一亩地硬把秀儿供到初中毕业。暑假里，蝉鸣蛙叫，烦躁得不得了，秀儿已经几天没有睡着觉了。一晚，她一头拱进娘的被窝：娘，我要去昆明打工，我要苦钱来养你和爹。你疯了，你才15岁，还是妞妞呢。不嘛，秀用头使劲拱着娘。平时下这面山坡，娘看惯的是妞妞跌跌撞撞的脚步，娘总跟在后面喊：慢点，别掼着。可今天，她似乎是一夜之间长成了大姑娘，她大步流星地走着，背着一个大包，她要自己闯荡世界去。

秀走的那天，娘从小楼上坠下一条长长的串起来的苞谷棒子，第二年的这一天，娘又坠下一条长长的串起来的苞谷棒子，到今年十一串，已经排成了一片黄爽爽、金灿灿。秀在昆明打工，挣得资金，于是，就有了小小的野心，试着到广州做服装。几年后，回到昆明，开了一间经营名优绿茶的茶庄。家里在秀的接济下，兄弟也读完了初中，家境也在这面山坡上显得殷实起来。

冬去春来，时光如梭，秀嫁人了，今天回门摆酒，爹和娘忙乎了好几天了。由自家的表叔出面联系，在来宾乡的公房里（原来叫村公所）置办酒席。酒席请土生土长的宣威人，做地地道道的宣威宴。朴实的爹娘，把客人迎进入席，没说致酒词，没有放鞭炮，平平静静地把煎炸炖煮、五蒸五扣的生态肉生态菜摆满桌。秀的爹娘好一阵没有落桌，去哪儿啦？原来，秀的娘还在忙出忙进，她总觉得似乎什么还没有做完，可是又觉得插不上手。秀的爹坐在大门口，认真地用张烟壳纸一笔一画地记着已经到的客人的名字。同为父母，我也是才为女儿办完婚事，办的形式虽然不同，但心情相同，心愿相同。这种真情带给我的感动，我被深深触动了，弄得我也走出走进，总想找点事情干干。

我突然想起从公路拐进村的那五十米窄窄的泥巴路，路是从山坡中间砍出来的，一边是坡地，一边是树林，假如我是秀的母亲，或者是我的女儿在这里回门摆喜酒，我就要按我的心愿喜庆一回，热闹一番。清晨，五十米的山路，每隔五米，树梢上挂一朵大红花，让十朵大红花对着太阳绽开笑脸，大红绸带在绿树丛中翩翩起舞。当汽车喇叭一响，彩车到来，来宾乡最好的唢呐手大王吹破天，在路中间挺胸仰头，嘹亮的、欢快的"今天是个好日子"响彻山间。今天是个好日子，吉祥的事儿……今天是个好日子打开家门迎春风。新娘新郎手挽手被昆明朋友簇拥着缓缓走上坡，朝自己的娘家，自己的父母走来。这时，树丛中一跃而起，来宾乡的腰鼓队敲起了啦，咚咚咚，咚咚锵咚咚，咚咚咚，咚咚锵咚咚，红绸鼓声送一对新人进了家门。爹、娘，秀和新郎官跪下，双手高举，奉上两杯清香的谷花茶。爹、娘养我这么大，有什么你们就说吧。说什么啊，父母有千言万语，此时此刻却说不出话。怀中掏出红包，娘递给秀，爹递给新郎，手颤抖着，声颤抖着——祝愿你们永远幸福。奉茶仪式也就是改口的转折，新郎从现在起不再喊大爹大妈了，直接喊："娘，我会一辈子对秀好的。"好哇，好啊，欢呼四起，秀一家把五颜六色的喜糖撒在院里撒向院外，发给亲友，抓给孩子。这时，唢呐再次响起，秧歌队开道，新郎新娘众亲朋好友，一起欢笑着向宴会厅走去。唢呐奏的是，我们的理想在希望的田野上……一片冬麦，一片高粱，小伙弹琴，姑娘歌唱……

走向田野，走出山外，只要有理想去实现，打工妹也有美好的未来。

牵手人生

　　美丽的陆良坝子一马平川，放眼四望，如海洋般的蚕豆田翻着绿白交加的波浪，泛白的是基本完成使命的豆秆豆叶，深绿的是饱满的挂满豆枝的豆角。

　　从珠江源缓缓流来的南盘江成为陆良县的护城河，她绕城并分成若干支流，浇灌着这里的万亩土地，一个动人的故事在这里我亲眼目睹，并相信这个故事会在陆良坝子永远留住。

　　三岔河乡的石嘴子村这天响起震耳的鞭炮，秦老爷家房檐下挂起一条欢庆二老八十寿辰的大红条幅，帮忙摆酒的端碗抬菜，半截子小娃在院落里围着饭桌跑来窜去，院里两树桃花争艳，朵朵绽放以灿烂笑脸相迎……

　　主人一家沐浴着春光款款走来，两孙子合举着全国有名的陆良本土书法家挥毫的一幅大红寿字，上端还附有草书"福如东海长流水，寿比南山不老松"。儿孙簇拥着二老，搀扶着秦老爷，同赴寿宴。秦老爷被搀扶抬高的右手仍然伸过来紧紧攥紧老妻的小手，白白净净的秦奶奶一身新装，戴着黑丝绒的小帽，穿着鸭蛋绿的姊妹装，绑腿下一双像小船非小船、像粽子非粽子的小脚格外醒目，小脚鞋尖高高翘起，粉的花绿的叶花团锦簇的绣花鞋拐拐地在这条走熟的路上，恩爱地走着，喜庆地走着……

　　这条河边的归家路啊，二老手牵手地走过数不清的趟数。秦奶奶年轻时是远近闻名的俏媳妇，一双巧手飞针走线，在煤油灯前，在十五瓦的电灯泡下，完成了鸳鸯戏水、彩蝶双飞的围腰、兜肚，还有若干既耐看又耐穿的绣花鞋。隔三日一次的街子，秦氏用块蓝布打起包袱，去街子摆摊，换回柴米油盐酱醋茶、丝线、布料。秦爷在村口接过包袱，乐呵呵牵着媳妇的小手，回到虽然不殷实但十分温暖的小家。

　　一天，秦氏在村口眺望，秦爷是奔跑回来的，他擦擦汗水，一把牵过媳妇的小手，往手心里放了一张纸。什么？秦氏睁圆大眼睛。我要去当工人了，我要去修贵昆铁路了，苦多多的钱回来，再也不让你点灯熬夜了。秦爷抚摸着媳妇纤细的手指说。打那以后，长长的绣花线牵着两头的心：工棚里，秦爷头一靠枕，就回味着媳妇在灯下右手一扬一回，一扬一回优美的刺绣姿势；村子里，秦氏用针用线用心丈量铁轨铺开的距离。秦爷在铁路上火线入党了，为夫而荣的小媳妇高兴得针都捏不住。一针扎在手指上，鲜红的血滴在绣着的帐围子上，这条帐围子呀绣着花草和小鹿，她干脆把血滴扩大绣成"心"形，这条永结同心的伊甸园帐围子让他们牵手至今。

呜……一列火车挂着红绸隆隆启程，贵昆铁路胜利通车了。思家心切的秦爷不愿再当工人。在村口，他牵着媳妇的手说，不走啦，我总不能让你在村口站成老太婆吧。从此，男盘田，女绣花，喂猪养鸡生儿育女。五个孩子长大了，读大学的，在昆明工作的，在家务农的，满堂儿孙商量着，二老的生日同在三月，定在今天，为这位修贵昆铁路的英雄、盘田的能手，为这位（不画底、不模仿）凭空能绣满眼春的才女，过八十寿辰。

为什么艳阳高照，秦爷的脸却晒不出一点红晕？为什么昔日流水潺潺的三岔子河，今日会干涸见泥？秦老爷紧紧拉着媳妇的手，头突然往左一歪……手未松，仍在牵，白头偕老牵手陪你到黄泉。阴阳两界交会处，秦老爷听到的最后一句话，秦奶奶说，你几天都没有吃东西啦。

评论：

方于宏：好传神的段子！"村子里，秦氏用针用线用心丈量铁轨铺开的距离。"——真是"山无陵，江水为竭，冬雷震震，夏雨雪，天地合，乃敢与君绝！"的完美写照。秦老爷的"手未松，仍在牵"，人已西去，此情不已，可敬！可叹！可贺！又可赞！呀，敬佩二老始终如一，叹息秦老爷和秦奶奶从此阴阳两隔了，贺钻石金婚老人80寿辰，赞深情似海的爱情典范！这真是白头偕老、永结同心的完美写照了。谢谢您，本文作者，您写得太传神了。

八十花

　　八十花，一枝娇艳的野花，一朵迎风开放的浪漫山花，也许是过早地凋零，她留在我的记忆深处。许许多多和我多年共事，或者相处多年的朋友，不遇到相关的人或事，也不总想起，但八十花却有意无意地总在脑海掠过。

　　汽车七拐八弯，最后一个左拐就到部队驻地了，可大卡车上的兵哥哥谁都不往左看，目光投向右边的田野，田埂上一个穿白底蓝花布衫的姑娘在弯腰使着镰刀，一条粗粗的辫子从肩膀前落下，晃晃悠悠。姑娘见有车路过，直起身来，把一条大辫子甩到身后。"哦，啊啊啊！"喊着，绽放出花一样的笑容。明眸皓齿，光彩四溢，自然的美，野性的美，诱人的村姑，几乎勾走了车上兵哥哥的魂。当然，下面的一段路程话题很集中："这漂亮的姑娘怎么光叫不说话？""听说是个哑巴。""她每天在田里干啥呀？""找猪草呗，做农活呗。""听说她家的事主要靠她做呀。"

　　远远地一瞥似乎满足不了对美女的认识，要识得庐山真面目，恐怕要近距离接触。没想到我比兵哥哥还着急，一个周日的上午，我顺着水库大坝的斜坡冲下去，直奔在汽车上看惯了的村子。从水库大渠流下的水在村子前分成三股支流，三条长石板搭在小溪上做桥，村子因桥而得名"三截桥"。村子不大，只有九户人家，很容易就找到八十花家。跨进门，八十花坐在灶前的苞谷秆上喝着苞谷糊糊，见到我勉强一笑，没有往日的灿烂，大眼睛里似乎有许多哀伤。堂屋中间，她的父亲和两个弟弟围着桌子在吃饭，她的父亲本来就阴沉的脸更加铁青了，眼睛一鼓，我悻悻地倒退出屋门。八十花怎么啦？我在村子里走来走去，找寻机会打听。我靠在打谷场的石碾子上等着，见两个小毛孩在墙角探头探脑。"小八十花"过来。看我高举着的糖果，小毛孩抹着鼻涕慢慢走来。你姐姐怎么啦？问来问去，只知道娘病了爹打姐姐。过来一位大嬷，知道的事多得多了，我请完一两花生牛轧糖，得知八十花的父亲是个国民党军队的逃兵，三截桥的人都喊他老兵，性格暴躁得很，经常打八十花和她娘，每月老婆来红也不放过，弄得她得了妇科病，哩哩啦啦永远不清爽，家里的活计八十花要干大半。

　　知道得越多，越觉得八十花是石头缝隙里顽强生长着的野花，是悬崖峭壁伸出的一枝独秀，她的美丽是什么艰难都摧残不了的。其实，当时我还只是一个六年级的小学生，懵懵懂懂地进行了我生平的第一次采访，而且是有偿采访，用完了我的积蓄买的花生牛轧糖。

　　暑假结束，我就到昆明城里读初中，周末回家，在汽车七拐八弯最后左拐时就关切地把目光投向田野，八十花见车来，仍然直起身子，但显得迟缓和笨拙，没有了"哦啊啊啊"的叫声，也不见灿烂的笑容。后来，车子再路过时，田坝里空荡荡的，八十花怎么啦？她去哪儿啦？

　　新年刚过，白色的野山茶开满山谷，八十花在花丛中吗？紧接着红色的山茶又浪漫满坡，盛开的花朵如八十花粉嘟嘟的脸颊。美丽如花的她随花瓣一起飘落，花的清香在山坡上飘拂，在山谷间回荡。

　　许多日子后，班车上的人议论，八十花怀孕了，难产死的，那孩子是谁的？有人说，是远处来钓鱼的人干的；也有人说，是她猪狗不如的父亲干的。三截桥的人在一天深夜，听见了一阵惨痛的叫声，第二天，村后的山坡上，多了一座新坟。

柏树沟沟儿

　　午夜，颠簸到柏树沟，风儿裹着小雨加雪顽强地吹着，透皮穿肤，直刺骨头和心脏。极目望去，夜幕与煤山两黑融为一黑，黑得天衣无缝。路边一间小屋，主人贺师拉开微弱的电灯，层板做的门上写着"后勤组"，她铺上专门为我买的电热毯。木板搭的屋子漏着大条小条的缝，我用件毛衣盖头，用件毛衣遮肩，想着这些创业人的艰难，悠悠入梦。突然，有冰冷的小爪子踩在额头上，大概我的脑门还有些热气，小老鼠慢慢地走着，在我脑门上取暖。我先是一动不敢动，实在按捺不住，尖叫着坐起来，拉开半明半暗的电灯，再也不敢睡，等待着不速之客再次光临。

　　天大概亮了，楼下的伙房热闹起来，伙房是依箐沟搭建的，正面进是地下室，若从后面进大概有二十几层的高度。矿主人吩咐："给张老师多放辣椒儿，多放葱子儿，面条要拌出昭通风味来。"在饭堂兼客厅里有两张桌子，中间已经炉火熊熊，这是昭通特有的小方桌，中间是火炉，四面都可以烤火。我在暖烘烘的桌上洗完脸，面条就端上来了。刚端走大碗，又烤起红薯儿。矿主人用火一样的热情，驱赶着寒冷。趁加炭的空儿，我踩着嚓嚓作响的、雨雪煤灰拌成的黑色淤泥去外面转转。这是滇东北大山中的一条山沟，当地人喊她柏树沟沟儿。其实山上没有柏树，更没有参天大树，植被稀稀疏疏，显得荒凉和贫瘠。谁知道山中却藏有乌黑、含油量极高的无烟煤，金子般的煤炭换来的当然是金子，可把乌金变成黄金的却是这样普通和平常的人。

　　半山腰上，矿洞张着大口，矿斗车有规律地间隔着出来，哗哗啦煤块顺山腰淌下来，大卡车在山脚下排队，依次装车。山顶被乌云缠绕着，依稀露出山尖。昭通人是有个性的，看中哪里，就建房生根。所以一路走来，房子三三两两，没组成村落。贺师的亲戚小八嬢家就住在山尖上。看着近，走着远，她足足要走五十分钟才到我们这儿来。她穿过乌云，拨开雪花，背着背箩专门来送菜的。雪压过的白菜，一煮就扒，葱子儿，蒜苗儿，都是地里现摘的。腊肉用柏树枝的烟熏过，一箩纯天然食品。小八嬢的鞋子漏水，脚冻得像冰棍，让她烤火她也顾不上，就去伙房帮忙了。昭通人做的菜极好吃，作料配得全，各种小菜辣得很爽，一盘豆豉炒腊肉，香味扑鼻。肥肉透明，瘦肉红亮，喝酒下饭都是佳品。饭是和矿工一起吃的，筷子基本黑黑的，说他们捏过后再也洗不白了。矿山吃饭是不停工的，他们轮换着吃饭。挖煤的小李和我们在一桌，他脸是洗过的，手也是洗过的，但是黑黑的、花花的，只有眼眶和鼻子两侧白一些。矿工们哪管这些，大碗吃饭、大块吃肉，三下五除二，抹抹嘴又进矿洞了。

矿主人贺师是个热情能干的女人，酿过酒，卖过烟，当过镇长。五年前来到柏树沟，逢山开路，遇水搭桥，几个股东轰轰烈烈，倒也把个煤矿做得红红火火。豪爽的女人做事风风火火，说话口无遮拦，不高兴了就骂人。但对工人是关心的，总叫他们多干饭多干菜，把盘子里的肉干光。滇东北人说话爱带儿，拖得长咬得重，从不读儿化音。这也成为云南普通话教学中的案例。贺师要求我，多干肉儿，有力气才好耍儿。一连几天，贺师用车儿拉着我，耍了盐津、大关、黄葛、双河、四川的宜宾。对昭通我才从耳闻到眼见，有了直观感受。我背着贺师送的昭通苹果、硬柿子、黄粑儿，满满一包昭通情意返昆明了。那些年，听蔡朝东的演讲《创业万岁》，得知昭通的艰难困苦，十多年过去了，昭通起了翻天覆地的变化。当地人或外出务工，或本土创业，或引进外资，昭通在富裕的路上不断发展。许多年前，云南还流行一句话："找着昭通人年都过不成。"亲眼目睹有职工娶了昭通媳妇，在凭肉票、油票、豆腐票供应的年代，接待许多昭通亲戚，只有叫苦连天啊。可现在，土特产啊，生态肉啊，逢年过节昭通的亲家就带上昆明来，惹得有人后悔，当初怎么不找昭通媳妇。

偏僻寒冷的柏树沟啊，不会让人冻僵的。这里人的思想早已经走出大山外。矿山职工有的攒了钱，给媳妇在昆明开起发廊，小八孃的哥哥在昆明盘龙江边拥有很大的复式楼，贺师在昆明小区买了房、铺面，现在筹划着要在昆明开一家大的昭通菜馆。贫穷只属于过去，富裕为敢想敢干的人开路。

那条细长的布袋般的柏树沟，绿色很少、黑色很多的柏树沟，一地的淤泥留下了我的脚印，我这位匆匆过客，乌蒙磅礴走泥丸，一生大概只来这一回，但我祝愿这里的爱吃辣椒儿的人儿，勤劳坚强的人儿，建设好柏树沟儿。

半山邻里

半山邻里

半上山坐落着一栋栋白色小洋楼，房前屋后都是绿色的草坪，蓝天白云离屋顶很近，金色的阳光从冷杉、榕树的缝隙漏下，星星点点洒在青石板的台阶上，空气清新四周静谧，这里是昆明人都知道的金殿——鸣凤山脉的一面坡。山还是那座山，可别墅里的人啊，物啊，离天近离市井远，邻里之间还是那种东家炒菜西家闻，一家饮酒满院香的四合院透明生活吗？

一个阳光明媚的下午，和朋友一道做客"半山邻里"的一户人家。栅栏门口，女主人和五岁的儿子欢迎了我们。经简单介绍，男主人姓代——代表的代，女主人姓戴——穿戴的戴。小两口在德国奋斗了几年后又到昆明发展，女儿上高中，儿子上大幼，四口之家在半山坡上过着小康生活。

屋里屋外

小戴家草坪与别家不同的是沿着边种上蔬菜、番茄、小瓜、辣子、香菜、韭菜、豆角，红的绿的黄的，草坪围着锦绣花边。院子左侧独辟一块菜地，用农家配好的腐殖土，种上从德国带来的七粒种子，生生息息，如今已繁殖成一片紫色的世界。利用坡的斜度，搭起一个硕大的阳台，阳台全部用实木地板铺就，栏杆一围，可以观三面风景，迎八面来风。"不封顶木地板最多用五年。"小戴说。五年就五年，五年后再换嘛，封起来感觉就没有了。就是要人在自然中，看花开花落，云卷云舒。屋里窗子是英国式的，窗子从里面开，灯具、窗帘既简单又别致，和一整套进口家具相匹配，从一楼到三楼，颇有文化品位和外国情调。大屏幕的电视机、大板的写字台仅是享受和装饰吗？不，我们看到很有特点的子女教育。

子女教育

子女在摔打中成长是小代家的教育方法。院子里的一棵大树上端，悬挂一根棕绳，绳梢距地面一米，五岁的代也夫后退几步，助跑，起跳。手拉绳子脚蹬树干向上攀登，攀到顶收脚，顺绳溜了下来。能表演一下单杠吗？也夫点头。"摇晃的呀！"大人们手拉单杠试试后说。"可以修！"也夫边说边从屋里拿出一把铁锤，拔出固定铁索，往外挪挪再敲打下去，为了坚固，他翻出栅栏，捡了一块石头卡下去。"叔叔帮助我！"也夫被举高了，双手拉着单杆做引体向上：1、2、3、4、5……一连做了十个。在拍掌的同时，我们面面相觑，想起我们生怕摔坏的、什么也不让做的孩子。小代夫妇为孩子买了各种英语书籍、钢琴碟片，也夫自己打开电视就可以学习。晚餐前，也夫又有新的表现，他抱来大瓶的饮料，斟满杯，一一递给客人，然后从容地坐在他的单人小桌上，静悄悄地吃完饭，他就进屋打开电视，看碟做钢琴功课。一方水土养一方人，不同的方式培养出不同的后代。

生活方式

小代家做着种鸡场和肉类出口贸易，业务、商务十分繁忙。管两个孩子的生活学习，自己还要学德语。家里不请保姆，不请钟点工，一切都是自己动手。怎么乱得过来啊？他们用的是高效的时间管理和现代化的生活方式。周末，小代开车，绕进松华坝，沿小河里的村寨走一圈，新鲜猪肉、桃子、梨子、野生菌、鸡和鸡蛋大采购。轿车后面拆掉一排座椅，拉半车食物，自己吃的，周末请客的，一次搞定。家里的一切都安排得顺手，不做多余动作，不重复劳动。三台洗衣机，一台洗大件，一台洗衣服，一台洗抹布。三层楼的地板用一次抹布洗一缸，洗碗机、滤碗架、木制小推车、烧烤架、火锅架一应俱全。因此，他们能挤出时间体育锻炼和种菜。在喝下午茶时，我很感慨，怎么我一天做不了多少事情。小代说，是目标和观念。人啊，只要定下目标，就会去实现目标，另外，观念决定一切。我们福建和云南就有很大差距，最保守的底线也有二十年吧。是啊，在螺蛳湾数十家商铺就有五家是外省人，在康乐茶城、泉州商会、安溪商会等外省的商会比比皆是，福建省的省长、副省长到昆明，都要看望在外创业拼搏为家乡做贡献为福建添光彩的乡亲们。时间就是金钱，高效率带来高收入，高收入带来生活的高质量，生活方式自然就改变了。

思前想后

做了一次客就有触动，我这种年纪本不该有，但坐在摇椅上，喝着女主人熬的冰糖莲子羹，还是有些许思绪波动。思前——想起少年时背着一盒鸡蛋炒饭到金殿春游，青年时骑着单车到金殿水库游泳，中年时在金殿山坡的松树林中翻找蘑菇，前几年经常和朋友躺在金殿的山坡上，享受冬天暖暖的阳光，聊着天南地北，时代变迁。想后——我们50后就不多想了，但昆明的70后，80后……在亚热带宜人的气候中，在春城无处不飞花的美丽景色中，脚步恐怕要加大加快了吧。

风雨小阁楼

夏天的雨来得突然，在屋檐下躲了很久后随朋友走进翠湖边小巷深处。跨进门槛，再进石板小天井，右拐进一间土坯房，屋内灯光微黄，柔和光线下，谁的脸都亲切可人，主人砂金递过一块干毛巾，让我抹去满头满脸的雨水，一位高个的女士牵我坐在沙发的正中间，让温暖簇拥着我这位新来的文友。

屋子里摆着一条自制的沙发，一张靠背椅和四个小板凳，十个以上的人就须在木梯子上拾级而坐（这是迟到者固定的位置）。坐楼梯可不是好受的，头顶上有一双脚，脚下面是别人的头，不能转身扭动，不能跷二郎腿，不能相视而谈，一律地面对墙壁侧耳听。高个的女士叫晓华，因为让我，她坐在楼梯的最低处，用极"贤惠"的声音讲述她写文章时过不去坎的苦闷。小阁楼是什么样子，我从未上去过，但笑声、谈论声经常在这里腾空，楼上一定装满了友情和梦想。我的文学之路就在 1987 年的那个雨夜起步了，和这党文友也就几十年来恩恩怨怨、生生死死裹搅在一起。

第一篇散文《父亲的心愿》怎么也改不好，晚上留宿晓华家，共枕长谈。清晨，晓华给我出主意：你去找李燃吧，他会教你改好的。看我急着起床，她赶紧先起，递过衣服，弯腰把我倒蹬掉的拖鞋摆好。这个动作极像妈妈或者姐姐做的，而且在风风雨雨的几十年中，她反复为我重复做这个动作。

朴实、谦和、敬业，身上找不到一点高干子女的痕迹。电影公司宿舍要拆迁，她不讲价还价，第一个交出钥匙；主管电影宣传画发行业务，所得收入全部交公，公司平均分配发放至驾驶员；跑安宁、晋宁、昆机、郊县区电影院，披星戴月，载誉而归。一个市公司，没有一个人能对晓华说"不"字。

晓华的父亲是省电影学会的会长，有了好片大片，就说："晓华，你约你的朋友去看。"《金童玉女》《丑闻》《被告》《心中狂野》《拳击手》等得以观看，这些世界级获奖大片，没有晓华，我们恐怕连信息都难以知晓。经常在艺术剧院看到深夜，没有车了，晓华就带我们住娘家。半夜被惊醒的老人，没有怪罪，总慈祥地说："你们住小卧室吧，向阳暖和。"自己搬到大卧室去焐冷被窝。

"李叔叔，这些片子应该您去看，您更能理解，但是总把机会让给我们。"

"不，我在好莱坞考察时，每天必须看八个片子，看得多了，有机会，还是让你们年轻人多了解外面的电影文化吧。"

在走进小阁楼十一年后的一个雨夜，晓华、青静突然来我家家访，我们默默地对视着，噙满泪水的眼眶，紧紧握着的手，是一种亲人的安慰，她们知道我的冠心病，还知道了我的被遗弃。从那个雨夜，我在失去了一份爱之后一直在文友的关怀和爱中，坚强地活了下来。

又是一个十一年，我随晓华去看她少管所的儿子、姑娘，作为"英国儿童救助会"的志愿者，她为孩子们联系了上千册图书、过冬毛衣、棉衣。用真诚、用爱去融化曾经有过污点的心灵。

少管所的大礼堂里，一批刚满十八岁的孩子攥拳作成人宣誓，在制服、大盖帽的中间，他们把目光投向了这位已经白发显露的阿姨，"妈妈！妈妈！"齐声呼喊，成人，重新做人，我们有决心，亲爱的妈妈。八街少管所正式宣布李晓华是所有孩子的"爱心妈妈"。在安宁的万亩荷塘边，暴雨刚过，荷叶清新、翠绿，荷花娇艳，晓华说："风雨洗礼后，这些孩子一定会像这些荷叶一样焕然一新的。"

沐浴过今年的春雨，南蛮风文学网站酝酿成立了，从小阁楼走出来的舞文弄墨者，甩掉圆珠笔，敲打着键盘，在自己的网站上，发表着自己的原创作品。短短几个月，三百多篇作品和网友见面了，晓华的《我家的小脚影迷》《影迷洋洋》已推出。还在慢慢地播放着她家四代电影人的故事续集。

2009 年 7 月 31 日，南蛮风月末例会，李燃、老冯、王珩、明旭、国宝、刘昆、小孟、鲜姐和晓华一起聊至午夜。

"晓华，你把你父亲五十年代用马帮驮着机子在山寨放电影的故事写出来，把山民们抢电影只抢了一块银幕的故事写出来，把你姨于蓝的故事写出来。"

"我怕写不好！"

低低语调还是那么谦和，中央电视台你都敢上，《百年电影回顾》你家的电影人还连上三期，说明你们家对云南的电影贡献，可以挖掘出来多少创作题材啊。

故事还未讲完，文章还在续写，但八月四日的这个雨夜，盘龙江边，白色世界，一条走廊尽头，我们的晓华静静地走了，没有留下一句话，没有听到亲人的呼唤，不能再陪白发老娘去散步，更不能笑迎心爱的儿子挽着新娘走进新婚殿堂……夜幕中，风声、雨声、哭泣声，却没有晓华你"贤惠"的只言片语，所有人都在默默祈祷着：晓华，你可要一路走好。

几十年的不解阁楼情丝丝缕缕，化作泪水，和着雨水，浇灌着南蛮风这块土地，长出来的植物，一定会郁郁葱葱。晓华，你一定在绿色中间对着我们微笑，永远和我们在一起。

遗落缅甸丛林的历史碎片
——昆明老知青网上撰长文回首中国知青另类故事

网上奇文

一部120多万字的长篇纪实文学作品《红飞蛾》，不久前曾在互联网上将一段鲜为人知、遗落在缅甸丛林的秘史一点点解密，引起众多读者的关注，点击率已在百万人次，这部作品被许多网友加为精华博文。有网友回帖作者："鹰的经历是一笔无价的财富""因为有你，我们骄傲。"还有若干才华横溢、意气相投的博友与作者进行了访谈、读评、留言等倾心交流。近期该作品《红飞蛾》的第一部以《红飞蛾·萨尔温江绝唱》为书名付印出书，内容被概括为"中国知青与缅共一段鲜为人知的中国知青金三角流亡史"。

手执解开这段秘史秘匙的是一位昆明老知青——现年届六旬的王曦。当年20岁的红色蒙昧青年王曦，身处不堪回首的荒唐岁月，勇敢地作出了"输出革命"那既是"志愿"而其实是无奈的选择，作为切·格瓦拉的精神追随者，犹如扑火飞蛾般的一群知青义士，在长期的异国革命实践中，历练成了丛林游击战精灵和赤色队伍中的杰出指挥员。如此这般"辉煌"的青春和生命的"硕果"，成了站在今天历史高地回顾惨烈往事的王曦们没有倒塌的最后支柱。当年为追求光明而扑向异国革命战火的一群"红色飞蛾"，一个为"解放全人类"而悲壮献身的中国知青另类故事，在已垂垂老迈的作者王曦抚今思昔的追忆中，化作初衷剧变、昨是今非的喟叹，对不明不白牺牲者锥心的哀恸……同时，也为逐步走向正轨的今天缅甸邻邦边陲的和平发展景象而鼓掌欣慰。

几年来，以坚韧不拔的毅力写作，也使王曦小有了知名度。今年9月15日～18日，他应邀出席了在新疆石河子召开的"知青边疆建设座谈会"，在网上已有一定口碑和人气的《红飞蛾》首部作品，在会场上立马一销而空。他的写作得到了与会知青作家、编辑、企业家等人士的肯定："中国知青与缅共这一鲜为人知的事件和知青运动中缺失久远的一页，终于有幸存的亲历者执笔填补了，这是对知青文学的一大贡献。"王曦成了这一敏感话题的深度披露者(此前，已有李必雨、邓贤等著名作家简约地披露)。目前，《红飞蛾》纪实文学系列作品在网上已达80多万点击率。

作者其人

作者王曦，1950 年出生。1966 年，在昆明 21 中的初三学生，因"文革"辍学，随 1969 年初知青上山下乡大潮，被冲刷到云南边境陇川县景颇山寨。其时，中缅两国关系因"文革"而交恶，早已销声匿迹多年的缅共游击队乘势崛起，于中缅边境孟古、果敢、佤邦地区武装起义，开辟了缅甸人民军东北军区红色根据地。次年，20 岁的王曦，因其父被冤为"国民党特务、中美合作所刽子手"，这种顶级"黑崽子"身份，使其深陷求学无路、报国无门、生存无计的困境绝途，于是，他为边境地区随处可见的"打倒各国反动派"的标语所煽动，冒着跑出国境被抓住即可定性为"叛国投敌"死罪的风险，悄然蹚过中缅两域间的孟古河，加入缅共游击队，成了国际共产主义战士行列中的一员，勇敢肩负起了"支持世界革命、解放全人类"的时代使命。那是 1970 年 5 月 19 日，在他公开"出逃"的简单行囊中，珍藏有自小就向往"在烈火中永生"的那一代热血青年的精神食粮，一本《革命烈士诗抄》和《南行记》，而有的知青则怀揣手抄本的《切·格瓦拉日记》，当然，更普遍的精神食粮是中国大陆人皆有之的《纪念白求恩》。

穿上缅共绿军装，扛起 M21 半自动步枪，来到新兵队的王曦方知这里面几乎全是中国知青，大家互报校名和下乡地，仿佛找到了组织。而更多的内情让他意想不到。缅共人民军里还有若干个"中国知青营"，充斥于每个营的老三届知青来自全国各地，都身怀绝技，各具特色，都是老红卫兵和知青群体中的思想精英、行为先锋，缅共娘子连里百十个知青女生，孱弱的她们照样背着几十公斤重的高射机枪，和壮实的男生一样冲锋陷阵或战场抢救伤员。在那股风靡一时的国际支左潮流中，到底有多少中国知青加入了缅共，一说 5000 人，一说 3000 人，王曦自己也说不准。但中国知青在缅共的历次战役中，总是争当英雄，勇猛而狂热，捐躯者临终时总会高呼文革时代最火爆的那句口号："毛主席万岁！"

丛林生涯

初入缅共军营，政治环境与国内竟一般无二，依然是手捧红宝书，早请示，晚汇报，这让对"文革"厌倦透顶的王曦始料未及。部队首长每做报告都高昂宣称："有毛泽东思想指导，有中共老大哥的无私援助，最多两年，缅甸革命必将取得完全胜利！"但实际状况却并不乐观，王曦渐渐看清了缅共弱小的实力，特别是腊戌一战，缅共主力部队近 3000 人被多于数倍的敌军围剿，险些全军覆没，突出重围后的队伍已受重创。王曦熟悉的几个战友都遗尸荒野，灰飞烟灭。与王曦同期参加缅甸革命的 15 名新兵，仅仅 20 多天后就死的死，伤的伤，逃的逃，只余下他孤独一人。而更大的改变随后而来，同年底，冰冻的中缅两国政府关系有了些许回暖，中国知青所处境地陷入尴尬，加上国内知青政策开始松动，国内知青们对个人出路的选择也变得多样，或上学或招工或当兵，这些消息也让大部分身处异乡的知青归心似箭。由此导致的结果即是，缅共里的大部分知青战友逃离死地重回故土。但王曦等一批另类知青中的另类，终因父亲尚未被澄清的污名而止住了返乡的步履。和他一起留下来的百余"革命坚定分子"，其共同的原因，大概还有他们在异土才可能实现的另类人生价值。

随之而来的是更漫长的异国流亡生涯，将王曦们打入了更恐怖的炼狱深处，部队转战到远离边界的萨尔温江以东，血与火、生与死的战场拼杀在残酷地继续着。雷门伏击战，从未打过炮的新战士王曦，凭着匹夫之勇和知青灵感，荣立了第一个二等功，一年后他火线加入了缅共并提了干。枪林弹雨中的 15 年厮杀过来，王曦竟奇迹般地没负过伤，萨尔温江两岸、湄公河畔、金三角腹地，都是遍布了他足迹和血汗的游击战场，而他所面对的敌人，除缅政府军外，还有盘踞境外 20 余年的国民党残部以及毒贩雇佣军、部落武装等等。从 1970 年初加入缅共人民军起，没有退路的王曦在这样险恶的丛林战争生涯中，以顽强意志和拼搏精神，赢得上级赏识，职务一路升迁，历任缅共人民军炮连战士、营部文书、连指导员、缅共五旅和 685 旅政治处干事、作战参谋、042 大队政委、68 师教导队主官、师保卫处长等职，还曾于 1974 年～1975 年由缅共作为精英骨干选派往中国内地某军事学院深造。在只讲实干精神不论家庭出身的异国革命队伍里，王曦"找到"了自己的人生位置，得以体现了一个将门虎子的人生价值。

孤魂弃儿

官阶不断提升，但王曦却越来越看不到丛林革命的前途。随着国内局势的变化，"文革"接近尾声，中共当局不再大张旗鼓支持缅共，中共派往缅共的军事顾问组也先后撤离，知青们倍感孤立无助，失去了最后的精神依托。红飞蛾一族因自愿"输出革命"而失去了中国国籍，"解放全人类"族群的命运竟惨淡到如此地步，怎不令他们大放悲声！他们成了流亡异国丛林深处的孤魂野鬼和无娘弃儿，他们的归宿问题当局一直没能做出肯定回答。得不到祖国认可，对他们来说是最大的悲哀。前程黯淡，回归的路不知在何方？但境外知青们还是想方设法、各找门路偷返国内，缅共队伍里的知青骨干越来越珍稀。

进入 20 世纪 80 年代后，拨乱反正的中国开始正视缅共里的中国知青的革命性质、国民身份和退伍回国问题，出台了一个接纳知青回归的初具人性化的政策。这姗姗来迟的政策让王曦悲从中来，为了按这个期盼多年的政策办好回归手续，彻底脱离腐败堕落的后期缅共，青春不再的王曦又付出了 3 年的漫长等待、煎熬。直到 1985 年，在离开故土 15 年后，他终得以带着域外所娶妻子，抱着牙牙学语的儿子，踏上了归途。

其时，祖国已是万象更新，王曦始得金盆洗手，卸鞍解甲，回到"娘家"，他欣慰自己终于重新拥有了中国国籍，还进入了昆明机床厂当上一名铣床工人，真正成了无产阶级中的一员。从此，终于能靠诚实的劳动谋生，过上了梦寐以求的和平宁静生活。他拖着 35 岁的战争残躯，以非凡毅力一切从零起步，拜师学技，从学徒工干起，天资聪颖的他 3 个月即单独开班，加班加点从无怨言，半年后生产技能和奖金月月递增，并年年季季荣获先进生产者奖励，工友们戏称他"老革命""团级干部铣工"。

然而，7 年后，某外贸公司看中了王曦那段与缅甸丛林密切相关的非常经历，特调他到该公司任边贸部门经理，重返缅北野人山做木材生意。王曦于不惑的中年却迷失在光怪陆离的商海。四五年后，官办私营的公司在不规范的运作机制下倒闭，王曦不得不自谋生路，又筹措资金，在遥远的怒江边地开办木材加工厂，仍难以生存，他又回到昆明改跑运输、开餐馆、开的士谋生等等，但最终都没能逃脱破产、歇业的宿命，陷入了每况愈下的老知青命运怪圈。迄今竟沦入生活无着、老无所养的凄凉境地。15 年最好的青春年华，奉献给了"神圣无比的事业"，王曦错过了有可能改变他命运的诸如招工、返城、上大学等机遇，中年失落，晚景黯淡，王曦思之不禁扼腕唏嘘……

若问他对此生是否后悔，他会感慨自己："还幸运地活着，比起那些早逝于异国丛林的战友，我毕竟要好得多了。"

2000 年，就在王曦进入知天命之时，他自认为"总算大彻大悟，与世无争，清心寡欲，面壁自囿，致力于这大半生精神财富的挖掘，聊以自慰。"于是，"红飞蛾"们青春热血写就的遗落在缅甸丛林的一段秘史，不断在王曦脑海中闪现，再被他用文字一段段书写在开出租车候客时铺在方向盘间的烟壳纸或便条上。悠悠 4 载，这样的过程周而复始地在他的那个特有的空间上演，最终完成了百多万字的《红飞蛾》初稿，副标题为"中国知青与缅共 · 一部沉淀史海的厚重人生档案"。全书共分《红飞蛾 · 萨尔温江绝唱》《红飞蛾 · 浴血佤邦》《红飞蛾 · 金三角畸恋》《红飞蛾 · 国际悲歌》4 部系列，沉甸甸的 120 万字的丛林史诗，一曲荡气回肠的青春挽歌。

网上评说

《红飞蛾》网上发表后，网上有读者认为：它犹如一枚青春的苦涩之果，是浩如烟海的知青文本中最客观真实、最悲壮惨烈、最精彩绝伦的一部老知青异国流亡史。作者饱蘸自己一路流淌的血迹写来，无一笔虚构和臆造，它揭开了"欲说还休"的红色蒙昧时代许多鲜为人知的血腥真相：缅甸丛林之战，尔后金三角的一切，对世人将不再神秘。另有评议说：20 世纪 60 年代，一批共和国同龄人，在错误年代的无奈选择，他们披挂了英特纳雄耐尔重甲，骑上瘦骨嶙峋的赤色战马，挥舞着"解放全人类"的精神战旗，执起革命英雄主义的长矛，以堂吉诃德之勇向异域大风车冲刺……尽管碰得头破血流，但燃烧青春的热血仍使他们俨如飞蛾扑火，前赴后继，一个个鲜活的生命与那场甚嚣尘上的世界革命运动一起灰飞烟灭……

还有读者评议：面对一部彻头彻尾蘸着热血写的奇书，《红飞蛾》以其独有、真实、曲折离奇、令人荡气回肠的故事情节征服了读者，异域风情的描写也陡增了作品的趣味性，这无疑增加了作品的可读性。在这些叙述、描写中，很好地展示了人物的"灵魂"，使以王山为代表的大批人物形象永远地"立"在了我们面前，为中国文学增添了独特的鲜活人物形象系列，这是无法替代的最杰出的文学贡献，也是它存在的价值所系。

《红飞蛾》的故事情节与异域风情，因属作者亲历而具有了无可辩驳的真实性和新鲜感。自然、情节、地域风情无非是人的行动开展的舞台而已，它们全部离不开生活于其中的人。然而，是就讲故事而讲故事，是为风情描写而描写，还是于故事情节叙述中、地域风情描写中聚焦于"人"，这是"纯文学"与"通俗文学"的分水岭。仅以故事情节而取胜的作品是很难持久的，而地域风情描写的新鲜感也会在读后淡化。这就是以故事曲折和风情新奇为目的的小说不能跻身于世界一流作品的根本原因，也是所谓的"通俗文学"受到诟病的根源，并不是它们没有价值，而是它们都不同程度地忽视了文学更为重要的东西——"真实"。"真实"就是力量，"人性"必将永恒。

今是昨非

2009 年，由前缅共演变而来的缅甸掸邦第一特区果敢、第二特区佤邦、东部第四特区勐拉均举行了"和平建设 20 周年庆祝活动"，王曦等国内的原缅共老战友们也应邀参加了。

这块洒遍了"红飞蛾"们青春热血的故土变化之大，令老兵们惊奇、激动、快慰并祝愿它在和平发展的康庄大道上走得更远。而今的各特区不负众望，原缅共老战友、老上级，现已成为这些特区和平建设的领头羊，干戈早已随战火硝烟的散去，化作玉帛。他们所取得的令世人瞩目的巨大进步和建设成就，让故地重游的"红飞蛾"们眼前一亮。

"早知如此，何必当初！"眼前的和平建设盛况，令曾为虚无缥缈的红色理想付出了惨痛牺牲的"红飞蛾"幸存者感慨良多。

过去的缅共东北根据地存在了 21 年，除了年年战争和日益贫困，那个想象中的乌托邦美妙天堂梦境始终没有出现。如今，同样是 20 年，那个中国知青以热血拼搏却失落在异国丛林中的梦却神奇地一步步实现。"红飞蛾"们颔首庆幸，还能在有生之年看到曾为之奋斗的那个人间天堂梦终于显出雏形，他们由衷地为这里的人们祝福。

蓝天、白云、青山、绿水，金秋的缅东北，因脱离战争而新生的原始古老的金三角，今天的温馨景象，令"红飞蛾"们倍感和平发展的可贵，倍感仇视杀戮的可鄙，倍感战争暴力的恐怖，今是而昨非……

直面王曦

从网上对王曦有了一些了解之后，笔者通过朋友牵线，与《红飞蛾》系列作品的作者有了一番面对面的交流：

记者：你的"红飞蛾系列"作品结构宏大，内容丰富，《红飞蛾·萨尔温江绝唱》，作为你自传体长篇纪实四部系列小说"红飞蛾"的第一部，近期已付印出版，35 万字，正在网上热销。接下来你还将陆续推出哪些作品？

王曦：《红飞蛾·萨尔温江绝唱》，是我的自传体长篇纪实四部系列小说"红飞蛾"的第一部。即将出版的第二部《红飞蛾·浴血佤山（暂名）》，内容梗概为：中国知青王山所投身的缅共人民军五旅继续沿萨尔温江中下游向金三角丛林纵深挺进，与盘踞缅甸境内达20余年之久的国民党残军展开了一系列残酷厮杀，终结了蒋残军在缅甸境内"国中之国"的尴尬历史，中国知青为祖国的净土安边做出了特殊贡献。1973 年是缅共人民军成功开辟佤邦红色根据地，部队得到空前发展壮大的关键时期，在更为频繁惨烈的征战途中，也奏响了异乡浪子扑朔迷离的爱情浪漫曲。

第二大看点是：中断了 6 年的中缅两国外交关系重新恢复，当年恶化至敌对状态下产生的国际支左路线开始收敛，缅共队伍里的"国际支左"干部悉数撤回，然而，为数众多的包括中国知青在内的"裤脚兵"（志愿者），均被"支持世界革命、解放全人类"的始作俑者抛弃！无"娘"认领的弃儿们只能硬着头皮在异国丛林中为虚无缥缈的国际共产主义理想继续战斗。缅甸革命也由此开始变异，不得不沿袭丛林法则，向着各武装派别以毒养军的旁门左道滑落。

第三大看点是：在缅共队伍中功劳卓著、浑身伤痛的中国知青群体竟然遭到极"左"的缅共当局又一次大规模内部清洗，王山幸运地逃过此劫，并意想不到地被缅共作为坚定的精英骨干，选拔派往中国某军校学习……

在第二部之后，将继续推出已在网上小有披露的"红飞蛾"系列第三部《金三角畸恋》，第四部《国际悲歌》。完成这部史料性的长篇小说之后，还将把博客上已见雏形的其他作品精炼成书。

记者：在这部系列作品中，反映了你流落缅甸丛林的哪一段生活？

王曦：在这部自传体纪实作品中，以第一人称"我"出现的王山，是为"解放全人类"而献身的中国知青群体的典型，虽然"我"在15年严酷的丛林战争环境里有过成长历练过程中的无数曲折坎坷和种种困惑，有过不同时期不同境遇里对生命、爱情、理想、追求的心路历程，也曾无可避免地在毒雾重重的金三角染缸中浸泡，但"我"，这根知青流亡群体的脉搏，始终随深陷"文革"灾难的祖国一起跳动，并以炎黄子孙的骨质作支撑，以中华民族的道德传统、忠义良心为做人准绳，没有彻底沉沦歧途，而是在朝不保夕的危途中自强不息，饱蘸着一腔青春热血，在异国革命史上大书了雄实的一笔，演绎了一出东南亚丛林版的"罗宾汉""西班牙国际纵队"和"切·格瓦拉"的活剧。

记者：请概括地说说你写这部系列作品的目的。

王曦：我以暴力革命幸存者的责任感，完成了这部"中国知青与缅共一段鲜为人知的中国知青金三角流亡史"，翔实披露了缅共从轰轰烈烈的开始到无可奈何花落去的晚景及最后消亡的内幕，并且以主角"王山"和生死与共的战友惊险奇特的遭遇和命运沉浮为故事线索，再现了中国知青在艰苦卓绝的丛林革命中付出的巨大牺牲和对缅共兴衰成败所起的举足轻重的作用。在那片食人兽般的蛮荒雨林中，红飞蛾们的种种苦难，与死亡恐惧的长期较量，思想行为的坚定或变异，青春苦旅中缠绵悱恻的爱情，宛如一曲当年脍炙人口的"橄榄树"悲歌。尽管这是一段入不了红色正史的草根野史，但它却是一群共和国同龄人多舛命运的真实写照，是几亿人共同经历过的那场史无前例的运动中的一个侧面，是以阶级斗争为纲时代的畸形产物。我将这段史实付诸文字，目的无非就是以史为镜，以实佐史，给后人留下一点值得警示和参考的东西。

记者：你认为你所写的这个系列作品会产生什么社会意义？

王曦：本书是老知青打拼一生之后的呐喊，它不是知青命题的终结，也非绝唱，它只是抛砖引玉，相信会有更多在那段风云激荡的国际共运中演绎了精彩人生的知青战友的力作再现。正如《中国知青民间备忘文本》所说："我们这一代人应该抢救与还原的历史远比任何时期的历史更加深邃、凝重、复杂，更具有辽远的警示意义，更能留下无尽的思考与探索的空间，任何后人无以替代也不可能替代，更不应随着我们这一代人的消失而成为永远的流失。"

我认为这部作品是一首中国知青献身者的铁血悲歌，它有着飞蛾扑火的惨烈、壮士断腕的悲壮、鹰击长空的豪迈、玉石俱焚的悲哀！凸显出的是最具知青特征的奋发进取的精神主流。当年的我们没有物质生活可以追求，最向往的是"不为碌碌无为而痛苦，不为虚度年华而悔恨"的精神境界，如果我这个饱经沧桑的老知青晚年拙作能对后人起到一点积极作用的话，将是我最大的快慰。那些长眠异土的红飞蛾亡灵也会得到一丝安慰。

附录：

王曦现状：

关键词：王曦已成为中国知青加入缅共作战这一敏感话题的深度披露者。目前"红飞蛾"纪实文学系列作品在网上点击率已达80多万；王曦的写作引发了关注效应，迄今已有省内外四五家媒体采访过他，另还有若干媒体的采访预约。王曦最大的欣慰是代表"红飞蛾"们发出了最真实的声音，意在让历史的悲剧不再重复上演。

记者去采访王曦时，在一栋极陈旧的楼房里找到了他的居所，这是他两袖清风的离休老干部父亲去世时留下的唯一遗产——其父落实政策后所分得的 40 平米"老干"住房，也是昆明机床厂 20 世纪 80 年代最早试建的单元房。该房从外观看已属危房，原无厕所，后来经改造才加了卫生间。他父亲原为两航起义人员，新中国成立前即参加中共地下党，新中国成立后受到不公正的待遇，"文革"中噩运更加升级，一家老小三代被遣送到石屏老家农村，贫病交加，在死亡线上艰难挣扎了十余年。

迄今已年届 60 的王曦仍是无房户，父亲 80 年代末去世后，他就寄居在这一能让他和儿子共遮风雨的陋室；现已 80 岁高龄的老母亲（户主）则搬住到了王曦的哥哥病故后遗下的一套旧房中。王曦自嘲，他们家是以人口衰减的方式"改善"了居住条件。在记者看来，他的居所比露宿街头当然要好得多。

王曦 1985 年从缅共退伍回国曾分到过一间始建于新中国成立前的土平房，但在他 1992 年调离机床厂时便失去了这个蜗居。据他说：他新调往的官渡外贸公司因运作机制的不规范（国企改私营）和公司领导腐败无能而倒闭，致使公司职工居无寸地，老无所养。

在长期的商海沉浮中，王曦也曾拼搏过，但皆因改革开放初期不尽完善的市场经济秩序而落败。老实巴交的他倾其所有自筹资金办木材厂、开餐馆及至开出租车等，但仍不能改善生存状况，始终沉沦在社会底层。后他又靠帮叔叔、妹妹等亲戚朋友打工，苟延残喘，一直未申请令他感到耻辱的低保。但随着年纪越来越大，年老体衰，贫病交困，使他的生活和健康状态每况愈下，没有任何经济来源，他不得不黯然接受了母亲悄悄帮他办领的每月 280 元的低保补贴。而苦难并未向他止步，父辈受害的阴影和老知青命运怪圈似乎还在向他的后代延续，因经济窘迫和家庭破裂，儿子上学所经挫折，影响到就业，至今近 30 岁还无稳定的工作、收入，难以自立，这是让他更为忧心的。

物质上的捉襟见肘，没有使王曦的精神因之屡弱低落，把红飞蛾们多舛的命运故事付诸文学作品昭示于众，是他由来已久的创作欲望和动因，已成为一个心结。他在缅甸丛林即已打下腹稿，于是落魄中的他不惜孤注一掷，毅然拿起了笔，成为了他自嘲为"喝着稀饭写书的自由撰稿人"。

笔落稿纸，有血有泪，有声有色，他的激情一发而不可收，物质的贫困和精神的富有，形成极大反差。拖着饱受病痛折磨的丛林战争残躯，他完成了人生的又一次重大的角色转型，从少年书生—红卫兵小将—下乡知青—缅共军官—先进工人—溺水商人到草根作者，他每天都沉迷在创作的冥想中，"就是做梦都在想字里行间事"，这就是骨瘦如柴的王曦的现状。上百万字厚厚的 4 部红飞蛾系列鸿篇巨制，就在这样的状态下一字一句，天天增加……

幸运的是，极度困乏中的王曦，得到了曾一同出生入死的战友们和热心网友的倾情支持、资助，使他的作品最终能够付梓成书。

王曦的写作在全国引发了关注效应，迄今已有四五家省内外媒体采访过他，另还有若干媒体的采访预约。王曦自认为今天他所做的一切其实很简单明确也是他最大的欣慰，那就是：代表"红飞蛾"们发出了最真实的声音，意在让历史的悲剧不再重复上演。

（熊玲　张鲜）

美丽一回

眼皮泡得厉害，两眼角向下耷拉着。遇熟人总听到关切的问候：感冒啦？没睡好哇？我一摇头，对方就肯定地说："真的，眼皮又泡又单。"我半开玩笑回答："哪里，我是双眼皮的，内双。不信你从下往上看。"

一位朋友来看我，她精神得和过去判若两人。

"你怎么啦？"我在她脸上找答案。

"划了一刀。"她圆睁着还有点"夸张"的眼睛问我还可以吧。

当然，比原来那双看着要么睡不醒要么半睡着的泡眼，确实漂亮了许多。经朋友提议，我也决定去"美丽"一回。

天哪，躺在手术床上，你才知道这美丽要付出多大的代价。医生全不把你的眼皮当成娘生肉长的。她用圆规样的东西，在眼皮上量来画去，找半径画半圆，一根针头挑起眼皮局部麻醉，钻心地疼。眼皮本能地防御，硬得针水都推不进去，好不容易麻醉药起作用了，一男一女医生开始手术。嚓地一刀，划开一道口。眼皮上宛若开了一条小沟，一把剪刀顺着沟边把多余的眼皮修理掉。多了，剪掉点，不整齐，再修点。他们有点像修剪衣服的毛边。缝针时，女医生接过针。"这么粗啊，会把眼皮带破的。"吱地一针，我尖叫起来。"奇怪，怎么麻药没用了。"男医生解释："这批麻药要退货，是那个女的送来的，不过有正规厂家的商标。"女医生手有点打颤。"真可恶，麻醉药也有伪劣产品。"我像头任人宰割的羔羊，心中叫苦不迭，但不敢吱声也不敢动，生怕惹恼了医生变成斜眼、吊角眼或三角眼。医生边滴麻药边缝针，左眼的小沟还未开出，右眼的麻醉药已荡然无存。泪如泉涌，医生提两块纱布，一块止血，一块揩泪。熬到一声解放号令，刚要一骨碌爬起来，女医生手一按："慢着，不相称，右眼再剪点皮。"于是拆线缝针上麻药。最后两针，医生让我忍着点，麻药上多了眼睛肿得厉害。"百年大计，质量第一。"为了眼睛永远美丽，我挺过来了。

眼睛变成啥样我不敢看，只记得第一次摘下墨镜，办公桌对面的小陈哇的一声，趴在桌上半个小时没抬起头来。终于面对镜子了，眼皮双得有模有样，眼睛大了，精神了，人也显得年轻干练。

美丽一回付出了痛苦的代价，但值得。自己清爽了许多，似乎环境和生活也因此美好起来。若有女士生有和我一样的泡眼皮，一定得挑个好医院，还是值得如此这般地去痛苦一回，也美丽一回。

转运铃

　　一个雨后放晴的下午，一群朋友邀我去登鸣凤山金殿，朋友们兴趣盎然，谈笑之间便把漫长的台阶抛在身后。我因心事沉重脚亦沉重，远远地掉在后面。

　　生活中人要不顺起来，喝凉水也塞牙。从九月十八日那天开始，一个月内，我骑车摔跤；打球扭脚；裤兜里揣着几张票子，自己掏手绢也不知把它带到了哪个角落；咬咬牙给女儿买双价钱挺贵的过冬皮鞋，却遗忘在公共汽车上。俗话说事不过三，到我头上却接二连三。每天临睡撕块红纸蘸点唾沫贴在惊跳不止的眼皮上，可倒运的事就像路灯下自己的影子，怎么甩也甩不脱。

　　金殿是昆明市重点文物保护单位，它所在的鸣凤山是座道家名山，道家的老祖宗"老子"最爱说什么——物极必反。道家的后人根据这一思想，在修建金殿时，便在四根铜柱子上悬挂了四个可以转去又转来、变化转运的铃铛。奔金殿而来，就冲着这转运铃。

　　下山了，心仍拴在那铜铃上。身后传来悠悠笛声，恍如仙人飘至鸣凤山在空中奏响的仙乐。笛声越来越响，朋友把笛子凑到我的身边，才把我的思绪拉回到现实中来。此刻眼前一亮，突然悟出：走运和倒运实际上仅是一念之差，遇到一丁点事情，就抱怨运气不好，疑神疑鬼，心神不定，摔烂盘子打烂碗的事自然老缠着你。如能超脱一些，凡事都看作人生插曲，发生的就让它发生，过去的就让它过去。

　　下到山脚，再回头看那铜房子前的转运铃，我把它转个方向，风儿会不会又把它转回原来的地方？

走出土林

沿着两百万年前的古河床走进土林。

土林位于云南元谋，是一个土垒成的森林王国。这里四面环山，气温出奇的高，灼热的河沙烤着脚底，火球般的烈日晒着头顶，乘成昆线列车赶到这里，呈现在眼前的是一派古朴壮观的景色。红色褐色灰蓝色的土壤，有凸有凹，自然形成"拱形的门廊"、"巨大的圆柱""高大的铁窗"。

高高矗立着的土柱像利剑像灯塔，连成一片，幻变成古罗马城堡。观赏之余，闭目想象，恺撒曾在这里阅兵，斯巴达克斯的起义军曾在这里鏖战。侧耳聆听，还闻到遥远的马嘶鼓响和金属碰撞的铿锵，铿锵的声音还让人产生另外一种感觉，以为听到了170万年前华夏民族的祖先——元谋猿人正用石斧耕作。土林的半山腰上，那些或明或暗的洞穴，想必就是祖先的部落。

游览原始的土林，如同在看一部古老的历史画卷，一种苍凉，一种凝重，在让你产生寻根渴望的同时，对它的现在也会做出思考。

土林古老，它有中国最早的猿人牙齿做证，但它没有文字记载，也没有留下神话或传说。只有傲然屹立的土的英姿，默默地述说着由游人自己猜想的故事。在这里，大自然几次改变了容貌，人类顽强地生存下来。遗憾的是，如今这块土地上的人仍然和土林一样"质朴"。清晨，他们从客车站把乘客扶上马，沿着普登河走到土林，单边赚6元钱。而偌大的土林，竟没有一个摊点卖食物或水，更谈不上出售土特产品和工艺品。除种田外，他们把祖辈就会使用的马当作唯一的摇钱树，一步一个脚印，走进土林——走出土林。

我们挺神气挺威风地骑在马上，我指着房屋的基石对马主人说："大大小小的石头都被磨成圆滑的鹅卵石了，你们还是这么实在。不会多想点赚钱的办法吗？"马主人咧开厚厚的嘴唇，真诚地笑着说："赶马已经是赚大钱的生意喽！"

古老，像框架般束缚着人们的头脑。神秘美丽的土林，可以和路南石林、陆良彩色沙林并驾齐驱。可实际上它的知名度却很低，这是元谋人自己的责任。土林特殊的地质构造，罕见的土地造型，极富特点的蛮荒，和它是中国人类的"根"源，本身就是极有价值的一块宝。另外，得天独厚的地理环境使这里成为云南省最大的冬季蔬菜生产基地。早春二月，红的番茄绿的豆角紫的茄子缀满枝头，可忙碌着的贩菜人尽是南腔北调的外地人。元谋人似乎还未意识到自己也可以把新鲜菜运到北京、香港、莫斯科，还可以在菜筐子上贴上土林的画像和祖先化石的彩照……没想到的事太多了，就连唯一的窗口——元谋火车站，候车室里镶嵌着的也是人家广西的桂林山水图。

元谋人何时才能从古老的"土林"中走出来？

斗 牛

斗牛，是彝族盛大节日"火把节"的一项内容。居住在路南石林的彝族撒尼人户户养牛，平时牛耕田种地，节日就上赛场角斗。

今年火把节，我们专程去看斗牛。一下车，就见长湖像位酣睡着的撒尼姑娘，美丽恬静。湖畔，痴情守候着姑娘醒来的撒尼小伙，已经化身为漫山遍野的青松。蓝天白云，青山绿水，静静的山谷，让人怎么也想不到，一场殊死相拼的斗牛比赛，已经隐藏在寂静之中。

呜……浑厚的"过山号"惊醒了沉睡的长湖，斗牛比赛宣告开始，整个山谷沸腾了，山坡上、松树下、草丛中，一头头瞪着浑圆眼睛的黄牛、水牛随着主人雄赳赳地走进斗牛场。和谁斗？——谁不顺眼和谁斗。牛走来走去寻找着对手，一确定目标，便四肢站立不动，主人放开缰绳，两头牛立刻头对头角对角，短兵相接，拼个你死我活。也有那不讲礼节的仗着个头大，开场白一概不要，斜刺里冲过去，撞得对方只有招架之功，三顶两撞便落荒而逃。偷袭者得了便宜还穷追不舍，这一来，斗牛场就出现最惊心动魄的场面：牛从比赛的洼地冲向被十几万人围得水泄不通的山坡，牛往哪里逃，哪里就迅速闪出一条路，躲不及的，有的被牛脚踩了肚子，有的被牛头顶着凌空飞起。当数万张大张着的嘴，"妈"还未喊出口，觉得格外刺激的观众又挤成一锅稀粥。

牛的竞技实际上是人的竞技。有性急的牛还未入场就瞄好了目标，主人悄悄用棍子往牛屁股眼一戳，牛便直挺挺地冲过来，硬邦邦的牛角撞得山响。这样的开场，一般都是鏖战。也有声音大胆子小的牛，昂头挺胸叫个不停，一副恨不得马上使出浑身功夫的样子，可对方才冲过来，还未碰着一根牛毛，便吓得扭头就逃，这种牛让主人羞愧得无地自容。不过也有让牛羞愧的人，一头凶猛的黄牛，被奸诈的主人削尖了牛角，几个回合它就赢了，但赢得很不光彩，对手的头上脖子上有几个伤口血流如注。这头牛被交给裁判仲裁，眨巴着眼睛忍受人们的指指点点。

牛的光荣也是人的光荣。两位穿着簇新麻布马甲的撒尼汉子喜气洋洋地牵着牛出来了。这两头牛身经百战，分别是维则和圭山的冠军。比赛的信号发出之后，它俩不急于开战，各自到赛场角特备的泥潭内纳凉，裹一身红泥，披层盔甲，才走到场子中间，像撒尼摔跤手一样，先低头致敬，然后后退两步，绕着圆圈踱步。各自把头偏向一边，尽量装作若无其事的样子，耳朵却竖得笔直，聆听着对方的动静伺机进攻。这两头牛从下午斗到黄昏，飞扬的红土像翻滚的浪头，时而涌上山坡，时而滚下洼地。只见一方失前蹄跪倒在地，另一方被用角挑起前脚凌空。当晚霞辉映长湖的时候，两冠军牛腿已打颤，身上的红泥盔甲块块剥落，可胜负还未见分晓。非常遗憾，限于时间，总指挥只得宣布："冠军由抓阄决定。"

　　牛的成就是人用心血浇铸的。好的斗牛，火把节前数月，就喂稀饭，养得毛光水滑膘肥体壮。牛夺得冠军，是全村人的荣耀，冠军牛悠闲地甩着尾巴，和着大三弦咚咚的旋律和阿细跳月的舞步走在最前面，全村的伙子汉子挑着牛奖得的彩电说着笑着踏上归途；另外的一头牛非常懊丧，也许它在想，它还有许多技巧、力气未用完，拼斗还未到最后，牛的命运凭什么要让人靠碰运气来决定？

李建云和她的蝴蝶画

云南蝴蝶工艺美术公司内，陈列着一帧帧精美的蝴蝶画卡片，这是云南洗衣机厂宣传干部李建云的作品。蝴蝶，可爱的小精灵，美丽的蝶翅，被李建云巧夺天工，粘贴出或清丽淡雅或鲜活灵动或气质高贵的美女图。

今年春天，昆明市成立了首家蝴蝶公司，经理张庆华一天回家时带回一盒蝴蝶，请妻子李建云做个尝试。没想到李建云一粘就成。第一件作品拿到蝴蝶公司，引来连声赞叹，连动物研究所一位多年从事蝴蝶画创作的老先生，也直夸她的人物画协调、新颖。

实际上，李建云是多年积累一触即发。她上幼儿园就爱画画跳舞。成年后热衷于服装设计。做蝴蝶画，使她的艺术才能得到充分发挥，再加上自学考试拿了个哲学专业文凭，凡事注重挖本质。做蝴蝶画，也注重表现人物的内在气质。

瞧！这幅欧洲贵妇人肖像，两叶不经修剪的蝶翅倒贴在胸部，锯齿形的翅边，刚好衬托出高耸的乳峰。一条黑底白点的翅羽，斜插在帽子上，可谓点睛之笔，显示出贵妇人的雍容华贵。题名《奔》的蝴蝶画全部用玉色的蝴蝶粘贴。一位傣族少女轻舒双臂面向远方，裙裾飘逸充满动感，带给人无限的遐想。再看杨丽萍的"雀之灵"造型，那是一个春风习习的夜晚，李建云看省歌舞团的演出归来，灵感大发，取出蝴蝶、乳胶、底卡，在客厅里边舞边贴，找到感觉，便让舞蹈那一瞬间的动作在脑中定格，五只蝴蝶翅膀巧妙地粘贴，仰头，挺胸，双膝前拱，屁股后撅，傣家姑娘优美的曲线，通过蝴蝶翅膀的横摆竖放，形象逼真地表现出来。蝴蝶世界千姿百态，找不出两只完全相同的蝴蝶，蝴蝶画也因此而绚丽多彩。李建云创作的第一批近百件蝴蝶画已经蝴蝶公司售出，一些作品作为礼品送给国际友人联谊会。作为昆明市目前唯一一个制作人物蝴蝶画的作者，她又尝试着用整只蝴蝶粘贴或创作人物组画，八小时外，她寄情于蝴蝶世界，让一只只可爱的小精灵复活，重造生命，展现人体优美的曲线。

单身小屋

萍离婚六七年了，胯下总蹬辆单车，像片云飘来飘去。见面就匆忙说句："来家玩。"家，她一个人的家是个什么样？

一个黄昏，丈夫和我，还有朋友宏走进萍的家，一厨一卧，虽小，但达到做人家的基本要求。小床、柜子、椅子全都为一，外加一套豪华的组合音响和一台缝纫机。萍是个油漆工，她认为刷油漆与画油画有许多共同之处。她把屋子当成画布，按照自己的心意，厨房从天到地一律涂上淡黄色。稚嫩的淡黄，像刚出壳的小鸡。她说，这样随时可以感受新的生命。卧室的墙壁被涂成粉红色，这本是一种令男人的灵魂躁动不安的颜色，可这里没有男人，只她自己。她说："我经常在粉红色中忧郁，忧郁也是种享受。"有时，她把音响开得大大的，让乐曲在屋里反弹、碰撞。音乐包围了人和烦恼，一切都丢失在音乐之中。

我们站着打量小屋，站着评头论足，因没有椅子，只能像开招待会般站着。萍从柜子里掏出一堆毛线，这是她在静静的夜晚，用巧手编织七彩生活的材料。她把线塞进塑料袋，让我们坐在特殊的沙发上。

萍把一套精致的，上着彩釉的茶具放在唯一的椅子上请我们品茶。她还未吃饭，忙着煎鱼炒小瓜丝，煮菠菜豆腐汤。我把一盘激光唱碟塞进唱机，低沉的萨克斯管舒缓地奏起一曲外国乐曲。乐曲撩拨得人心绪波动，年轻的宏说："有个家真好。"是啊，家对于人太重要了，不管是由血缘关系或配偶组成，还是自成一体的家，人都得有个家。在外面苦了、累了、受伤了就缩回窝里，休养生息，舔干伤口。萍有这样的地方，而且活得有滋有味。

我和萍年轻时就是好朋友。那时，我们爱坐在地上聊天。今晚席地而坐，自然想起年轻的时候。我们谈到恋爱、结婚及爱情的结晶。岁月的变化往往出现让人意料不到的事情，萍后来离了婚，不管是什么原因，感情上经历了许多痛苦，生活也受了诸多磨难。儿子判给对方，但永远是她的儿子，她辅导做作业，织毛衣买衣服，带儿子上公园。她很苦，但她没有丢失自己。一头飘逸的秀发，依然苗条充满活力的身材和单身小屋说明了一切。

老　撅

老撅不是人名，是种姿势。脖子往前伸，两手支在膝盖上，臀部自然往后撅起。

老撅的由来，得从路口那个百货铁皮棚说起。原来生意冷清，棚子丝毫不起眼。有一日突然换了店主，一位胖太太笑眯眯打开店门，她的瘦高的老头搬出一个棋盘，哗的一声，摊开一副象棋。于是，就有了当头炮拿马跳的叫声，有了弯膝、探头、撅屁股的姿势及老撅的雅号。

让人狂欢让人吐血的棋局都载入铁皮棚棋史。老李头和小刘的鏖战至今还让人咀嚼不止。从中午到黄昏，金色的阳光给两位坚韧的主将披上盔甲，撅队从两排横队变为一个圆圈又成为两个伞形。观战、助战，嘿！不如直接参战，粗的细的手臂，从伸长的脖子中间插下去，挪动棋子。拱兵过河，卧槽将军，丢车保帅……随喊声不小心飞起的唾液，在阳光的折射下，不时形成好看的七色彩练。两个伞形忽而扩大忽而缩小。啊，欢呼。"一把伞"凌空跳起。噢，长叹。"一把伞"矮了半截。结局，老李头的半壁江山，光溜溜的，仅剩一个老帅。

"毛毛吃饭喽……"李家媳妇不好意思直呼夫名，绕着圆圈小声呼唤，老撅们闪开一条缝，走出的男人满面怒容："你一个人吃不来饭呀？"身一转，又摆出练了几个月的姿势。

都说象棋比围棋不够高雅，比麻将缺乏刺激。可铁皮棚旁的象棋摊，撑雨伞的，抱热水袋的，扇蒲扇的，自拎水壶慢慢喝的，从早到晚，一年四季，如此这般地热闹着。

棋嘛哪儿都能下，可你得去串门去邀友，未下棋先接受"猫眼"的窥视。俱乐部内，不准抽烟、喧哗，还有时间限制。这里想来就来，想走就走，自便。上班遇到气不顺，家里遭另一白眼，就跑到这大骂"臭棋"。寂寞了孤单了站到这一弯一伸，张嘴就和旁边的那个"头"闲聊，他听也罢不听也罢，棋高一着犹如泰山压顶，这就是道理。

人是社会的人，从祖先始就渴望群体。一个人清静多了，免不了自己跟自己过不去。要不然，看电视与看电影，乘公共车与打的士，单打独斗和当老撅，感觉怎么会不一样。原因——人就喜欢到群体中去找自己。

铁皮棚搭起偏厦，红白光亮的胖太太招呼着打酒买烟回传呼。瘦老头摆出一个更大的棋盘，大概这里的棋赛永远不会结束。

与洋芋有关的青春岁月

洋芋丰收了，个大得骇人，一窝能挖六七斤，得立马挖出来，否则就被雨水糟在地里。厂党委决定，抽调一批人增援农场。"你你，还有你抽调出来。""为哪样是我们？"胆大的鲜儿大声地问车间主任。"因为，因为"，高水平的车间主任说："世界是你们的，也是我们的，但归根结底是你们的，你们青年人朝气蓬勃，希望寄托在你们身上。"

希望在田野上。不等到八九点，七点半吃完洋芋煮稀饭就去出工了。真丰产啊，一锄头挖下去，朝自己的脚一斜拉，一堆洋芋就现世了。椭的、圆的、紫的、白的，挖不完数不尽的。洋芋，爱得让人忘记腰酸臂疼，手掌起血泡了，缠上纱布，包块手帕继续挖。每挥一锄，心中自问：我们有愚公移山苦吗？这种精神感动得老天一直在落泪（这还不是自己的洋芋）。

"鲜儿，你喜欢吃什么洋芋？"

"红烧肉焖洋芋，红烧肉的油，渗进洋芋里，颜色也变得和红烧肉一样，又沙、又面、又香，过瘾。"

"小雪，你呢？"

"我爱吃酸菜洋芋汤，但必须是水腌菜，丘北辣椒腌的，又红又辣，还一定要加猪油……"

中午饭食堂基本是酸菜炒洋芋，腌菜黄叽叽的，辣子少而不红，该死的厨房也不削皮，皮吊叮当的，别说猪油炒，香油也是意思一下，清汤寡水的。吃的差也没关系啊，鲜儿和小雪还是挺喜欢这个农场的。根据"备战备荒为人民"的指示，工厂办农场，昆明机床厂的农场办在阿子营，一所四合院，进大门，左拐宿舍，直角宿舍，对面食堂。进大门右拐，柴堆、厕所，直角猪圈、马圈，对面仓库。最让人高兴的是院中间修了块篮球场。放下碗，鲜儿和小雪，换上天蓝色的腈纶短袖运动衫，白力士球鞋，像真正的运动员一样，压腿、扭腰后，练上三步篮。一、二、三，尽量照着本厂球星"香港"指导的第三步，双脚并拢起跳，右手伸直，手掌朝上一端。事与愿违，往往手还未伸平，人已经落在地上。饼干高的弹跳还想上端篮。"大皮鞋"带着一拨男青工在球场边冷嘲。"管得着吗，我喜欢。"小雪把两条小辫甩得像拨浪鼓一样，接着大眼睛朝天一翻，然后，练传球，一左一右，奔跑着传，而且不时模仿本厂女篮后卫高师空中劈叉传球的动作，引来掌声阵阵，但是还是听到那个可恶的什么建生说："两个都是小腿只有一拃半长，再练也莫想进厂女篮。"管他呢，自己的爱好，自己想锻炼，高兴就好。交叉带着球回府午休。下午，挖洋芋，装筐，装车，晚餐吃真正的干焙洋芋丝，基本无油，"特级厨师"干焙出来的。

农场后面有一座石崖，石崖下流出清清的泉水。鲜儿和女青工们喜欢在傍晚时，端着搪瓷盆，抢先占领，用春城皂洗净衣服铺在石头上，再洗脸，遮盖着擦身，洗头发。把瀑布似的头发随意披在身后（只有洗完头后才能有这种发型，平时不扎不编，人家会说：披头散发，哪像姑娘家）。爬上石崖，一天中最快乐的时候到了，山谷放歌，看着月亮，就唱：月亮在白莲花般的云朵里穿行……看着星星就唱：抬头看见了北斗星，心中想念毛泽东……看见农场里的灯光就唱：八角楼的灯光，是黎明的曙光，我们的毛委员，在灯下写文章……对了，该写文章了，歌声、脸盆的哐当声，杂响着回到院子里。关上门，从床下人造皮革行李包里拿出珍贵的《德伯家的苔丝》《马克思传》夜读，每读一章，还做读书笔记："他背五个姑娘过河，为的是背最后的一个苔丝。"我决不当前五个，因为，他背的时候，心里或许在骂：这个女人有猪重。读《马克思传》，最喜欢朗诵《我用歌声问燕妮》，多美的诗句，伟人马克思，多么重情。

熄灯号从农场的一角传来，是一个长住农场的老转吹的，你要不熄灯，他就像连长般地来敲门下命令。关了灯，黑暗中我悄悄问："和平、小雪，饿吗？"饿，没肉少油的日子，吃一大海碗饭也支撑不到天亮。熄灯后，我们四人蹑手蹑脚地摸进一间男生宿舍，男青工姓撒，清真得很，累得半死，也要坚持单独开火。那时，回族供油比汉族多，每月得香油五两，他挺舍得地在锅里倒了一小摊油，双手端着锅熟练地一旋转，锅底全有油了，倒进刮了皮的、白生生的、圆个的洋芋，加水盖盖。三根柴互架着火苗忽上忽下地蹿着，滋滋滋有响声了，慢慢地香气从锅盖的缝里溢出来，"熟了！""不熟，"小撒坚定地说。"熟了！"女孩们一起嚷。"不熟！"小撒用手压住锅盖，"哪个敢动！""你这朵憨菌、撒哥哥、傻哥哥。"终于软硬兼施地揭开锅盖，油汪汪、黄生生的洋芋，那个香啊，那个烫啊，从左手掂到右手，右手再到左手，几十个来回，才到嘴边。"你们一天三顿洋芋都吃不怕啊，晚上还来我这儿吃。才十天，我都到厨房买了四回了。""啊？买，天下第一大憨包，挖洋芋的人还买洋芋？""那是公家的。"仗着干部子女的身份，仗着在军营长大练就的胆子，鲜儿、小雪趁夜幕掩护，潜伏进马圈楼上，在山一样的洋芋堆边，随便扒了扒，随便拿了拿，也就五六趟，小撒的屋角堆起了小山丘。

五个姑娘吃了，挖了，一个月满了，把换洗衣服用绳带捆起来，人造革旅行包还塞进洋芋，上车前，连洋芋带人磅秤上一站，八十公斤。七十年代阿子营农场的那一个月，自己留下欢乐、收获，别人留下了暗恋、惆怅。洋芋和青春，一并载进了小青工的生命史册。

竹风亭记

　　"竹风亭"让人闻名就联想起淡雅清美的水墨画，其实是郑光甫先生的书斋。郑光甫，何许人也？他出身于书香门第，父亲郑谦是社科院的汉语言文学教授，母亲是中学美术教师，自幼耳濡目染，清瘦小巧的他养成一身文人气，练就一手妙文章。知青返城后当了教师，后调到《昆明机床》报任编辑，没想到刚退休就因病撒手人寰。

　　两年前，郑老师留在我办公室桌上一封信和一篇题为"我用我的杯子喝水"的文章，说他的《哲理管窥录》将以此文命名，特邀几位文友撰文，汇集进该书中。

　　杯子里装的都是水吗？请看郑老师桌上的杯子，茶叶漫到杯颈，再名优的绿茶也甭想看到茶叶在杯中徐徐下沉、缓缓升起、翩翩起舞。一是因为白色玻璃杯变成咖啡色，二是八分茶叶两分水，茶汤都要嘬着喝。"水少茶多"是郑老师独特的泡茶方法，也是他这人满腹经纶、做人做学问满打满实、货足水分少的真实写照。

　　知识如涓涓细流从书海中流来，在老式青砖楼的一间二十多平米的小屋里，凡有墙的地方，从地到天都排列着书、摞着书、垒着书，一张双人床，也学习毛主席的风范，半边床堆着书。窗前一书案，笔墨纸砚，还有一盆翠绿的文竹。值得一提的是唯一的窗子，严格地说是窗框，因为变形厉害，两扇窗子从未合拢过，文竹和主人，寒来暑往，迎接着暖暖春风、习习夏风、瑟瑟秋风和猎猎寒风。尽管春风裹着风沙，夏风卷进蚊虫，秋风夹带雨水，刺骨的寒风逼着小电炉白天黑夜亮得通红，但也只能火烤前胸暖，风吹背后寒。

　　古人归有光把自家的陋室取名为"项脊轩"，郑老师也把自己的小屋，潇潇洒洒地命名为"竹风亭"。亭子虽小，照样地朝起夕落，照样地捧书著文。抽着两头都可点火、两头都能冒烟的春城牌，美滋滋地当着书痴、书虫、书呆子。

　　爱书——他说："书在家里，家在书里，家若无书，灵魂无家可归。"

　　藏书——他说："来自天南地北的书在我的书架上相依相偎，与我共同组成一个和谐的大家庭，莫非有缘。"

　　读书——他说："空空洞洞地走进去，饱饱满满地走出来，这大概就是开卷有益吧。"

　　用书——他说："既要将书读薄，又要将书读厚，由厚到薄是提纲挈领，由薄到厚是举一反三。"

　　曾经多次竹风亭出现过险情，不是地震，也没有电闪雷鸣，是郑老师没有码砖的基本功，力学学得不好，书山坍塌了，犹如山崩地裂，啪啪连响，纸订的书倒摔不坏，惨的是书的主人，被自己的书埋了。左扒拉，右挣扎，终于从《莎士比亚全集》堆中露出一双大眼睛，还没有来得及把《莫里哀喜剧集》从一年四季都捂着棉毛裤的腿上卸掉，突然眼前一亮，抓住眼前的《周易》就势读了一上午。

　　对人间烟火的事，他知道得很少很少，在书里他悟出了很多很多。一个智者走出书中，又走进人海，以独到的眼光，从小到大，写出平常中蕴含着哲理的一百多篇文章。昆机报的《哲理管窥录》栏目形成系列，《中国机电报》《春城晚报》作过刊登，电视台拍了专题，《哲理管窥录》在昆明机床厂家喻户晓，启示着每一个读者的心灵。

　　茶满了，水少了，风停了，人去了，竹子还在，求知的渴望和蜡烛的精神还在。作为曾经的同事、永远的朋友，将把竹子的高风亮节作为永远追求的目标，把"竹风亭"留在心中，深深怀念。

生命的节奏

徐老大步履蹒跚从车间办公室走出来，徒弟们哗地围拢来，看见了徐老大手中紧紧攥着一纸退休通知书。

徐老大庄严凝重地把小铁锤、铁钳一一擦得锃亮，把用了三十八年的铁钳按大小号依次分给大徒弟、二徒弟……最后用"心"听了一阵汽锤打击的声音，才迟缓地抱起靠在工具箱上的水烟筒，一步三回头地走出了车间。

退休刚半个月，徐老大就生了一种怪病，看见食物就心翻。在老伴的逼迫下，一天勉强咽下一小碗饭。吃不下就多睡睡吧。可他总觉得床上有数不清的小刺会扎身，每天天擦黑上床折腾到天发白，也毫无睡意。儿子为他买来日本进口的手竿、海竿全套渔具。可他看都不要看，任它们懒洋洋地睡在组合柜顶上。孙女慷慨地把迪斯科磁带借给他，并愿亲自任教。可他说："你要再放那声音，我就把电线都剪断。"徐老大得的哪样病，医生查不出，家人干着急。实际上"病根"徐老大心中有底。

有一天风和日丽，徐老大那张被炉火熏成古铜色的脸打退休后第一次多云转晴。才四点钟，他就催促老伴做饭，还帮着拣韭菜，剥大蒜，像饿久了的孩子巴不得一口吃上热稀饭。碗一摆，一抹嘴，他对老伴说了一句在这种时候重复过几千遍的话"我上夜班去了"。他毅然抱起水烟筒出了门，全然不顾盯在后脑勺上的那些疑惑的目光。

离锻压车间近了，汽锤声如鼓震撼着徐老大的心。他踩着刚劲有力的节奏，咚咚咚地走进车间。"徒儿们，我回来啦。""师傅，您咋个不在家休息？"徐老大笑而不答。他熟练地捅捅火，眯着一只眼瞅瞅火候，把茶缸汲满水放在炉边，才笑眯眯地抱起水烟筒蹲到一旁心里琢磨："徒儿们遇着难题，我这不就可以现场断案呢。"

每天，徐老大和上二班的工人们一道走进车间，顺序做完"准备动作"，就悠然地抱着水烟筒蹲到一旁。看着蹿动的火苗，喝着嘶嘶作响滚烫的茶水，听着锻锤打击金属的铿锵声，徐老大身心无比舒畅。生命中有这些东西，就是幸福，就有快感。

冬去春来，新的徒弟又来了。炉旁几名刚长胡须的小铁匠，他们以新奇的目光审视着徐老头，并小声问师兄弟："汽锤旁边的这位白胡子老爹是谁呀？"老爹笑而不答，咕嘟咕嘟地抽着水烟筒，只是在紧要时站起来拨拨炉火、翻翻烧红的工件，用娴熟的动作点拨着这些徒孙。

　　一天，月亮刚刚爬上树梢，车间里炉火熊熊。铿锵、铿锵，在壮丽的钢铁交响乐中，一个小徒孙突然发现白胡子老爹的水烟筒从他手中滑落了，烟锅水淌了一地。白胡子老爹靠着工具箱，面对炉火，安详地永远睡着了。他的嘴微张着，看口形，他正和着汽锤的打击声念着最后一个"咚"字，其生命的节奏和打铁的节奏，完美地永远地融为一体。

武装泅渡一小兵

六月的海埂天蓝水碧，清一色的柳树卷曲着叶子，懒洋洋地迎接着波浪的拍击。树上知了叫着，树荫下，热闹地聚集着参加纪念"毛主席畅游长江"前来训练的工人民兵。1967 年 7 月 16 日毛主席畅游长江，从那以后许多城市都举行纪念活动。

海埂有两条伸进滇池的水泥板横堤，两堤之间有四百米，参加横渡滇池的资格测验，就是从此堤游到彼堤。"十人一组，自由组合，不规定入水动作，不计时间。"厂武装部长高声宣布。于是，胆小的顺梯下到水中等

武装泅渡前留影

着，胆大的在堤上压腿甩胳膊等着跳水。嘟……一声哨响，往前扒的，水花溅起丈把高的，五花八门，我们笑得捂着肚子。敢不敢跳水？几位厂足球队的用挑衅的口气邀我们在一组。哪个怕哪个。我们几位去年底进厂（1970 年），今年刚当民兵的小女子答应下来。哨音一响，他几位，张开双臂身子前倾，起跳后双脚并拢往上一收，打开腿时一个前翻入水。好弹跳好腹肌，漂亮的春燕带卷。我们后退几步，噔噔噔助跑，打开双臂纵身一跳，空中收手并拢插入水中——"春燕展翅"——"好！"一片叫好声。一位外号叫老倌的说，腹肌差点，腾飞不起来，但小燕展翅还是像模像样的。走哇，走哇！你追我赶，水中立刻浪花飞溅。渐渐地许多人被甩在身后，小姑娘，咋个这么厉害？——本姑娘自幼长在水库边，去年就参加过红卫兵方队。边游边吹，四百米一会儿就到了，测验通过了，正式成为武装泅渡的一名小兵。

武装泅渡其实一点儿也不好玩，一只塑料方桶绑在腰上，第一排的桶上还要加一支

三八大盖步枪。听口令，齐步走。齐刷刷地迈进滇池，喊停就停止，喊走就走，喊游就游，不能自由做动作。痛苦啊，你不能掬一捧水拍拍胸脯，拍拍额头，适应适应，降下体温；而是一步步地向深处走去，颇像八女投江，直到水没脖子。向右转，预备游。横排，直排对齐，为了队形缓慢地游着，多亏背着塑料桶，浮力十足，否则，即使是机器人靠踩水也得累得半死。1200米的水路要游一个半小时。泡得上岸后，嘴皮发紫手指起皱。但一个月的训练还是练出了好身体和铁的纪律。为什么不好玩儿还要争取去？一是可以脱产不苦工时；二是在工厂里每个月仅四张甲菜票的供应，参加游泳队天天中午红烧肉、回锅肉、炒剁肉换着吃；三是每天等车的五点前，可以打扑克，在"笨鸟"的脸上用唾沫贴满小纸条。逢天下大雨，还可以一人站在堤上朗诵："在茫茫大海的上空，风儿在搜集着阴云，在阴云和海的中间，白茫茫地掠过一群海燕……让暴风雨来得更猛烈些吧。"好玩儿的事情多着呢。

"七·一六"正式到了，车子停在七公里就下车跑步入场。海埂上空飘着彩色气球，柳树上都插着红旗。大喇叭里一遍一遍播放"大海航行靠舵手，万物生长靠太阳，雨露滋润禾苗壮，干革命……"十点正，省市领导讲话，接着水上总指挥宣布，纪念毛主席横渡长江，昆明市武装泅渡滇池现在开始。砰！砰！砰！三发信号弹拖着蓝色的尾巴升到滇池上空。最前面的解放军方队推着毛主席的巨幅画像，整齐地喊着一、二、三、四。前进，前进，前进。经过检阅台前就唱——革命军人个个要牢记，三大纪律八项注意……工人民兵队伍就唱——咱们工人有力量，每天每日工作忙……农民民兵队伍就唱——公社是棵常青藤，社员都是藤上的瓜……整个过程不断喊口号——下定决心，不怕牺牲，排除万难，去争取胜利。在"万里长江波涛滚，江中升起红日一轮"的歌声中，滇池泅渡胜利结束。

从1970到1977年，我作为一名小兵，都参加了纪念毛主席畅游长江的活动，接受过好多次领导的检阅，春城人民的观礼，成为生命中的一段历程。1976年时还和横队左侧的男民兵谈起水上恋爱，1977年夫妻双双又参加了泅渡活动，1978年女儿出世，起名"海礁"。有了那几年训练打下的基础，一件游泳衣便伴随我的足迹，游过澜沧江、金沙江、梅子湖、东海、南海、渤海，和水结下不解之缘。

生命中有了当民兵的历史，一辈子都不会后悔。

秋风阵阵

　　高原风大，高原风猛。在秋老虎肆虐的季节，哪怕太阳像火球，火辣辣地叮人，但只要打开门窗，迎风而站，你就会感觉外面吹来的风真爽。

　　南蛮风的二亩地，十月里风摇沉甸甸的谷穗、果枝。增添了一起欢庆丰收季节的朋友：阿威是一名高级工程师，在和我们交换文章阅读，一篇细腻柔美的散文《短暂的绚烂惊鸿的一瞥》，感叹樱花来去如风，生命短暂绚烂得让人心碎，惊鸿一瞥的美丽没有一朵有结果的时候。让我们在赞叹生命的短暂、樱花的美丽时，也赞叹文章的美丽。杨舒雅的《七月半纪事》用深沉的文字纪念母亲，使人读后深思。杨鸿翔的《母亲的毕业纪念册》写出了母亲的精神影响了后代的一生，纪念册中"湖上匆匆人"的题词，描述得何等淋漓尽致，让人去体会生活的真谛。熊玲的文章大气，用词独到准确，如描写杨丽萍翩然回昆。"翩然"一词，既准确，又形象。我们在聊《射雕英雄传》时，认为多个版本，就第一版，翁美玲版的最好，后来版的只有一个角色"梅超风"杨丽萍演的，世人无从可比。杨丽萍身体的每一个关节都有舞蹈的韵律，"九阴白骨爪"，杨丽萍的一双手要多阴就有多阴，抓出去生风，要谁的命，谁就得在爪下丧命，十个手指传神达意（绝版梅超风）。"雀之灵"则要多美就有多美，孔雀手势已经成为全球吉祥的符号。熊玲的另一篇《奇人宣科》——他和玄妙的纳西古乐联系在一起。中国音乐史由于纳西人的传承，至今不再是无声的音乐，今天的人能听到纳西古乐，没有宣科的智力性劳动，就没有纳西古乐的今天。这位年近古稀的老人，不愿"照本宣科"，还在创新挑战。

　　星云兄的《板板鞋》《叮叮糖》《连环画》与《租书铺》，他几乎写尽昆明旧时事。"啊哩啊哩来来来，跟我舔舔板板鞋。"小时候我们不仅逗狗，戏弄小朋友也这样欢喜地喊着。叮叮糖就更爱好了，直到现在，叮叮糖的响声叫卖声，还刺激着我，买一块钱的放在提包里，偷空就咬一口，回味无穷。同是昆明人，怎么我们要看到才想到，缺少挖掘缺少发现啊。

　　郑光甫先生，从一段话、一件事、一篇文章，都能哲学反思，见景生情，小中见大，用辩证法写出哲理管窥的系列篇章。他的《登山》则情满青山，《观海》则意溢于海。况阳春召我以烟景，大块假我以文章。文人就应有文人的感触、文人的情怀，我们几时才具备？

读他的作品，我们的理性思维得更进一层，上升一个层次，才对得起这位逝去的老先生。

有一句歌词：秋风阵阵湖水浩荡，好像同仁们在歌唱。风儿的力量是巨大的。同仁中——南山的《秀山夜游》《盗亦有道》《悔恨》；赵直的《抒怀》《悼耿姐》；河边看柳的《我想请大家送我一个礼物》；老冯的《悼妻》；爱心的《救赎与恩典》；圆圆的《见闻两则》；炎凉的《读书》和黑陶图片；张存鲜的《初到太湖》《自动扶梯前的定格》一一推出。说明南蛮风创作力不减，作品可圈可点，具备一定的实力。

南蛮风两亩地的主人是否应该在喊——让风儿来得更猛烈些吧！

一季冬眠

冬至就要到了，蛙呀蛇呀已经冬眠了。我本属蛇，又怕寒冷，就早早地蜷缩身子，躲进南蛮风的小屋里，趁季节休整休整，也进入冬眠的状态。

咚，咚咚，有人敲门了。谁呀？赵贵同！赵贵同带着他的游记，敲开南蛮风的门。如果你没有去过"大坡海峰湿地"，你就读他的这篇文章，感受湿地、小草、鲜花、蝴蝶、湖水，人与自然谱写的一曲蝶恋花。他的《腾冲行》上、中、下三篇把腾冲写得非常全面，在享受文字美的同时，可以增添许多知识。如果你没有去过腾冲，就在文章里神游吧。让你知道高黎贡山是腾冲的一道屏障，是世界的物种基因库。帮你了解滇西抗战，带你走进和顺图书馆，像艾思奇这样的一拨腾冲优秀儿女能走出大山，就与这初始的乡村文化和顺图书馆息息相关。于荣光主演的电视剧《翡翠凤凰》就让我对腾冲神往，今在文章中读到琥珀牌坊玉石桥，更让人巴不得马上启程前往。读赵贵同的文章，吸取的知识量，南蛮风可以组织一次知识竞赛啦！例如：云南海拔最低的湿地是哪里？我国的第一条国际商道称蜀身毒道为什么……另外文章的意义让你找到回归自然的感觉，让人悟出，人世间的喧嚣与纷争的无聊。

嘟嘟……信息时代，冬眠也没用，手机无处不在，三秋树二月花打电话来了。他说，没想到云南还有这么好的一个网站，上面的文章很有特色。他把他的时评文章投给南蛮风。对增广贤文熟透了的该作者，依次展开，层层递进，剖析了人生似鸟同林宿，大限来临各自飞。今朝有酒今朝醉，明日愁来明日忧。这些很流行的句子，多少年来人们都在误读误解，莫要《误读贤文》给你一个清晰正确的认识。三秋树二月花的时评文章值得认真地读，细细地咀嚼。

赵直兄不理会冬日的寒冷，直抒人过中年正当时的情怀。圆圆则给我们讲了一个经典的爱情故事，星云、南山兄也在不断产出，大家如果也像他们一样勤于动笔，南蛮风就不会愁稿源了。其他的老兄也和我一样，也许正在冬眠。

河边看柳摄的卢沟桥一组照片，让我们了解了北京历史古迹的沧桑。

冬季漫漫，长长的冬日静静地要理出多少思绪来啊！冬眠那是一段积蓄，一种蓄势，一次战备。没有蜷缩哪来的伸展？没有沉睡哪来的苏醒？出剑之前必是一个收势。冬眠，蕴含着许多许多。

一个诗人说——冬天已经来了，春天还会远吗？放眼看，越来越近的是一片姹紫嫣红、春花浪漫的景色。

围出来的美丽

  昆明怎么啦？不是说四季如春吗？还有那句昆明天天是春天的经典句子，不会是造句人花泽飞讲的一个神话吧？冬至前后，昆明下雪化雪，雪无踪迹寒依在，人们一袭棉衣罩身，下到脚踝，上至下巴，黑、灰、蓝的主色调与灰蒙蒙的天空构成阴色板，冷上加冷。来点色彩吧，寒冷的时候好需要。还好脸和胸之间还露了一个 V 字形，在这里用上丝巾绸巾羊毛巾，"一枝红杏出墙来"，美丽的风景不就现爆了吗？

  在钱局街口有一间 show. 彩形象空间，室内黄铜火盆炭火熊熊，色彩斑斓的学员脱去羽绒服，用各种艳丽的围巾比较着自己的肤色及与衣服的搭配。皮肤白皙的普学芳，穿一件白毛衣，老师折了一条大红底花围巾三角反系胸前，哇，一道靓丽的风景出现了！白里透红，如雪地里的一枝红梅。哪知风景的后面还有一道风景，色彩专家陈娅一身玫红，配一干青挂件，这一红配绿，抢眼，效果非常。陈娅从事色彩行业多年，在同行业的人随潮起潮落远去之后，她一直坚守着，为美丽而坚守。她的培训班一期接一期地迎接了爱美的女士，当然有时也有先生。此时陈娅讲解：色彩的基本色调有八种，赤橙黄绿青蓝紫加上裙青。橙和红相融，成橙红，橙和黄相融，成橘黄，如此演变出十六种颜色。在你以衣服为基调，来搭配围巾，要看人的肤色与气质，如稳重端庄型可以配邻近色、类似色。又如青春奔放型可以配补色，就是反差最强烈的色，如红与绿。只要搭配得当，你就会发现，原来我这么美啊。"世界上没有丑女人，只有没有真正发现自己亮点的女人。"

  陈娅捧出成摞的丝巾，教挑，教选，教围"巾"。1.2×1.2的方巾，对折成三角，在横线端，正折、反折多次，系上之后，围出层次感，依次下垂，美丽的图案部分显露，围者舒服观者养眼。小一点的方巾，以半寸一折，整整齐齐折成一条，用手指在一头挽个结，另一头穿过去，这是琴结。方巾折成三角，两个角在前面绕两次穿一回，叫福结。福结板板扎扎，着职业装适合打此结。当下，因为气候偏冷，围长巾的人居多，可以在前面散开围巾，系一腰带，再套上深色大衣，效果好比从围墙缝隙一看，里面万紫千红，满园春色，冷暖相宜。

  世间最美丽的颜色都是大自然配给的，你看昆明植物园的枫叶，金黄过后的火红，层林尽染。你见过怒江之水，清澈碧绿，明如镜碧如玉。你注意过有的孔雀的颈吗？有一条深于它本色的颈圈，就像围着一条邻近色的围巾。鸟类、花卉的颜色更不用说，其艳丽，其色正，其五彩缤纷……

  色彩在天地间，美在生活中。当蓝色遇到玫瑰红，天空下就开着浪漫之花，当橙红相撞火红色，西边就布满绚丽的晚霞。当赤橙黄绿青蓝紫结伴儿，人们欢呼，雨过天晴出彩虹。生活中不缺少美，缺少的是发现美的眼睛。世间的美是大美，个人的美是小美，要想有一个大美世界，从小美做起。你知道你的皮肤属哪一类，你知道哪些颜色适合你，你想把你拥有的丝巾围出花型，系成衬衣，或飘逸或高雅，或端庄或奔放，那是需要学习的。气质是量的积累，品位 是素养的提升。跟着色彩专家陈娅，相配的颜色，百变的围法，不管春夏秋冬，都能围出一番别样的风景。美丽，原来是能围出来的。

点睛之笔——胸花

素白或素黑，活泼或端庄，衣袂飘飘周旋于晚会中间，这样的女士颇引人注目。但是她身上还缺点儿什么？对，缺少一枚胸花。胸花，乃胸前的点睛之笔，在许多隆重的场合是断不可少的。

胸花在我国源远流长，早在青铜器时代就有胸花并留存至今。我们的祖先，在原始的、朦胧的爱美意识的驱动下，把老虎的狼的牙齿钻眼拴线，还有把贝壳拴绳，挂在胸前，这就是原始的胸饰。胸花应归属胸饰这个大类，是胸饰中的一种。作为胸前饰品，胸饰经历了一个由人到神，又由神到人佩戴的过程。

在魏晋南北朝时期，随着印度佛教文化的输入，中国的佛教文化受其影响，在胸饰的制作构思上，许多都模仿了印度犍陀罗的造像。那时候的胸饰，以盘状、双兽的（从颈部两侧各有鸟兽向中央靠拢）、U字形下垂的为主。那时候有个现象，胸饰基本是挂在菩萨身上。从云冈石窟、龙门石窟的菩萨塑像上看，他们大多戴有胸饰，而世俗百姓就无一佩戴的。到了大唐，世俗人戴胸饰品的就多了起来，许多古画都在胸饰上留下笔墨。而且，中华文化的繁荣，使其中华民族的元素也越来越丰富了。

在明朝后期，随着上海埠的开放，西方的东西大量拥入，胸花就不仅有本民族元素，还融入西方的文化，样式造型更加丰富了。使用者的范围也扩大宽泛了。据说1927年，蒋介石和宋美龄在上海大华饭店结婚，蒋介石就别了一枚精致的玫瑰花胸针，令婚礼增色不少。

作为点缀补"空"，女士夏季戴胸饰已形成潮流。近年胸花还有一趣谈：有一美女，穿一敞口夏装，自觉领子太大太低，就佩戴了一条坠着一架小飞机的项链，坐车时候遇一男子，盯着小飞机左看右看。女士熬不住了，就说：先生，你很喜欢这架小飞机吗？先生答：不是，我欣赏飞机后面的停机坪。小飞机可是停机坪前的点睛之笔，不然，怎么会衬托出"停机坪"的美丽？

现在，胸花在许多隆重场合都正式佩戴，如婚礼、开业庆典、国庆、省庆、地州庆，主办人、主持人、贵宾、嘉宾都很认真地戴着胸花，不管材质是哪一种，意义都非同一般。

昆明爱美的女士，度过这几天的雪压枝头，马上就要迎接寒梅迎春翠柳吐芽。但是，无论是桃花争艳海棠恣肆，枫叶黄红落叶铺路，你的每一件季节时装，都可以配上合适的胸饰。别一枚玉蝴蝶吧，带一个彩宝蜻蜓吧，挂上红珊瑚数珠吧。胸花为你添色增美，胸前的点睛之笔不能不重视喔。

莲花池上演《圆圆曲》

陈圆圆回故地惊艳现身，现代人莲花池亦幻入戏。由云南中威民族文化传播有限公司出品的《圆圆曲》是我国的第一个原址上演的庭院式戏剧，被誉为莲花池畔的守卫者的邵筱萍女士，延请中国戏曲学院教授周龙所率领的艺术团队，精心打造了云南的又一个文化名牌。

天色黯淡下来，莲花池内外的柏树、桉树、泡桐树挡住了都市的灯光，也隔断了城市的喧嚣。高大的树枝借月光把倒影投进池中，与残荷做伴。这一夜风不吹蛙不鸣，寂静，死一般地寂静，莲花池已沉沉睡去。

突然，园内院内，鼓紧琵琶急，灯光乍亮，一位红粉佳人转身亮相，似夜莺般的唱腔，回荡在莲花池面，陈圆圆回来了。历史再现——清顺治十六年，陈圆圆随任平西王镇守昆明的吴三桂来到昆明，在吴为她修的安阜园生活了19年。在右边的东厢房内，灯光从窗纸上映出一对恩爱夫妻的剪影，在一声声"将军"的燕啼婉转中，陈圆圆度过了一段幸福的时光。院子的右角，蓬松的竹子被追灯一打，翠绿，翠绿。再往上看，围墙与屋顶之间，有一段间隙，黝黑的树干树枝背衬灰蓝的天空，和院内的竹子佳人融为一景。佳人面对竹子，留给观众一个婀娜的背影，箫声一起，圆圆细腰一扭，缓缓转身，一板一拍，一字一句，字正腔圆，和圆圆面对面的观众亦梦亦幻，在似戏非戏的全景剧场里，被陈圆圆带到了三百年前（吴三桂与陈圆圆的故事）。

在说书人的击案惊堂木一击一拍中，故事源源地顺莲花池水流淌着。佳人转到了西厢房，对镜用吴侬软语吟唱着江南的四季歌。两位宫女阿桂、阿丹依在门前，她们知道夫人又思乡了。阿桂说：夫人，昆明的姑娘现在梳的都是您发髻的式样呢。阿丹说：夫人，将军又给你送鲜花来了，有玫瑰、百合、牡丹呢。

但是，历史有时不天遂人愿，就是说书人高声叫道的：出事了，出大事了。康熙十二年，吴三桂作乱反清，康熙十七年在交战中，身患痢疾死于衡州。花谢了。花谢了。陈圆圆从观众身后，一步一叹息，沿剧场中间步上主台。她是在叹一株倾城倾国江南牡丹的花凋瓣落，还是在哀叹国破江山已去。随着圆圆曲恸哭六军皆缟素，冲冠一怒为红颜……陈圆圆已换一袭缟素，在众人目光的挽留下，一步步走进佛堂，一立一落一叩首，木鱼声声，大慈悲，大慈悲，常向世间祷清平。帘垂人消失，从此佛家尘世两茫茫。圆圆最终归去哪里？有一说：祥中祥，吉中吉，波罗令上有殊利。一切冤家离了身，摩珂般若波罗蜜的咒语声中，陈圆圆安详地纵身一跃。

美人的纵身一跃，留下的凄美，让人怅惘无限。

陈圆圆到底身归何处？在两位宫女手执灯笼的引领下，观众鱼贯出院来到池边。池面似白沙似薄雾，一片片一股股袅袅升腾，池对面，似仙非仙的圆圆手举拂尘，悠扬的曲音在莲花池流连徘徊，是不是在悼念，筝箫笙琶乐师也临池演奏，悠悠昆曲，为陈圆圆送别。

凝望莲花池，人们久久地不愿散去，太美了，太绝了，这个庭院剧给人太多的震撼。听见人悄语，人空了，心空了，有时进寺庙也有这种感觉，但是此次观剧的空，是绝无仅有的。陈圆圆重返故地，观众穿越历史，300 年前的情景在原地再现，观众无我的、忘我地融进戏中。

倘若那面让人心怦怦狂跳、太阳穴突突外凸的大鼓不是摆在身后，如果此戏不是上演在莲花池的原址原地中，从你身边衣袂飘飘一阵轻风拂过的绝代佳丽，你只能把她当作演员，但是，倚水坐在曲径通幽的安阜园内，荷叶田田，杨柳依依。观众无法分割，面前的就是陈圆圆，三百年历史再现，人融入戏中。

春天里的一个约会

　　宁子每天早上在公园晨练，练的结果，腿直腰细人精神。宁子说，你也来嘛，动动是大有好处的。那是在秋风瑟瑟枯叶满地的时候说的，我答应，等春暖花开的时候，我一定来。

　　我选的日子似乎很特别，头天拟定好短期计划，备好舞鞋运动装。没有想到，晚上竟然下雪啦。既然决定了下刀子也得去。我背着包，雄赳赳地走进黑龙潭。循乐声找到了一个舞蹈方队，但是宁子没有在里面，也不知道这是不是她的团队，稀里糊涂跟着舞了一个多小时，临走，很尴尬地和领舞说你跳得真好，再见。

　　手脚此时已经跳得非常暖和了，我便满园子地绕着去找宁子。宁子是我多年的老朋友啦，她跳舞是科班出身，很小的时候就被选去练芭蕾舞，跟着这样的人跳，才有标杆。与她共舞，跳得出激情，练得出水平。走过梅园，清香依在，穿过绯红的樱花林，阡陌纵横，就像桃谷六仙布下的桃花阵，几经周折才钻了出来。路过一间茅屋，屋顶的残雪未化，马儿在屋前不紧不慢地吃草。这类似农村的一景，让我想起宁子的父亲洛水写的电影《勐陇沙》。电影里解放军的运粮队就全靠得这些马。我还想起当年的美男子王心刚就是在这部片子里走红的。我绕到黑龙潭前面，捕捉到雪后清晨的一个瞬间，一束阳光直射非洒，赤橙黄绿交织梦幻，一潭碧水半潭气，上腾下送扑朔迷离，真乃奇景。

　　看了张开花瓣接雪的山茶，数过抢先争开的杜鹃，闻过残梅的清香，还是没有找到宁子及她的团队。宁子，你们是在山间跳还是在坡上舞？是百花争艳挡住了视野，还是缕缕霞光织成帐幔？虽然今天我们没有同她晨练，但是我赴约了，龙潭水做了记录，满山的春光做了见证。

　　多美，多好，难逢难遇的雪后的清晨，多亏了我有这个春天的约会。

宽境闲心话诗韵

抚仙湖上清风送爽，风儿把踏浪的人，顺风顺水送到"乡里香"农家的大堂中央。回首望，万顷碧波还在后浪推前浪，放眼看，天高山远湖面宽。泡一壶"九甲春香"，文友们杯起杯落，追忆古人的诗词美，韵绵长。从魏晋竹林七贤的洒脱，扯到李白的酒海量，诗豪放。最爱宋词的句短意深音韵美，忍不住我朗诵了李清照的"卖花担上，买得一枝春欲放……"蛮布衣是位老词人，几年前就在南蛮风文学网站上发表过关于诗词格律的专论，他词中有的句子，如"钓罢鳞甲钓烟波"等句子，已经成为名句。今天他呈上一首还未公开的散曲《塞鸿秋》：羡鸳鸯忘却了蓬莱路，似野鹤撇脱了梧桐树，纵扁舟抱稳了酒葫芦，寻一个鸟语花香处。夕阳看几度，悬月诗与住，醉眼中山无数，水无数，情无数。好，好诗好情好意境。这样的人生有几人这样追，几人这般求。我觉得诗中几个句子的第一个字动词用得非常好，如"羡""纵""寻"。不过在"纵扁舟抱稳了酒葫芦"一句中，葫芦是"提"还是"抱"作了分析。试想，两岸群山夹一条江流，一叶小舟顺流而下，穿长衫者衣扬须飘，身上别无他物，一手紧抱一只酒葫芦立于舟头，何等的无羁无绊潇洒脱俗。提是一种形态，抱是一种姿态，是更好体现诗主题的一个动词，一个造型。蛮布衣剖析，他羡鸳鸯的相依相伴忘记了去当仙人，能做云游的野鹤就放弃做凤凰吧。那他到底要什么呢？寻一个鸟语花香处，鸟语花香既是成语，又与平仄对得上。这种散曲，讲究词雅曲熟，一韵押到底。蛮布衣诗中的文人向往山野，只为夕阳看几度，悬月诗与住。我们住在这个小村子里，每天饮罢午茶读诗章，散步湖边等夕阳，也为一个人闲心静天地宽。

生命、女人和水

生命是脆弱的，持续的拉肚子直接可以把人泻死。那些肠花里肚的革命，给我一种致命的绞痛，哼哼已无用，关起门窗，放开声呻吟，把痛从口中释放一部分出去。

夜里，不知是疼晕了还是入睡了，轰隆隆的雷声震醒了梦中人。睁眼看，屋子忽亮忽暗，一道道闪电任意地撕扯着天空。在趿拉拖鞋的时候，我冒出一个念头，想为《鬼吹灯》添篇文章。"在一个雷电交加的深夜，一个无脚的女子白衫一晃，悄无声息地从窗前飘过……"我真是自己在吓自己，开了台灯后，我赶紧又开了房灯，亮点再亮点鬼怕光明。当我走到客厅中间，这时没有闪电、打雷、跳闸、灯泡炸，但是，卧室里的两盏灯瞬间熄灭。我头皮发麻，扭头向右，厨房的窗户有些白光；扭头向左，窗帘很黑不敢细看，怎么进卫生间，火机、蜡烛、喊人都想到了，唯独忘记手机可以照明。正焦虑彷徨，卧室里的灯自己又亮了，受此惊吓，我是肠胃加心病，更加久治不愈了。

到澄江养病，饭有人煮床有人铺，伸手伸脚饱睡一个午觉后，就地取材湖中舀水，泡壶远方的茶"金骏眉"。这茶每一泡的味道都不一样。茶话无定题，喝茶者聊东聊西转换得比茶味还快。文友说，女人心细，茶具随身带。又说，主要女人柔似水，与水不即不离，水到茶沉浮。每个下午都畅饮，每个下午都神侃。从武夷山喝到景迈山，从黄山毛尖喝到眉潭翠芽。谈生活谈生命谈文学，什么都谈。享受生活的表现之一，那就是生命质量的提高。但是一个多病的身躯，请就别论质量了。于是朋友说："女人属阴，得吃虫草，虫草万般好处还能阴阳协调。""吃，立马吃，我不能等攒够买虫草的钱才吃，那时我怕自己真变成冬虫夏草。"文友说，他想等等写个电影剧本，我说，别等，生命以秒计，别再等。又一文友说，退休后他想走远点去旅游。为什么要等退休？出门不需要理由，想走就走。有钱的去外国，一般的转中国，钱少的农家乐，橄榄树哪里都见得到。

傍晚，择一处草地坐下，看西沉的太阳把它的影子拉得很长，一溜金光，沿山边跳到湖中，微波荡漾，弄得人不涌出诗词歌赋，便觉得愧对此湖光山色。正你一句我一句抒发着，来一老兄盘腿坐下。俗话说，酒鬼嗅得着酒香，嗜肉者找得着厨房，莫非爱弄点文字，心也有相通的么？来人在澄江已小住一月，独自静静地在写一部长篇《火把果》，小说中生命的守望，女人的坚强，故事脉络如水般清澈地流淌着……

一个女人在村口远眺着，这个新媳妇只和他的男人待了三天，六十军就开拔了，听说男人去打了一个大仗，台儿庄战役。肚子里的孩子出世了，虽然他从未见过爹，但是国民党军队的这顶帽子，却帮爹戴着，压在这个老实巴交农民身上一辈子。孙子到了当兵的年龄，在几经周折、公家确定爷爷是烈士之后终于进了军营。在越南战场，他的最后一封信说：奶奶，我有和爷爷一样上战场的经历。奶奶，在这里生命的消失仅在一瞬间，我多想再看你一眼，亲爱的奶奶。

八十岁的奶奶一定要去看孙儿一眼，他长眠在麻栗坡的山脚下，漫山的通红的火把果遮盖了他的笑容。奶奶说，我要去拨开那些带刺的枝叶，让我的孙子笑得舒畅。可是，在快到麻栗坡的拐弯处，车翻了，奶奶倒在一蓬火把果上。这个历经磨难的老人，这位盼郎郎不归，望子子不才，想孙未见面的女人，一个个心愿都未能了，带着满腹的遗憾去了。

生命如此，还等什么呢？赶快拿起笔来！

偶相遇

阳光暖催风里洗，
蜜蜂点缀琼枝里，
左开右放欢旖旎，
隔流望，
佳人浴出新妆洗。
天公作美偏有意，
故叫滇都金辉地，
独享粉儿沁溪畔，
莫辞醉，
此花独傲谁花比。

问 梅

我问红梅，你为谁开？
红梅不语，用心作答：
我为歌乐山下的战士，
为含泪绣出的国旗，
为身着蓝布衫的江姐，
鲜血染红，蓄势待发，
壮丽绽开。
我看白梅，素洁高雅，
白梅默认，摇枝回答。
我傲骨铮铮为追求，
一身素白为清廉
择寒才开不附势，
凌霜傲雪，迎风披雾，
冰雪中开。
我屏神静气，与梅对望，
梅也静穆，清香送答。
我怕尘世中的浮躁，
我厌红花定要绿叶配的热闹，
我爱静谧、平凡、朴素。
香气清淡，送冬迎春，
悄悄绽开。
我爱梅花，不变不改，
梅有感觉，俏色愈佳。
我赞不了，梅的绝色，
我写不出梅的品格，
我搜索记忆无词。
梅劝我说，
内修外炼，
明年又见。

谁说岁月无痕

  时光如梭，从远古走来的世界已经不见本来面目，风雨雷电，荡涤冲刷，扫去了千年万年尘世痕迹，满目都是现代、现代。曾经的，回不来不再见。扼腕叹息岁月无痕，岁月无痕。

  寻找岁月之痕，人们找到了四川的凉山，凉山中有一山叫螺髻山。髻，二十弱冠，古时候刚成年的男子高高束起的发，据说从攀枝花方向走，可以看见主峰。这座海拔近 4000 米的高峰，季季有景，景致不同。二月，春风吹发催化，揪住看雪景的尾巴，我们原来单纯地是去看雪。领队说，现在雪化得差不多了，待四月到，漫山遍野全是大树杜鹃花，黄的、白的、红的，还有在全国都少有的紫杜鹃。雪白之后的姹紫嫣红令人向往，但一片春光之前的冰雪世界如童话如梦境更让人想插上翅膀。有翅膀也难飞过的螺髻山啊，攀上第一个峰顶，就感觉快接触到蓝天，殊不知，山外有山天外有天，山山相连。登螺髻山的缆车索道，是全国最长的一条索道，单边要乘 45 分钟，缆车上除了可看各种植被外，还远远地看见一条上山的路。领队说，专业的一天可以登上山，一般的人，就得在路上搭帐篷，露宿一晚再走。我们选择了缆车，跳下缆车后，立即感觉一派清新，蓝天白云，绿树白雪，阳光灿烂。可是阳光明显不暖，全身被刺骨的冰风裹着。但寒冷堵不住兴致，上雪山啦，看冰川啦，拿出当年地质队员的豪迈，我们勇往直前。

  山越高，雪越厚，坡越陡，林越密。原始森林以它的古老神秘迎接着现代人的到来。这棵横卧着的大树，它大概生长了几百年，倒下了几百年，枯老的树根，顽强地留着碴口，等着树干再站起来复位。树干说，我无须再站起来，你看我们的子子孙孙，手牵手，根连根，已经浩瀚成林。再看盘根错节的树干树枝，因白雪的映衬，绿色的青苔绿得更加显眼，青苔的厚度，是年轮的复加，是岁月的堆积。它厚厚地包裹着树干，搭成一个绿色的神话里才有的宫殿，猜想没有人的时候，这里一定是古怪精灵出没戏耍的地方。见过这种植物吗？它有一个好听的名字叫"绿萝"，它薄如蝉翼细如纱，仙女下凡舞婆娑，美不胜收。森林深处，到处可以看见美丽的绿萝。如果有尘世的叨扰，绿萝不可能结成围帐，自由飘荡。绿萝缠着树，树沾着绿萝，这里一定有过这样的镜头：仙女用绿叶遮挡胴体，在林中雪浴，山妖在绿萝中钻来窜去与松鼠游戏，留下遮得住遮不住的朦朦胧胧美景。融入原始，沿时间隧道倒退回古老，忘记了今朝忘记了岁月。突然白色的瀑布从天上挂下来，那样地洁白晶莹，但是它有流水的状态却没有水流的声响，有潺潺的线条，却不柔又没有动感。冰川，冰川，是从未见过的冰川，它凝成河，淌成瀑布，装点在螺髻山这幅大国画的右侧。山越爬越高了，到了 3650 米的高度，还未找到会当凌绝顶、一览众山小的感觉。但仅仅是往上跨了一步，眼前豁然一亮，一个很大的湖泊竟然会平端在这高山顶上。冰川化水积成若干湖泊，眼前如梦如幻的湖是罗髻山最大的湖——黑龙潭，彝族人叫它"蜀伙阿诺"。35 公顷的湖面，是螺髻山最大的冰川湖泊。黑龙潭一潭水水不一样，清澈，妖娆，鬼魅。浅水处水清见底，看得见石头看得见草，潭中间，水阴森森地黑，起黑泡冒白烟，传说是神龙在此栖息。而且，神龙还在天池里帮着彝族美女"蒲嫫里伊"养育用三滴神鹰之血孕育出的儿子，并把他培养成彝族的创世英雄——支格阿鲁。谁敢说潭中间没有故事，没有隐藏着大东西？最为妖娆是那银装素裹，是在一湾湖面尚存的铺着的薄薄的冰层。南方人看见雪，早就心满意足，欣喜若狂，没想到不是雪上加霜而是雪上加冰。冰啊，心中之快，心中之谜。冰在螺髻千万年来，它们都做了些什么？它们留下的冰川刻槽、清水沟刻槽才让人心灵震撼不已。三号冰川刻槽又使人驻足生根。真不敢相信，多少年前，冰川挟带着坚硬石块，以强大冲刷力刻碾岩石而成。螺髻山的古冰川刻槽数量多，规模大，世间罕见。历史长河，沧海巨变，在这里留下深深的烙印。

　　早在 1964 年，中国地质学家组织西南第四世纪冰川考察队重点考察了螺髻山，命名了清水沟刻槽，并根据山川地貌的完整性，建议将螺髻山建成中国古冰川公园。走遍天涯海角，翻过千山万壑，人们终于在四川的凉山中找到貌似男子头上束起的高高的发髻的螺髻山，在螺髻山找到了古冰川的刻槽。石壁嶙峋，刻槽为证，记录下千万年前，冰川走过的路。人们不再哀叹岁月无痕，而是感谢螺髻山，感谢李四光。击掌惊呼，岁月有痕啊，岁月真的有痕。

跟着画家看风景

云南风景绮丽，有着热带雨林、十万大山、风花雪月、古镇古道风光。走遍云南的山山水水，为画风景，油画家段玉海采风写生常年在路上。风景留在他的心中和笔下，也留在每一个看过他的画的人的心上。在云南民族博物馆，我找遍了所有的工作室，最后从唯一一间没有挂牌子的虚掩的门往里看，从墙上挂着的色彩绚烂画面密集的几幅画断定了主人。我轻轻敲敲门，惊动了正在工作的画家，段玉海宽厚地笑着，请我喝着普洱茶，接受了采访。

云南最美在季节

如果问段玉海：你去过云南的哪些风景地？他肯定东西南北都去过。再追问：哪里的风景最美好？他回答了只有画家才这样领悟的"关键看季节"。风景与色彩息息相关，风景随季节变换万千，云南最美在季节。初冬，大自然慢慢萧条，老树的叶子发黄又发红了，植物在悄悄换装，出现了许多色彩。这个时期，天蓝水蓝，空气透明，人感觉心旷神怡，是采风写生的好季节。段玉海频繁地外出写生，创作了许多大约在冬季的风景画。点苍山上空的云、洱海的草与树、香格里拉的雪，源于大自然又高于大自然的油画，让人惊叹，原来冬天这么美。

深秋，收获的季节，金灿灿的麦田，黄生生的玉米，盘圆籽满微低着头的向日葵，能使心灵激荡的景色，最适宜产生激荡心灵的作品。段玉海最喜欢秋色，他笔下的《金秋池塘》《湖畔秋语》或淡黄或金黄的植物静寂肃穆地把人带到天凉好个秋的意境。他画向日葵和小米菜，《葵花间的那些小米菜》，在火红色的似燃烧着的九月的土地上，密集的植物的黄，黄中间夹杂着的红，牵牛花的紫，画面虽密集，但层次分明，错落有致。诗人海男说："这是段玉海云南风景画中最勇敢的秋之宣言。"

春天，万物复苏柳枝发芽，绿色满满。这样的色彩，画家就觉得比较单一了。好在云南是一个花的国度，春天里，百花竞放，你花开后我花开，抢先开放的梨花、桃花就成为画家的首选了。昆明近郊呈贡，宝珠梨的故乡，春天一到，梨花恣意开放，一派铺天盖地的雪白。段玉海带着学生，穿花寻路，直到梨园深处，写生创作了多幅梨花的作品。在云南民族博物馆他工作室的墙上，还挂着几幅今春带学生在万溪冲附近的写生画。百年的老梨树树干遒劲，梨花大朵地成堆成串地尽情开着，画家把眼前的风景和心中的风景相融并创，诗意地描绘出盛开的夸张、绚烂，并在一派雪白中似乎漫不经心地添进些许粉红，让你猜想是阳光的折射还是前梨后桃的映衬。总之，感觉是清丽的脸庞带着的娇羞。

古村镇历史的浓缩

　　岁月堆砌的古镇，是历史的浓缩。段玉海的画告诉你小镇的过去、现在及传说。鲁史古镇，有着 700 年的历史，一条青石板路由东到西把镇分成两半，三街七巷布局镇内。看段玉海的《鲁史古镇》这幅画，就引起人们对古镇的神往。他是俯视着画的这幅布画油画的。画面的重头是一片灰蓝色的瓦，瓦楞若隐若现，暮色中，瓦房顶呈现黑、白、灰不同的颜色，有的地方还亮得发光，有着一种悠久和神秘的味道。橙红色的土坯墙围砌了一个个的院落，古老的建筑，是生命的传承，血脉的流淌。多少代人在这里迎来送往，马帮从这里运出茶叶和药材，运来百货和丝绸。中原文化与山村野俗在这里交会碰撞。

　　通过《初冬的糯黑村》《大糯黑村》等油画，段玉海把观画者带进了糯黑村。在石林圭山，有一个村子叫糯黑村，撒尼人从明代洪武年间就在这里垒墙建屋，与石生活。现在百余年的石头房屋还有一百多间。石林一带属喀斯特地貌，多层片状石灰岩的石头可以砌墙也可以盖顶。现在这里石质的生活用具已经减少或淡出，与建筑相关的石文化又有创新和发展。近些年，艺术家们把这里当作创作基地，段玉海也有多幅风景油画源于糯黑。《糯黑立冬时的萝卜花》在云南省博物馆展出并收进他的《人生如意专集》。大片的白色萝卜花盛开着，有诗人说，段玉海使用白色游刃有余，白色中有沧桑，白色中有风景，《糯黑立冬时的萝卜花》从白色中呼啸而来。透过萝卜花地，我很想找到种萝卜的人的石头房子。终于在远处，在地边山脚下，看到了灰白色的石头房子。

　　段玉海画沙溪、鲁史等古镇古村，一种历史的使命感跃然画布之上。但是他说，说使命感大了一点。云南画家很用心地描绘云南的山山水水、风土人情，尽显云南各个地域不同的风景，其实是一种热爱，是热爱中的长期坚守。所以他画笔不停，采风创作之心正雄。

后记一

张存鲜作品的两面性

南 山

前几天统计了一下南蛮风作者的作品，张存鲜在南蛮风上发的作品已经有 24 篇了。如果要评南蛮风之星的话，她是第一个可获此殊荣的人。为此我想有必要对她的作品给予更多的关注，做些文学上的理性分析，对她，对我，对南蛮风的其他作者都是一件有益的事。我就来抛砖引玉了。

读张存鲜的作品，我的第一个感觉就是双重的两面。第一个双重性是：一方面写自己的经历感受，以第一人称的我来叙述，如《美丽一回》《母亲心中的开门红》《初到太湖》，这类作品占了作品的多数；另一方面是写自己的观察感受和思索，以第三人称他（或者隐去他）来叙述，如《老撅》《李建云和她的蝴蝶画》《竹风亭记》。第二个双重性是阳光的假小子式的叙述和温柔的女性的叙述，这个双重性才是她的风格所在。

《织出一片温馨》中说："从小我就得了个假小子的雅号，长大了依然野野的，成年女性爱干的活我大都不爱干。"为丈夫织一件毛衣，拆了织，织了再拆，终没有织成的尴尬。《滇缅道上遇马帮》那个去摸马帮头领的长刀、鼓着腮帮吹火、口无遮拦问话的女人。《武装泅渡一小兵》上号称"哪个怕哪个"争着跳水，掬一捧水拍拍胸脯，拍拍额头，一步步地向深处走去，参加武装泅渡的女兵。《与洋芋有关的青春岁月》中几个女孩子在球场上投篮，站在石崖上放声歌唱，晚上去偷洋芋来烤了吃的姑娘。尤其是看了《德伯家的苔丝》后的心理活动——"我决不当前五个，因为，他背的时候，心里或许在骂：这个女人有猪重。"读了后使人莞尔一笑，几个野姑娘的形象跃然纸上，使我们回到那个"飒爽英姿五尺枪，不爱红装爱武装"的时代。张存鲜通过写作，把平常的生活回忆变得有意义了。

至于温柔的女性的叙述，有更多的例子佐证：《美丽一回》把女性爱美又怕开刀的复杂的心理活动生动地呈现出来；《初到太湖》一个新媳妇回江南水乡丈夫的老家，对那里人物、景色的细致描写；《陪伴母亲》和《母亲心中的开门红》对母女之间的一些琐碎的生活场景、对话、心理活动的描写；《织出一片温馨》中对丈夫和家庭的浓浓的温馨的感情描写；《风雨小阁楼》中一个女人对另一个女人的观察、体贴、关爱、互相的倾诉、安慰、流泪，一个永远地走了，活着的这个只有默默地为走了的那个祈祷。这样的描写是那样地真诚、缠绵、感人肺腑。这些描写和叙述，使一个女作者细腻的、易动感情的、柔软的一面在感动着震撼着读者的心灵。

李清照是婉约派的女词人，她的作品是以"悲悲惨惨戚戚"为主调，但她也有"至今思项羽，不肯过江东"这样怒目金刚式的诗。从这个意义上说，李清照的作品也有两面性。所以我说张存鲜的作品具有两面性，这是个可喜可贺的现象。

从文本上来分析，张存鲜的作品也有商榷的地方：内容和形式掌握得比较好，她的作品就比较的圆熟，如《老撅》《转运铃》就掌握了杨朔的写作模式，先写景和人物，最后来个提升意义，开头和破题、高潮和结尾都比较圆满。《竹风亭记》的细节描写一层一层地递进，反映郑光甫的爱书、迷书、痴书，把爱书人的痴迷个性生动地反映了出来，正如巴尔扎克的葛朗台的爱钱一样地使人难忘。《美丽一回》掌握了文学上"摇摆"技法，做眼皮手术：想做——又怕做——再想做——最后还是做了。在动摇和矛盾的心理支配下，人物的心理活动得到丰富和升华。

生活是可以模糊的、未知的，而文学应该是清晰的。在《七一老茶店》当中就很难明白作者是用第一人称来叙述，还是用第三人称来叙述。在其他的作品中也存在对话是谁说的问题。一篇文学作品写出来以后就是一件封闭的固化的艺术品，它应该是完备的、无可挑剔的。这只是我的一孔之见，作者不必认真。

也许有人会说，张存鲜尽写些小东西，其实这也是文坛的普遍的诟病，晚明的小品是小东西，张爱玲的小说是小东西，冰心的散文是小东西，现在竟有人说鲁迅的作品也尽是小东西（说鲁迅没有长篇小说）。小的作品，一要有质量，二要有规模，自然会有生命力和冲击力。晚明的小品你改一个字看看，张爱玲的中短篇小说集，谢冰心的散文集，鲁迅的小说、散文、杂文，你能颠覆和撼动吗？他们在文学史上的地位是不可动摇的。

对于南蛮风这个群体，我倒提倡："我不赞成你的做法，但我尊重你的选择。"对于个人来说，我赞成但丁的话："不管别人怎么说，我走我的路。"

2009 年 11 月 17 日

后记二

遇着莫错过

张存鲜

　　路上，脚步匆匆，和许多的人和事情撞了个满怀，或者擦肩而过，一个个的瞬间就这样过去了。但是有许许多多的遇见，却如同在影像机前的定格，血液瞬间的凝固，被我记住了，我用拙笔写成文字，留存下来。在今年一个一叶知秋满地金黄的日子里，我突然觉得时候不早了，我归拢了这些遇见，把我在岁月中捡到的落叶，收到一个筐子里，再插上画，配上图，做一本自己的书，也算人到"秋季"的一个收获吧。

　　装进筐子里的东西有点杂，有情、有玉、还有茶。一篇《情愫》，亲情是必然，前世定下今生要遇着。爱情是偶然，撞着的缘分，全国也没有几个像我这样在纪念毛主席畅游长江的活动中，泡在滇池里遇着的。友情是铁打的，当年的铁哥铁姐，如今是铁爷爷、铁奶奶。性情是随年轮一圈圈绕出来的，被陶冶啦，有点小品味啦，竟然爱上了玉和茶，再加上性情人本真，漫长路走来，问心，问情，问友，问来问去，我最爱的还是本书的三个篇章，人生三问。

　　情长情短，情浓情淡，心是量器。我问世的第一篇散文《父亲的心愿》，凭着对父爱的心思写出来的，但是不敢投稿。我揣着这两页纸，摸到云南机床厂的烟熏楼。请已经是宣传部长的李燃指点，记得当时李夫人邀我去看《庭院深深》，我放弃了琼瑶的诱惑，为谢李老师，用半块肥皂，生生擦白了他家烟熏楼熏黑的蜂窝煤灶的灶面。从那天起，我就在人与情的这块地上使劲刨着，居然还刨出好东西，我的《陪伴母亲》、《牵手人生》、《风雨小阁楼》，被人赞为情浓似血的文章。

　　再一篇《玉缘》。玉上你是我的缘。从见到一块祭天的玉璧始，我一头扎进了玉眼里。写了好些玉的文章。杨兴仁大哥在他主编的报纸上，为我开了《珠市说宝》的专栏，我就成了一个在昆明的草根说宝人。一周一篇，数月不断，我有点坚持不住了。兴仁说，"知道吗？你的文章在报栏上，每期都被人用刀片整整齐齐划走了，作为材料哦。"珠宝专家肖永福说，"你写到专业处，有弄不明白的，就来问我"。这些鼓励成了我往前走着的动力。突然，有一天《中国翡翠》的主编杨蓉在珠宝老板阮丽那里见着我的文章，那一次的约会，使我成了《中国翡翠》的特约撰稿人。从君皇国际大起时的乔英，到买了1600公斤重的玉石轰动未落，又买飞机轰动又起的石头疯子闫强，我接触到许多珠宝达人。《深圳珠宝》、《城市档案》、《柏联》等杂志也相继刊登了我的文章。我在玉中游，看到了许多宝中之宝，如肖永福老师的段家玉，旧时女人用的发八宝，世纪融通2.8亿元的玉镯、玉观音等。并且根据好友王珩的建议，从《礼记》、《山海经》等祖先留下的东西里梳理玉文化。对玉，我是心安处，寻魂魄，情深处，探高洁。从皮毛到整体，从表面入实质，此生恐怕不会住手，得源源不断地写下去。

又一篇《茶味》。爱茶是朋友何永芬先爱的，她常约我说："来喝茶"。我有点奇怪，为什么不说来吃饭，实际每次喝茶后，基本都要共进餐的。到后来，我也嗜茶如命了，也觉得茶局比饭局更稀奇。爱，还分个层次，为蹭高一层，我跑到何志成老师他们康乐茶文化城学了个高级茶艺师，又学了一个全国的品茶员的考评员，整天地或捧书或提壶弄杯辨茶汤。茶汤是有颜色的，类似染缸，沁其中时日久了，心都会泡成琥珀色。从2000年初，我的业余，就是看茶买茶喝茶，置身茶城，混在茶中。后来，和孟跃刚、张海英一起办了茶艺师培训班，再后来归了正果，被省劳动厅的红头文件任命为云南省229职业鉴定所的所长。现在满满的一屋子茶叶，四面八方的茶友，爱茶，"爱"做成了加法，是有积累的哟。茶起茶落，我随之沉浮，茶里茶外，我眯眼闻香，醉在其中。

三个杂篇合一本，是我在岁月的时光里的若干"遇见"，我遇着了没错过，我遇着了就发问，多亏母亲在世的那句唠叨话，遇着好的莫错过。我真的做到了《遇着莫错过》，也才有了这样一本人生三问。

2013年10月18日